Das fliegende Huhn

Das Buch

Tagtäglich versucht Carla, das Unmögliche möglich zu machen: Ihren trägen und verwöhnten Schülern die Liebe zu Sprache und Literatur nahezubringen. Den ganz normalen Kindern von heute, die verlernt haben, eigene Träume und Leidenschaften zu entwikkeln, und sich stattdessen die große Welt per Mausklick auf den Bildschirm holen.
Carla selbst hingegen hat eine große Leidenschaft: Sie möchte einem ihrer Hühner das Fliegen beibringen. Dazu forscht sie ohne Unterlaß, reist zu internationalen Hühnerkongressen und brütet über ihren Plänen von raffinierten Hühner-Flugmaschinen. Von ihren Schülern und deren Eltern wird sie gerne belächelt. Außer von Tanni, einem ganz besonderen Mädchen ...

Die Autorin

Paola Mastrocola wurde 1956 in Turin geboren, wo sie heute als Lehrerin lebt. Als Autorin wurde sie u.a. mit dem *Premio Italo Calvino* und dem *Premio Campiello* ausgezeichnet.

Paola Mastrocola

Das fliegende Huhn

Roman

Aus dem Italienischen
von Sylvia Höfer

List Taschenbuch

Besuchen Sie uns im Internet:
www.list-taschenbuch.de

Umwelthinweis:
Dieses Buch wurde auf chlor- und säurefreiem Papier gedruckt.

List Verlag
List ist ein Verlag des Verlagshauses Ullstein Heyne List
GmbH und Co. KG.
1. Auflage Juli 2003
2. Auflage Oktober 2003
© 2001 für die deutsche Ausgabe by Verlag C.H. Beck oHG, München
© 2000 by Ugo Guanda Editore S.p.A.
Titel der italienischen Originalausgabe: *La gallina volante* (Ugo Guanda
Editore, Mailand)
Übersetzung: Sylvia Höfer
Umschlagkonzept: HildenDesign, München – Stefan Hilden
Umschlaggestaltung: Hauptmann und Kampa Werbeagentur,
München – Zürich
Titelabbildung: gettyimages / Catherine Ledner
Druck und Bindearbeiten: Clausen & Bosse, Leck
Printed in Germany
ISBN 3-548-60336-X

Prolog

Noch einmal davongekommen – kein Abitur; ich bin in keiner Prüfungskommission.
Ich fahre langsam, genieße die Kurven dieses frühsommerlichen Hügels, die schöne Seite einer Schule, die vor der Stadt, in einem kleinen Dorf im Grüngürtel, gelegen ist. Das Fenster heruntergekurbelt, von links weht mir eine angenehme Brise durch die Haare.
Davongekommen. Man hat mich nicht herausgepickt.
Und ich stelle mir einen kosmischen Schnabel vor, der sich zu meinem Glück, wie ich glaube, rechtzeitig abgewandt hat, mich nicht gesehen, sondern andere herausgepickt hat. Sorry.

Als ich eintreffe, ist die Rita gerade beim Fotokopieren, ich zwinkere ihr zu, und sie zwinkert zurück. Die Rita putzt nie, oder zumindest habe ich sie noch nie putzen, sondern immer nur und ausschließlich fotokopieren sehen.
Die Flure eine einzige Wüste.
Ich genehmige mir einen Kaffee aus dem Automaten und wähle: Espresso schwach mit Zucker. Entweder Espresso oder schwach, denke ich. Letzte Geistesblitze vor dem Sommerloch. Ich denke, wir fahren ans Meer. Und mein Blick fällt auf meine Schuhe: gelbes Lackleder, schon strandmäßig – vielleicht zu strandmäßig für die Schule?
Ich mache meine Einträge in die Lehrermappen, dann die letzte Unterrichtsstunde: Ich diktiere die Aufgaben für die Ferien, rattere den Standardtext über die Jugend herunter, die den rechten Weg einschlägt, über die Welt, die sich viel von ihr erwartet, und darüber, wie gut es ist, wenn man etwas gern tut. Dann noch fünf Minuten über *die* Neuerung des Jahrhunderts: ob versetzt oder durch-

gefallen – Schluß mit den Unsicherheiten der Nachprüfungen! Von jetzt an gibt es die «Empfangs- und Nachholkurse», also das war's, bis September, auf Wiedersehen. Was das sein soll? Tja, Kinder, ab jetzt werden wir euch jedes Jahr empfangen, was weiß ich, mit Kaffee und klassischer Musik, ich persönlich glaube, ich bringe den Campingkocher mit, die Bialetti-Espressomaschine für sechs Tassen und Lavazza Oro gemahlen, nein, besser ungemahlen, das Aroma hält sich besser. Klar, dazu braucht man dann auch eine Kaffeemühle. Mir würde eine mit Handkurbel gefallen. Soviel also zum Empfang. Was das Nachholen anbelangt, habe ich wirklich keine Ahnung: vielleicht so was wie ein letztes Zusammenrechen, wißt ihr, wie das bei der Heuernte geht? Wenn einzelne Halme auf der Wiese liegenbleiben und man mit dem Rechen immer wieder drübergehen muß, weil sich die hartnäckigsten an das Gras heften mit der Ausrede, sie seien ja nur wenige und gingen nicht mehr weg – und doch müssen wir die Wiese picobello zurücklassen, als wäre nichts passiert, und alles auf denselben Haufen heben: Ja, genau so, alle auf den riesigen, warmen, gemütlichen letzten Haufen, und jetzt: Los mit euch!

Schluß. Ich gebe ab: die Lehrermappen, den Urlaubsantrag, den Abschlußbericht, die Sammelmappen mit den Schulaufgaben, die übriggebliebenen Mappen, das Klebeband, die Karteikarten mit den Zeugnisbemerkungen, das Protokoll der Lehrerkonferenz, die Liste mit den Namen der Versetzungsgefährdeten, die Heftmaschine, die Büroklammern, die Bücher, die mir nicht gehören, die Extraaufgaben, die Erklärung mit den Angaben, wie man während des Sommers zu erreichen ist.
Ich gebe dieses ganze Zeug ab: leere Schublade, schmutzig. Ich sehe, wieviel grauer Flaum sich unten angesammelt hat. Das ganze Jahr über nicht bemerkt.
Lehrerzimmer. Die Frabosa balanciert schwankend mit

sieben Tabletts herum, jedes einen halben Quadratmeter groß: Plätzchen. Alles in allem dreieinhalb Quadratmeter beladene Fläche: Coca-Cola, Sprite, am letzten Schultag bin ich ein Fan der Schule.
Canaria sitzt in seiner Ecke, den dichten graumelierten Bart auf die Brust gesenkt, die Brille baumelt an der bunten Schnur; er hat seine Lehrermappen in der Hand. Canaria hat immer seine Lehrermappen in der Hand, Dutzende von Mappen, weil er naturwissenschaftliche Fächer unterrichtet und daher unendlich viele Klassen hat – nicht nur das, sondern seine unzähligen Mappen quellen über von Blättern, Zetteln und Kladden, die sie so unwahrscheinlich aufblähen, daß es aussieht, als trage er zwischen seinen beiden Händen das ganze – natürlich noch zu ordnende – Schularchiv und warte nur auf einen tüchtigen, gewissenhaften Angestellten. Ich erinnere mich, daß mir Canaria am Anfang angst machte, immer mürrisch und brummig, wie er ist; aber jetzt, nach all den Jahren ... Alle sagen: «Er ist mit der Welt über Kreuz», und damit hat es sich. Der liebe Canaria.
Die Frabosa ißt ein Plätzchen nach dem anderen, wählt sorgfältig von allen sieben Tabletts aus: jetzt dieses, dann jenes und dann noch dieses da. Gelegentlich erzählt sie uns, wie furchtbar gern sie Plätzchen mag und daß sie Torten und Pasta mit Auberginen machen kann wie niemand sonst auf der Welt. Sie kommt aus Palermo und gibt Deutschunterricht. Heute hat sie ein entzückendes Kleidchen an, erbsengrün mit rosa Blumen.
Umringt von seinen Anhängern, hält der junge blonde Osterli sein Hochamt ab: Ihn erwartet ein Zeitvertragsverhältnis auf Lebenszeit, «aber ich kämpfe mit Zähnen und Klauen, weil es mich persönlich betrifft», sagt er. Er möchte den VVLZ gründen, den «Verein für Vergessene Lehrkräfte mit Zeitvertrag», dessen Leitung er offensichtlich selbst übernehmen würde, kein Problem, er werde sich schon um alles kümmern. Seit er bei uns ist, organisiert er

Treffen, Versammlungen und Demos. Er ist sehr «aktiv», der Kollege Osterli. Jetzt geht es um eine «Entschlossene Reaktion auf die Scheißverträge», eine Art ERSCH also.
«Besetzen wir die Schule!» schlägt er vor. «Das ist doch einfach, oder nicht? Wir bleiben alle hier, essen ein Brötchen, und abends um sieben gehen wir dann nach Hause.»
Einer schüttelt den Kopf, ein anderer nickt, andere brechen in schallendes Gelächter aus. Die Frauen lächeln, blinzeln, zwinkern, gerührt über die männliche Heftigkeit des Tonfalls und die couragierte Entschlossenheit; er ist der einzige Kämpfer, das stimmt, der einzige, der, sagen wir einmal so, den Eindruck erweckt, kämpfen zu wollen. Tatsache ist, daß er blaue Augen hat, der junge Osterli – na ja, ganz so jung ist er auch nicht mehr, seine Tochter ist achtzehn.
Dann das Unvermeidliche. Mit weit aufgerissenen blauen Kinderaugen setzt Osterli hinzu: «Ich habe da eine Idee: Hat jemand von euch eine Gitarre?»
Unvermeidlich. Ich bin zweiundvierzig, danke, ich habe achtundsechzig schon mitgekriegt, mit diesem Gitarrenzeugs dürft ihr mir nicht kommen. Das ist das letzte.
«Wir könnten uns auf die Straße setzen und bis in die Nacht hinein Musik machen, wie in den alten Zeiten! Eine Art OMO: Old Music Occupation, was meint ihr?» erklärt er aufgeregt.
Ich gehe vor ihm und dem Blau seiner Augen in Deckung: «Hör mal, Kollege Osterli, ich teile deine Meinung, daß der Vertrag Scheiße ist. Ich gebe dir recht, man muß kämpfen. Aber worin besteht die einzige Stärke eines Lehrers? Die einzige, sage ich. In seinem Unterricht. Habe ich recht? Und deshalb müssen wir hier ansetzen – nicht mit Brötchen und Gitarre! Meinst du nicht auch, Osterli?»
Und ich schlage ihm meine Methode vor: «Im September kehren wir in die Schule zurück, gehen in unsere Klassen und fangen an, alles verkehrt zu unterrichten! Verstehst

du? Wir sagen, daß Napoleon und Karl der Große bei den Thermopylen aufeinander losgingen, daß die Sonne sich um die Erde dreht und daß die Metapher das Schleiergewand ist, das im alten Griechenland die Vestalinnen, auch Libellen genannt, trugen. Weißt du, was für einen Schaden wir dann anrichten, Osterli? Begreifst du, wie stark wir sind?»
Er prustet los und bietet mir ein Plätzchen an.
«Du bist einfach goldig, Carla!» sagt er von ganzem Herzen. Und auf ebendiesem Herzen würde ich jetzt gern mein Plätzchen zerdrücken.
Das Problem – meines, nicht das der Schule – ist: Ich glaube wirklich, daß man es so machen müßte.
Canaria schaut aus seinem Winkel herüber. Und mir kommt es so vor, als nicke er zufrieden mit seinem Riesenbart.

Meine Lehrerfreunde sitzen alle im Abitur. Alle in die Kommission berufen, alle irgendwo unterwegs.
«Die haben euch erwischt, was?» sage ich von oben herab.
«Sie können auch dich noch erwischen, du hast gar keinen Grund, so überlegen zu tun.»
«Stimmt, es besteht immer noch die Gefahr, in die Ersatzriege geholt zu werden, aber dann schicke ich ein ärztliches Attest.»
«Wenn das alle machen würden, Carla ...»
Wenn das alle machen würden, ginge es in der Schule drunter und drüber. Das wollen sie mir sagen, meine Freunde: daß man so etwas nicht macht. Mit friedliebender Miene, um mich ja nicht zu verärgern, sagen sie: «Weißt du, wir haben ein Pflichtgefühl.»
«Ich nicht», antworte ich, «ich weiß nicht, was ich damit anfangen soll.»
Aber ich habe das Gefühl, daß das keine Antwort ist.
Heute steht in der Zeitung: ABITURBEGINN: IMMER MEHR LEHRER KRANK.

Die Schlagzeile schaut mich vom Beifahrersitz, von unten rechts, an. Ich fahre nach Hause, beschämt, und der Wind weht mir, unerträglich viel heißer, von links in die Haare.

«Sie haben auf sie eingehackt!»
Da sitzen wir, wie zwei Waldkäuze, auf dem Rand der Steintränke, Mario und ich, als wären wir ihre Eltern. Ungläubig schauen wir Matassa an. So habe ich die Henne genannt, die als letzte dazukam.
Matassa trägt am Hals die unverkennbaren Spuren eines Hennenkampfes: Sie haben auf sie eingehackt! Es ist das vierte Mal innerhalb von zwei Tagen: zweimal pro Tag, ein schöner Durchschnitt. Wenn das so weitergeht – wie wird sie bloß überleben?
Mario kommt fast nie in den Hühnerstall. «Das ist deine Sache», sagt er und bleibt in seinem Arbeitszimmer bei seinen Rechnereien: Er unterrichtet Mathematik, nicht Italienisch wie ich. «Besser so, besser, man kommt sich nicht ins Gehege», hat er am Tag unserer Hochzeit gesagt, nach den Spießchen mit den Meeresfrüchten.
«Vielleicht hacken sie auf sie ein, weil sie als letzte dazugekommen ist!» sage ich, einer Erleuchtung folgend.
«Klar», antwortet Mario.
«Ich wollte sagen, daß die Hühner vielleicht zu Fremdenfeindlichkeit neigen und sich deshalb wie eine Clique verhalten!»
Mario sieht mich an, als wolle er sagen: «Klar», sagt es allerdings nicht, sondern geht davon, langsam, aber unerbittlich, und zieht das Bambusgatter hinter sich zu. Jetzt sehe ich ihn mindestens drei Monate lang nicht mehr hier drinnen, denke ich. Schade! Hin und wieder könnte ich seinen Rat gebrauchen.
Ich bleibe noch ein bißchen, um mich am Anblick meines Hühnerstalls zu erfreuen: vierundzwanzig wunderbare Hennen, alle jung und kräftig, einige weiß, andere braun,

wieder andere gesprenkelt und eine rabenschwarze namens Corvetta.
Matassa habe ich erst am Dienstag gekauft, weil Isidoro, unser Nachbar, der Bauer, mir gesagt hat: «Schauen Sie, Frau Lehrerin, wenn ein Hühnerstall weniger als vierundzwanzig Hühner hat, ist es kein Hühnerstall.»
Ich hatte dreiundzwanzig Hennen, und deshalb bin ich gleich losgezogen, um mir die vierundzwanzigste zu kaufen. Ich habe sie Matassa genannt, weil sie dick ist und so zerrupft aussieht wie ein Knäuel.
Schade, daß sie so auf ihr herumhacken.

Erster Teil
oder
Das erste Quadrimester

1

«Erwischt!» sagen die boshaften Mitschüler zu dem auserkorenen Opfer, Mariagrazia Gualtieri, genau einen Meter fünfzig groß, T-Shirt und Halskettchen. Mir tut sie nicht leid. Seit sieben Minuten steht sie da und hat dreieinhalb Sätze gesagt, und die waren wenig mehr als einsilbig.
Ich frage sie ab, mit der Uhr in der Hand, genauer gesagt: Ich stelle die Frage, nenne das Thema und fordere sie dann auf: «Jetzt hast du zehn Minuten Zeit, etwas zu sagen.» Den Besten gelingt es, vier bis fünf Minuten zu reden, aber pro Klasse gibt es immer nur ein oder zwei von dieser Art. Die anderen schaffen im Durchschnitt ein bis zwei Minuten. Zehn Minuten ist für sie alle ein endloser Zeitraum, der sich nicht mit Worten füllen läßt. Vielleicht haben für sie der Weltraum oder das Unendliche, von dem Leopardi spricht, ähnliche Dimensionen.
Grausam halte ich den Blick auf die Zeiger der Uhr geheftet und zähle laut die Minuten und auch die halben Minuten, bis die zehn abgelaufen sind. Gnadenlos, ich weiß.
«Hör mal, Gualtieri, es wäre besser, wenn du sprechen könntest. Spre-chen – weißt du, was das heißt? Das heißt, viele Wörter aneinanderreihen – wirklich viele, sage ich –, und zwar so, daß sie auch einen Sinn ergeben, verstanden?»
(Carla, nicht böse werden, die jungen Leute haben keinen Sinn für Ironie.)
«Es ist überflüssig, mir jetzt zum drittenmal zu wiederholen, daß Federigo degli Alberighi, der diese Dame so sehr liebte, seinen Falken opferte und ihn ihr, gut gebraten, zum Mittagessen servierte; ich habe das verstanden. Los, weiter!»
Wenn ich sage: «Weiter!», mache ich einen Fehler. Denn dann fährt der Schüler fort, das heißt, er erzählt, was gleich

nach dem, was er schon gesagt hat, geschah. Und prompt sagt die Gualtieri, heftig an ihrem Kettchen fummelnd: «Danach ißt die Dame den Falken.»

Wenn ich sage: «Weiter!», möchte ich sagen: «Gehen wir etwas in die Tiefe», das heißt, ich möchte ein Weiter im vertikalen Sinn, in die Tiefe, eine Art Grabung, Durchmesser nahe null, aber hinab in schwindelerregende Tiefe – als wäre das Wort ein ultrafeiner Bohrer, der bis zum Mittelpunkt der Erde vorstößt und von dort glühende Strahlen heraufholt, reines Feuer. Aber nichts von alledem, der Schüler im allgemeinen ist ein Maulwurf, zwei Zentimeter unter der Oberfläche, kilometerweit in die Horizontale – ach, wenn es nur Kilometer wären! Es sind Meter, manchmal bloß Zentimeter.

Das Problem ist, daß ich nicht genau weiß, was ich die Gualtieri eigentlich fragen soll. Angesichts einer Novelle wie *Federigo degli Alberighi,* dem Prototyp der literarischen Perfektion, der Idee des Schönen, der Quintessenz des ganzen Mittelalters – Rittertum, Dolce stil nuovo, Stadtrepubliken, alles inbegriffen –, was soll denn da ein Lehrer fragen?

Der Lehrer darf nie fragen, er sollte nur zuhören.

Aber hier spricht nichts.

Ich müßte sagen: «Interpretier mir die Novelle.»

Die Interpretation! Gibt es ein unbekannteres Wort? Ein schwierigeres, ganz und gar bedeutungsloses? Interpretation bedeutet überhaupt nichts mehr. Jedes Jahr fragt mich die Klasse: «Entschuldigen Sie bitte, aber was heißt das eigentlich: Interpretation?» Oder: «Entschuldigen Sie bitte, aber was genau wollen Sie?»

Ich will etwas, das man nicht sagen und weder definieren noch fragen kann, etwas, das von ihnen kommen müßte, nicht von mir. Die Schüler sind es, die wissen müßten, was eine Interpretation ist, nicht ich!

«Entschuldigen Sie, aber könnten Sie es uns, bitte schön, beibringen?»

Sie sind ja nett, die Schüler, sie sind lieb. Sie bitten darum, daß man ihnen beibringt, was eine Interpretation ist. Ihnen das Interpretieren *beibringen*!

Na gut, heute versuche ich es.
«Kinder, heute bringe ich euch bei, wie man ein Gedicht interpretiert. Einleitung: Wenn ihr einen Text vor euch habt, müßt ihr ihn zuerst lesen und verstehen, das heißt, ihr müßt euch fragen, was die Wörter bedeuten. Wenn ihr ihn verstanden habt, könnt ihr anfangen, euch zu fragen, was euch der Text sagt.»
«Ist das die Interpretation?» fragt der blonde Giaula.
«Ja...»
«Das heißt, es ist das, was ich fühle...»
«Nein!»
Hilfe! Ich fühle mich eingekreist. Und jetzt? Wie sage ich ihnen, daß der Bauch hier nichts verloren hat, daß er stinkt und ich von ihrem Bauch nichts wissen will?
«Also, Kinder, fangen wir von vorne an: Ein Text, zum Beispiel ein Gedicht, ist zuallererst eine nackte Tatsache. Man braucht keine Gefühle, kein Herz, keine Liebe und so weiter und so fort, um ein Gedicht zu schreiben...»
«Aber... aber die großen Dichter reden doch alle von der Liebe! Und dann sagen sie doch das, was sie fühlen, oder nicht?»
Wespennest. Panik.
«Hat Dante Beatrice nicht geliebt? Und schreibt Leopardi nicht, weil er traurig ist, und ist er nicht traurig, weil er allein ist...?»
«Und er ist allein, weil er häßlich ist!»
Jetzt sind wir also bei Leopardis Buckel gelandet. Mittlerweile habe ich Dutzende von Klassen gehabt; ich habe Leopardi mindestens vierzehnmal durchgenommen, ich habe zweimal ein Examen in Semiologie abgelegt und beide Male die beste Note bekommen, und trotzdem landen wir immer bei Leopardis Buckel.

«Ruhe, Kinder, ich erkläre es euch.»
Und dann richte ich den Blick auf die Reihe der Fenster, die auf den Hof schauen: Die Allee überschattet den Beton, die Blätter bewegen sich im Lüftchen, die Frau vom Kiosk verkauft ein Eis, in der Tüte, wie mir scheint, einer fährt mit dem Rad vorbei, einer mit dem Lastwagen, einer geht zu Fuß ... Alle ziehen vorbei, auch wir.
Das möchte ich ihnen sagen, meinen Schülern. Ich möchte ihnen sagen, daß ein Gedicht hier beginnt und dort enden wird. Aber daß es nicht das ist, nicht das Lüftchen, das Eis, die Blätter!
Du lieber Himmel, was ist es denn?
Eine Minute ist vergangen.
Sie warten.
Die Schüler sind brav, sie warten noch immer. Und damit genug.
«Genug für heute. Jetzt machen wir Latein.»

Ich gehe hinaus, und Canaria sitzt in seinem Winkel, immer in demselben, in dem zwischen der Fensterreihe und den Lehrerfächern: Dort ist eine Art Nische in der Wand, für den Kamin oder irgend so etwas; ich denke, Canaria hat ihn sich wegen der Nische ausgesucht. Gesenkter Bart, baumelnde Brille. Er blättert in seinen Mappen voller zerfledderter Blätter und schüttelt den Kopf: «Lauter Idioten!» sagt er, glaube ich, zu sich selbst.
«Wer?» frage ich ihn, eher aus Höflichkeit denn aus Interesse; er tut mir leid, so in der Ecke.
«Die Lehrer, oder? Sag nicht, du hättest je Lehrer gesehen, die keine Idioten sind?»
«Danke, Canaria!»
«Natürlich gibt es Ausnahmen.»
Natürlich sind zumindest er und ich Ausnahmen.
Eine Gruppe von vier Kollegen kommt daher, um mir, wie zu meiner Rettung, zu sagen: «Er ist mit der Welt über Kreuz, weißt du das noch immer nicht?»

Und sie gehen weiter.
Dennoch ist Canaria wahrscheinlich der Lehrer, den die Schüler am liebsten haben, alle wissen das.

«Erinnerst du dich, Carla, an diese Aperitifs auf der Wiese mit der Salami und den kleinen Nüssen?»
«Pistazien», korrigiere ich. Ist es die Möglichkeit, daß er sie einfach «Nüsse» nennt?
Mario setzt sich, wartet. Klarer Septemberabend, die Ziegelsteine des Innenhofs sind noch warm, ich spüre es mit dem Fuß, denn ich bin für einen Augenblick aus dem amarantroten Mokassin geschlüpft. Keine Lust, ihm den Aperitif mit der Salami und den «kleinen Nüssen» herzurichten: Zuviel Schuljahr vor mir, wir haben erst den vierzehnten Schultag, nicht einmal einen halben Monat, um Gottes willen, bloß nicht aufstehen.
«Warum mußt du mich immer korrigieren?» Er ist genervt, aber er versteht und geht in die Küche, macht eine Flasche Crodino auf, gießt eine Hälfte in ein Glas, die andere in ein anderes, reißt eine Familienpackung Pistazien auf, schüttet sie in eine Schüssel, stellt alles auf ein Tablett und taucht wieder auf, lautlos wie eine Katze.
Morgen ist der fünfzehnte Schultag: Nicht übel, die Hälfte des Monats ist geschafft.

Es ist fast dunkel, Isidoro ist noch auf dem Feld. Er zieht das letzte Heu zusammen, lädt es mit der Heugabel auf den Schlepper; er hat einen mit Raupenketten, vierzig Jahre alt, orange und dunkelblau: Einen Bergauf-Schlepper nennt er ihn, weil hier die Wiesen alle bergauf liegen (oder bergab, je nach Perspektive). Dann fährt er mit Volldampf zum Heuschuppen und häuft dort sein Heu bis zum Dach auf. Es muß den ganzen Winter reichen, für seine vier Kühe.
Isidoro ist der letzte hier, der Kühe hält. Sie sind sein ganzer Stolz und auch unserer, wie ich zugeben muß, denn wir sind seine nächsten Nachbarn.

2

Heute kommt meine Schwiegermutter zum Abendessen. Risotto mit Pilzen, Garnelen und Rucola, Nachspeise aus dem Tiefkühlfach.
«Wirklich ein gutes Essen, Carla! Tausend Dank.»
Schwiegermutter nett, Abendessen zwischen 19 Uhr 30 und 19 Uhr 55 zusammengezaubert.
Fast alles perfekt. Schade nur, daß im letzten Augenblick Sapone hinter dem Gasherd hervorkommt, eine Garnele im Schnabel und die Federn beschmiert mit fettigem Staub, wie er eben normalerweise hinter dem Herd liegt. So ist Sapone: Sie geht nicht wie die anderen Hennen, sondern rutscht – glitschig, unmerklich, wie Seife eben.
«Entschuldige, Carla, mach es um Gottes willen so, wie du willst, aber warum hältst du die Hühner im Haus? Weißt du, schon wegen der Kinder ...»
Sie hat recht. Es gehört sich wirklich nicht, daß man *die Hühner* im Haus hält, vor allem nicht für ihre Schwiegertochter.
Was soll ich jetzt machen? Ihr vielleicht zwei Scheiben vom Tiefkühldessert geben?
Sapone spaziert unaufgefordert wieder hinaus, mit einem martialischen Gang, wie jemand, der nichts von seiner Würde eingebüßt hat. Im Gegenteil.

3

«Ich bin die Mamma von Maurizio Banaro.»
«Ach ... *buongiorno*, nehmen Sie bitte Platz.»
«Ich komme, um mich zu erkundigen ...»
«Ja ...»
(Unterdessen schlage ich die Mappen auf, wie soll ich es ihr beibringen? Weiß sie Bescheid?)
«Ich weiß, seine Noten sind nicht gerade berauschend ...»
(Ich seufze, sie weiß Bescheid. Bestimmt ist sie berufstätig, nie zu Hause, immer in Eile. Sie hat eine halb herausgewachsene Dauerwelle, eine goldene Brosche in Form eines Insekts, einen Kragen mit langen Spitzen und ein knallenges Wolljäckchen, vor allem aber rote nervöse Hände.)
«Wissen Sie, Maurizio hat dieses Jahr wenig Zeit gehabt ... Wissen Sie, ich habe noch eine Tochter bekommen, die ist jetzt fünf Monate alt, und wissen Sie, Maurizio hilft mir viel ...» (Braver Junge! Aber Ihr Maurizio tut einen Dreck, Signora Banaro.)
«Tja, ich habe bemerkt, daß sein Einsatz sicherlich nicht so ..., wie soll ich sagen, nun, Signora Banaro, ich habe ein wenig den Eindruck, daß Ihr Sohn fast gar nichts tut ...»
(Von wegen fast gar nichts! Kein einziges Buch hat er aufgeschlagen! Aber diese Insektenbrosche, so eine hatte meine Mutter auch, vielleicht war es eine Libelle, nein, ein Schmetterling ...)
«Wissen Sie, ich weiß es nicht so genau, ich arbeite den ganzen Tag, ich gehe um acht aus dem Haus, und, na ja, ich komme erst am Abend zurück ... Er sagt mir dann, daß er seine Hausaufgaben gemacht hat ...»
(Und das Töchterchen mit seinen fünf Monaten?)
«Wissen Sie, die Kleine bringe ich in die Krabbelstube, dann stört sie ihn nicht ... Am Abend hilft er mir sehr ...»
(Ja, Signora Banaro, aber Ihr Sohn ist den ganzen Tag

allein, ist Ihnen das klar? Er kommt um eins nach Hause, kocht sich Spaghetti oder macht den Kühlschrank auf, setzt sich vor den Fernseher, schläft auf dem Sofa, telefoniert zwei Stunden lang, dreht eine Runde, holt sich ein Bier – was erwarten Sie denn von ihm?)
«Ja, aber in der Schule ist er gar nicht so gut ... Im Schnitt kommt er auf mangelhaft.»
«Na ja, ich weiß, ich weiß.»
Ich weiß, ich weiß. *Wir* kamen um eins aus der Schule, die Mamma machte uns die Tür auf und sagte: «Gleich ist der Sugo fertig, wascht euch schon mal die Hände.» Dann kam der Papa aus dem Büro, zog die Jacke aus, tätschelte uns den Kopf, und wir setzten uns alle an den Tisch mit der dampfenden Pasta und dem blutigen Beefsteak, und er fragte uns: «Möchtest du ein halbes Glas Wein? Das wird dir guttun», oder: «Wie war's heute?»
Aber wer fragt Maurizio Banaro, wie es heute war?

Ich genehmige mir mindestens eine halbe Stunde im Hühnerstall und zähle meine Hennen.
Hühner schauen viel. Sie machen reichlich Gebrauch von ihren Augen, ich will sagen, das eine blickt dahin, das andere dorthin. Wenn sie mit einem angehobenen Fuß und ihrem nicht gerade intelligenten Gesichtsausdruck still dastehen, dann nur, weil sie etwas beobachten. Es gelingt ihnen, ihr Auge auch drei Minuten ununterbrochen starr auf etwas zu richten, immer mit angehobenem Fuß, aber was sie beobachten, weiß man nicht.
Vielleicht mögen sie mich, auf ihre Art. Wenn ich mit dem Futter hereinkomme, laufen mir alle vierundzwanzig entgegen. Und ich glaube, nicht nur wegen des Futters.

4

Ich glaube, daß die Hennen mir nur wegen des Futters entgegenlaufen. Heute bin ich einfach so hineingegangen, «ich statte ihnen mal einen Überraschungsbesuch ab», habe ich mir gedacht. Sie spazierten alle an der Trinkrinne entlang, und keine hat sich auch nur eine Handbreit auf mich zubewegt, keine einzige.

Isidoro habe ich noch nie sitzen sehen, aber er hat seine eigene Art, sich auszuruhen: Er plaudert, er plaudert zum Beispiel mit mir. Ich sitze auf der Wiese, und er steht da oder spült einen Eimer an der Pumpe aus oder fegt die Steinchen im Hof zusammen oder flicht etwas aus Weidenruten oder zieht ein paar Nägel aus alten wurmstichigen Holzbrettern oder macht sonst irgend etwas.
Heute schneidet er die Zweige eines vertrockneten Baums ab; er ist einfach so gestorben, man weiß nicht, warum, und jetzt muß man ihn fällen, er beansprucht Platz, und dort könnte man Kartoffeln pflanzen.
Isidoro will immer Kartoffeln pflanzen, überall.
«Wenn der Baum aufrecht stehend stirbt, ist er nichts wert, Frau Lehrerin.»
Ich weiß nicht, was er sagen will, und er erklärt es mir: daß man aus einem aufrecht stehenden abgestorbenen Baum kein Holz machen kann, es taugt nicht zum Verbrennen. Warum eigentlich nicht, frage ich ihn, aber er antwortet nicht. Und ich denke an einen Baum, der nicht aufrecht stehend stirbt ... Das heißt, wenn ich es recht verstanden habe, muß man, wenn man Brennholz haben will, gesunde Bäume schlagen und ihr Holz trocknen lassen, das eignet sich dann zum Verbrennen. Wußte ich nicht.
Isidoro fällt einen Baum, ich weiß nicht, was für einen, ich kann Bäume nicht auseinanderhalten. Ich weiß, daß die

langen entweder Pappeln oder Zypressen sind, dann kenne ich noch Trauerweiden, Kiefern und Birken. Sonst kaum welche.
«Pappeln eignen sich nicht zum Verbrennen; das Holz ist weich. Die Robinie dagegen ...»
Die Robinie, erklärt er mir, gehört zu den Akazien. Ich hätte auf Buche getippt; die Buche ist mir bekannt, sie kam bei uns auch in einigen Gedichten in der Schule vor. Die Akazie, ich weiß nicht, das sagt mir nichts, mir fallen Orangenblüten ein, aber ich hüte mich davor, es auszusprechen, denn wenn sie die Blüten des Orangenbaums sind, sind sie nicht die der Akazie. Ro ... bi ... nie.
Robinie = Akazie. Ich müßte mal eine Arbeit über Synonyme schreiben lassen.
«Ein schöner Robinienbaum, auf dem Mageren gewachsen, hält ein Leben lang», erklärt mir Isidoro.
Isidoro weiß alles.
Aber bedeutet «auf dem Mageren gewachsen», daß er schön mager sein sollte?
Er bricht in Gelächter aus: «Nein, daß er auf einem mageren Boden wächst!»
Und wie soll ich vorgehen, um von ihm auch noch zu erfahren, was ein magerer Boden ist? Mir fällt natürlich Joghurt ein, Joghurt Magerstufe. Aber zum Glück kann er meine Gedanken lesen: «Mager, lehmhaltig ...»
Die Magerkeit eines Bodens mißt man also an seinem Lehmgehalt. Mager = lehmhaltig. Ich müßte auch eine Arbeit über Äquivalente schreiben lassen.

Friedlicher, sonniger Nachmittag. Wir arbeiten auf der Wiese, beide mit unseren jeweiligen Büchern.
«Das wichtigste Ziel ist die Eleganz», platzt Mario heraus, einfach so.
Soll das etwa mich betreffen? denke ich. Aber dann schaue ich mich an, wie ich angezogen bin, und antworte mir selbst: Nein.

Offensichtlich nein, Mario meint seine Formeln: Wenn er in der Sonne sitzt, die Beine auf dem Tisch, einen Taschenrechner in der linken Hand und einen Stift in der rechten, mit dem er in ein kariertes Heft im Din-A4-Format schreibt, ist klar, daß er erstens mit sich selbst und zweitens über Formeln redet.

Und er erklärt mir: «Schau, Carla, eine Formel kann richtig, nützlich, funktional, ja sogar auf gut Glück gefunden sein, aber erst wenn sie auch *elegant* ist, haben wir den Gipfel mathematischer Kunst erreicht, verstehst du?»

Ich glaube, er möchte «schlank» sagen, ohne überflüssiges Fett oder ohne Firlefanz: eine Formel von griechischer Schönheit, denke ich.

Mario hat seit ein paar Tagen Windows.

Das heißt, er hat das Betriebssystem Windows in seinem Computer installiert, und von ihm entfernt er sich nur noch selten: Mittagessen, Abendessen und ab und zu ein Anruf.

Er sagt, es sei interessant, sehr interessant.

Doch ich sehe, wie sich seine Miene seit einigen Tagen verfinstert, wie allmählich eine gewisse Traurigkeit von ihm Besitz ergreift.

«Probleme?»

«Und ob!» antwortet er. Finster.

5

«Deine Unruhe erinnert mich an die Zugvögel, die in stürmischen Nächten gegen die Scheinwerfer prallen, auch deine Sanftheit ist wie ein Sturm, sie wirbelt, ist aber nicht zu sehen...»

Ich zitiere aus dem Gedächtnis.

«Was, meint ihr, will Montale sagen, wenn er von den Zugvögeln spricht? Wer sind die Zugvögel?»

«Das sind Menschen, die wissen, daß wir sterben müssen, wir alle.»
Das kam von einer aus der ersten Reihe, dunkler Teint, brünett, Stufenschnitt, mit Augen, so groß, daß man sich fragt, wieviel Platz für das übrige Gesicht bleibt. Das hat sie gesagt und dann so tiefgründig gelächelt, als hätte sie in jenem Augenblick die Welt aufgeschnitten, von Pol zu Pol durchmessen und sie dann im Handumdrehen wieder zugenäht, mit einer Miene, als wollte sie sagen: «Das war schon was.»
Wenn dir einer deiner Schüler so antwortet, gibt es zwei Möglichkeiten: Entweder ist es jemand, der es auf eine Machtprobe anlegt und dich das ganze Jahr über nervt, oder jemand «Besonderer».
Tanni ist nicht die Klassenbeste und vielleicht auch kein Genie, ich weiß es nicht. Doch Tanni hat etwas, das ich nicht erklären kann: Sie hat eigene Gedanken, und sie besitzt die außerordentliche, heute äußerst seltene Gabe, diese auch ausdrücken zu können – mit einem Lächeln, in einem Aufsatz.
Ich nehme sie erst jetzt wahr; ich will sagen, daß sie nicht zu jenen Schülern gehört, die einen auf Anhieb beeindrucken und an deren Namen oder Augen oder getupfte Bluse man sich erinnert. Nein, sie nicht. Sie heißt Carla, wie ich, aber das ist es nicht. Sie ist anders als ich: Ich bin blond, und sie ist brünett. Und dann ist sie wirklich anders. Sie interessiert sich zum Beispiel für Fußball, macht irgendeine Freiwilligenarbeit, um was es geht, weiß ich nicht mehr, und sie kann sehr gut Englisch. Sie heißt Carla Tannivella, aber ich habe sie gleich Tanni genannt.
Ich weiß es, ich ahne es, daß sie mir mindestens zehn Jahre lang einen Neujahrsbrief schreiben wird, in dem sie mir jede Unmenge unnützes Zeugs berichten wird: daß sie geheiratet und zwei Töchter hat und daß sie jetzt nicht weiß, was sie tun soll, weil ihr Mann sie verprügelt, daß sie Celan liest, und dann wird sie mich fragen: «Entschuldi-

gen Sie bitte, aber haben Sie nicht gesagt, man müsse so sein, wie man ist?»
Und ich weiß auch, daß sie jedesmal unterschreiben wird mit *Ihre Tanni*. Mit einem Punkt am Ende. Ich muß der Klasse gleich sagen, daß nach der Unterschrift kein Punkt kommt.

Als ich die Poètes maudits erkläre und mich bemühe, den Schülern klarzumachen, daß sie das Leben um einer Metapher willen verspielten, als ich sehe, daß die Klasse im Nichts schwebt und einer den Bleistift spitzt, ein anderer *Tuttosport* liest und die übrigen schlaff herumhängen, als säßen sie im Kino und sähen einen Film von Wim Wenders, da begegnen mir Tannis Augen, die mir zulächeln, und ich fahre fort, mit Fleiß, mit Absicht, und erkläre das Symbol und den verfemten Dichter und eine Zeit in der Hölle, und Tanni lacht und lacht, und ich lache mit ihr.
«Die französischen Symbolisten stehen nicht im Lehrplan», erinnert mich Garivolta trocken.
Ich weiß, Garivolta, ich weiß. Wie gut, daß es dich gibt! Wie gut, daß die Welt voll ist mit Wesen, wie du eines bist, die sie tausendmal am Tag vor dem Untergang bewahren, vor der kosmischen Katastrophe. Gott freut sich, daß es euch gibt, ihr lieben Garivoltas, er hat euch eigens gemacht, um zu verhindern, daß wir Teufel ihn herausfordern, um ihm den Platz streitig zu machen.
«Am Dienstag bringt ihr Giovanni Pascoli mit, *Lavandare*, *Arano* und *La cavallina storna*.»
Ihr könnt beruhigt sein: Pascoli ist zahmer – keine Drogen, keine Jeanne Duval, man versteht alles, und es gibt viel *Kiukiu* und *Krakra*, das euch so gefällt; ihr lernt dabei auch das onomatopöetische Wort kennen, bravo! Und dann und vor allem: Pascoli steht im Lehrplan; wir freuen uns, können alle nach Hause gehen und unsere Pastasciutta essen.

Ich habe mir *Der Club der toten Dichter* siebenmal angesehen. Klar, daß es sich bei «Käpt'n, mein Käpt'n» um

mich handelt. Seltsam, daß nie jemand auf die Bank steigt, um zu salutieren, wenn ich hinausgehe.
Stundenplan: Donnerstag, zehn bis zwölf. Eine fette Pfründe. Derjenige, der den Stundenplan aufstellt, ist mir gewogen. Klar, Lehrer haben ja sowieso nicht viel zu tun.
Jetzt aber, während ich die kaputten Ranken von der Mauer reiße, denke ich daran, daß das letzte Mangelhaft in Latein, das ich Maurizio Banaro gegeben habe, auch ein Ausreichend hätte sein können.
Aber seit Schuljahresbeginn hat er kein Buch aufgeschlagen.
Aber er ist intelligent.
Aber er ist ein Schlitzohr.
Und die Welt darf nicht den Schlitzohren gehören, oder?
Wozu braucht man eigentlich Lehrer?

6

Ich habe einen Traum, einen Ehrgeiz, ein Geheimnis. Ich will etwas, ich lebe nicht nur so dahin. Ich ... es gibt einen Weg nach oben, zu den Sternen und darüber hinaus.

Ich habe gesagt: Es muß mir gelingen, einem Huhn das Fliegen beizubringen.
Hühner können bekanntlich fliegen. Sie fliegen, weil sie Flügel haben.

Normalerweise aber fliegen Hühner nicht. Weil sie ihre Flügel nicht benutzen. Doch wenn sie sie benutzen würden ...
Warum benutzen die Hühner ihre Flügel nicht?
Das Problem besteht also darin, daß man den Hühnern beibringen muß, ihre Flügel zu benutzen.

Michele hatte einen Obststand auf dem Markt, von Karies braune Vorderzähne und trug immer ein kariertes Hemd. Mit Michele ging ich zusammen in den Kindergarten, dann in die Grundschule und dann in die Mittelschule.
Eines Tages nahm Michele das Auto und sagte zu mir: «Komm, wir fahren nach Ceriale und trinken einen Kaffee.»
Wieso ausgerechnet nach Ceriale? Ginge es nicht auch ein bißchen weniger weit weg? Dachte ich, sagte es aber nicht.
Wir kamen am Morgen zurück, froh über das Meer und unsere Nacht.
«Jetzt sind wir also verlobt.»
«Ja», antwortete ich.
Michele kam aus den Bergen, als Kind brachte er die Kühe hinauf auf die Almen.
«Jetzt fange ich mit dem Studium an; ich werde Ingenieur.»
Aber er konnte nur abends studieren, weil er, um ein bißchen besser leben zu können als nur vom Markt, Polizist geworden war, und deshalb sahen wir uns immer seltener.
Aber nicht nur, weil uns so wenig Zeit blieb, sondern auch, weil ich mich schämte, einen Polizisten zum Verlobten zu haben; wenn wir spazierengingen und er die Uniform trug, die Mütze und die Pistole, wollte ich in den Boden versinken; ich ging eiligen Schrittes um jede Ecke, zog mir das Kopftuch ins Gesicht, um nicht erkannt zu werden, grüßte meine Freundinnen nicht und mied die Straßen im Zentrum.

Eines Abends nahm mich Michele mit auf seinen Hof, wo er als Kind gelebt hatte: Wir könnten ihn in Schuß bringen, sagte er mir, und als verheiratete Leute dort leben. Der Mond schien, er saß auf dem Bretterzaun und blickte in die Ferne.
«Weißt du, daß die Hühner fliegen?» fragte er plötzlich, und ich lachte los. Was hätte ich sonst tun sollen?
«Ich meine es ernst, die Geschichte ist wahr. Als kleines Kind hatte ich eins, das fliegen konnte. Es legte weite Strecken am Himmel zurück, hoch oben, sah aus wie eine Ente. Aber es ist nicht einfach ...»
Nach acht Jahren hatte Michele es geschafft und war Ingenieur. Er ging zu Fiat und hätte um ein Haar Karriere gemacht: Es lag an seiner etwas hinterwäldlerischen Aussprache, sagten seine Kollegen. Aber es war nicht deswegen, sondern weil er sich nie wirklich engagierte. Um Karriere zu machen, muß man sich fast überall richtig ins Zeug legen und alles tun, um sein Ziel zu erreichen, alles. Ich habe ihn nicht geheiratet. Wir fuhren oft nach Ceriale, um Kaffee zu trinken, aber acht Jahre waren für mich zu lang, um ihn mir in seiner Uniform anzusehen, und auch zu lang, um auf ihn zu warten. Ich lenke mich rasch ab, verweile nicht so lange bei einem Gedanken.
Doch eines Tages kommt mir diese Idee, Hühner zu züchten, um eines zum Fliegen zu bringen. Ich weiß nicht, wie es dazu kam und warum ausgerechnet an diesem Tag. Es waren fünfzehn Jahre vergangen, und an Michele dachte ich nie. Vielleicht war es der Mond. Einen Himmel, vor dem sich die Silhouette eines fliegenden Huhns abzeichnete — auch nur eines einzigen –, stellte ich mir wunderschön vor, und mir kam es vor, als lohnte es sich, für so etwas zu leben.
Ja, aber zunächst ging es darum, das richtige Huhn auszuwählen und abzurichten.

7

Man bemerkt es nicht sofort. Der erste Schultag ist wie eine Dusche, entweder zu kalt oder zu heiß, du kapierst nichts, wir sind alle angespannt. Sie, weil sie die Schule, das Klassenzimmer, die Mitschüler, die Lehrer nicht kennen. Wir, weil wir sie nicht kennen, aber wissen, daß wir am ersten Tag alles aufs Spiel setzen, daß jeder von ihnen nach Hause geht und sagt: «Der Italienischprof ist spitze» oder: «Die Italienischlehrerin ist ätzend.»
Ich habe jahrelang das Spiel mit dem Namenaufrufen gespielt. Ich sprach einen Namen überdeutlich aus, machte eine Pause, schaute ihn von allen Seiten an, suchte einen Anhaltspunkt, manchmal war es der Wortstamm, manchmal eine Assonanz. Dann fing ich an, über die Eigennamen zu reden.
«Es gibt Namen, die bedeuten gar nichts, wie ein Trommelschlag: Ihr fragt euch nicht einmal, was er bedeuten soll.»
Und ich erklärte den Unterschied anhand gewöhnlicher Substantive: Wenn ich «Apfel» sage, sehe ich im Geiste sofort jene besondere rundliche Frucht, die man Apfel nennt; aufgrund der sprachlichen Konvention weiß ich, daß Apfel soviel bedeutet wie Apfel, aber es ist eben eine Konvention, in Wirklichkeit gibt es keine Beziehung zwischen den Buchstaben des Wortes Apfel und dem Ding Apfel; ein Apfel könnte auch Agulf heißen, wenn man sich auf Agulf geeinigt hätte. Nehmen wir dagegen den Familiennamen Brentani: Wenn ich Brentani lese, sehe ich im Geist gar nichts vor mir, es ist ein reiner Klang, der nichts bedeutet; wenn sich aber beim Klang von Brentani eine Hand erhebt und eine Stimme sagt: «Hier!», dann sehe ich ein Gesicht, eine Gestalt. Brentani ist eine Person, ein Junge, zum Beispiel dunkelhaarig, schmächtig, mit Brille und Pickeln und einem zu weiten Ringelpulli. Von diesem

Tag an wird Brentani etwas bedeuten und nie mehr ein Trommelschlag sein.
So habe ich es jahrelang gemacht; es hat immer funktioniert: Sie gingen mit großen Augen nach Hause, als hätten sie ein Wunder gesehen, mit lebhaftem Geist und großer Lust zu lernen, zu lesen und zu wissen. Einige meiner früheren Schüler erinnern sich noch an den Aufruf am ersten Schultag. Er konnte auch eineinhalb Stunden dauern. Dann sagte ich: «Ah, ich habe euch noch gar nicht gesagt, welches Fach ich unterrichte, aber machen wir's so: Ich sage es euch nicht, sondern ihr erratet es, dann sage ich es vielleicht morgen ...» Und um sie auf die falsche Fährte zu locken, schrieb ich Zahlen an die Tafel, ein paar englische Wörter und zeichnete eine geometrische Figur.
Damals war ich noch jung.

Am ersten Tag begreift man noch nicht, was für eine Klasse man hat. Aber man spürt die Atmosphäre: ob es eine ruhige oder nervöse, eine schwierige oder wohlwollende, eine stumpfsinnige oder interessierte Atmosphäre ist, ob die Klasse eine Salzkartoffel ist oder ein Aal, der durchs Wasser flutscht, und ob das Wasser trüb ist oder schön, türkisgrün wie das der Bergbäche. Das begreift man.
Und dann bleiben einem zwei oder drei Gesichter haften, zwei oder drei Namen, nicht mehr, sie prägen sich gleich ein, sie machen einem die Klasse vertraut, so daß dir am nächsten Tag, wenn du das Mädchen mit der plattgedrückten Nase in der ersten Bank links wiedersiehst oder den Namen Francesco di Ruggero wiederholst, das Herz aufgeht, daß du dich zu Hause fühlst, und dann kannst du loslegen.

«Nehmen wir jetzt einmal das Wort *mutande*, Unterhose.»

Alle lachen.
«Wißt ihr eigentlich, was das Wort bedeutet? Es bedeutet: Dinge, die man *mutare*, wechseln, muß.»
Ich fange immer so an, immer, wenn ich das Gerundiv erkläre. Es klappt, weil es ein Spaß ist. Und ich ende mit einem Selbstlob: «Ihr werdet sehen: Das Gerundiv werdet ihr nie mehr vergessen.»
Dann kommen wir auf *agenda, merenda, stupenda*.
Und dann fragt einer unvermeidlich, mit erhobener Tatze: «Und was ist mit *azienda*?»
Oder: »*Faccenda?*»
Was soll ich machen? So nicht, Kinder!
Auch mit *serranda* erwischen sie mich kalt: Mit «etwas, was geschlossen werden muß» liege ich bestimmt richtig, aber trotzdem ...
Die Hausfrau in den zu wechselnden Mutande-*Schlüpfern wartet auf die Stunde der zu schließenden* Serrande-*Jalousien: Filmszene.*

Ich treffe erst jetzt ein, und es ist schon fast sechs. Ich habe für Marcello Turnschuhe gekauft, er hat einen enormen Verschleiß, weil er in der Pause Fußball spielt. Ich habe auch den Steuerberater, die Fotokopien und Signora Marilena bezahlt.
Sie kommen mir in Sechser- oder Siebenergruppen entgegen. Sie haben Hunger, ich bereite das Futter vor.
Es stimmt nicht, daß Hühner häßlich sind: Sie haben ihre eigene Grazie, wenn sie das Futter aufpicken, vor allem unter dem Rumpf, wenn sie ihren dünnen Hals so weit vorrecken.
Und es stimmt auch nicht, daß Hühner dumm sind, denke ich, während ich einem in das linke Auge blicke.
Aber was macht das rechte Auge, während das linke Auge mich ansieht?
Hühnchen pickpick, Mamma nicknick ...: Kinderreim.

8

Canaria verläßt die Schule nie. Ich meine, nach seinem Arbeitstag. Er steckt in bestimmten Klassenzimmern, die er leer vorfindet, und man könnte annehmen, er verbringe dort die Nachmittage: Das behaupten die Sekretärinnen und Reinmachefrauen beim Kaffeeklatsch.
Jetzt ist es tatsächlich zwei Uhr, und ich gehe hinaus, während Canaria umsichtig und geheimnistuerisch durch die Korridore streicht: Wahrscheinlich sucht er ein leeres Klassenzimmer. Ich hole ihn ein, er geht langsam, es scheint, als hätte er selbst an seinem Bart schwer zu tragen. Natürlich brummelt er, die Mappen in der Hand. Er schüttelt seinen riesigen graumelierten Bart und sagt vor sich hin: «Lauter Idioten, lauter Idioten!»
«Wer?» frage ich ihn, aber nur so, als eine Art Gruß, denn seine Antwort warte ich nicht ab.

«Ich bin Signora Lasorgente.»
«Guten Tag, Signora, nehmen Sie bitte Platz.»
Es überläuft mich kalt.
Durch die Fensterscheiben des Klassenzimmers, das als Elternsprechzimmer dient, sehe ich Nebel. Es herrscht Nebel, und es ist elf Uhr. Typisch November. Der Sohn von Signora Lasorgente ist zweifellos der Klassenletzte, Intelligenzquotient null, letzte Lateinarbeiten: Fünf, Fünf, Fünf, letzte Schulaufsätze: Fünf, Fünf: mangelhaft.
«Wie steht es mit meinem Sohn?» fragt sie mich. Klar, was sollte sie mich sonst fragen.
«Tja..., ich würde sagen, es sieht nicht gut aus.»
Also: Ich habe mit der Dubitativ-Formel *tja* angefangen, dann den Konditional *ich würde sagen* verwendet, das unpersönliche *es sieht aus* und vor allem die Litotes *nicht gut* statt des brutalen *schlecht*: Ich glaube, mich korrekt verhalten zu haben. Aber nein: «Entschuldigen Sie, aber was

soll das heißen: Es sieht nicht gut aus? Mein Sohn bemüht sich, sehr sogar, wissen Sie das nicht?»
Also: Daß zwischen der Bemühung und ihren Ergebnissen keine ontologische Koinzidenz besteht, dürfte klar sein. Die Frau, der ich mich gegenübersehe, ist sicher gebildet und übt einen Beruf mit einem gewissen Prestige aus: Das schließe ich aus ihrem grauen Wollkostüm. Und jetzt? Zweifellos: Sie ist eine Mamma. Und hier ist sie jetzt in ihrer Eigenschaft als Mamma, vergiß das nicht.
«Das bezweifle ich nicht, Signora», sage ich. «Ich wollte lediglich sagen, daß die letzten Arbeiten nicht so gut ausgefallen sind ...»
«Genau. Aus diesem Grund bin ich ja hier. Wie ist die letzte Fünf im Aufsatz zu erklären?»
Richtig. Wie ist sie zu erklären? Man muß es erklären. Erklär es, Carla. Ich nehme den Stoß mit den Aufsätzen und suche Lasorgente, Federico. Gefunden: Fünf, mangelhaft.
«Bitte sehr, Signora. Schauen wir ihn uns einmal zusammen an. Sehen Sie? Hier sind schwerwiegende Rechtschreibfehler.»
Und ich zeige ihr einen nach dem anderen: *anchora* mit «h», *cassa* falsch getrennt, nämlich *cass-a* statt *cas-sa*, *daltr'onde* statt *d'altronde*, Apostroph falsch gesetzt, *un'albero* mit Apostroph statt zwei getrennte Wörter ...
«Aber das sind doch Formfehler!» sagt sie, gereizt und aufrichtig verdutzt.
«Nein, entschuldigen Sie, aber in der Oberstufe des Gymnasiums muß man einfach wissen, daß ...»
«Ja, zugegeben, Federico ist ein bißchen zerstreut, aber was glauben Sie? Diese Dinge hat man ihnen gar nicht beigebracht ... Ja, ich weiß, daß bestimmte Formen des Verbums *avere* vorn mit ‹h› geschrieben werden, aber in der Mittelschule war das keine Tragödie, wenn er es mal vergaß ...»
Carla, ganz ruhig bleiben!
Ich dagegen glaube nämlich, daß es eine Tragödie *ist* und

daß es nicht darum geht, das «h» zu *vergessen*. Man kann einmal oder zweimal vergessen, das Essen zu salzen, aber das ist etwas anderes. Das «h» – nein. Es geht nicht darum, etwas nicht zu wissen – natürlich weiß Federico Lasorgente, daß bestimmte Formen des Verbums *avere* vorn mit «h» geschrieben werden. Das Problem ist: Er weiß nicht, daß es schlimm ist, wenn er es nicht hinschreibt! Das ist es, was man Ihrem Sohn nicht beigebracht hat, Signora: Man hat ihm nicht beigebracht, daß nicht alles egal ist, daß nicht immer alles auf das gleiche hinausläuft, daß es ein Riesenunterschied ist, ob man *un'albero* schreibt oder *un albero*. Und wissen Sie, was diesen Unterschied ausmacht? Wissen Sie, wie er heißt? Er heißt: IGNORANZ.
«Signora, sehen Sie, es ist schlimm, wenn man nicht weiß ...», sage ich ruhig.
«Ja, schon klar. Aber bitte, halten wir uns nicht mit diesen Einzelheiten auf, haben Sie Geduld! Schauen wir uns doch einmal den Inhalt an. Wie ist der Aufsatz meines Sohnes vom Inhalt her? Er hat mir gesagt, daß er viele sehr interessante Dinge geschrieben hat ... Er hat mir erzählt ..., wissen Sie, mir erzählt er immer alles! Entschuldigen Sie, aber haben Sie den Inhalt angeschaut?»
(Ich möchte ihr sagen, daß man den Inhalt nicht anschaut.)
«Wissen Sie, der Inhalt kann ziemlich genial sein ...», fügt sie hinzu. Sie hat ein herabhängendes Auge, ich würde sagen, wie ein toter Fisch. Wie ihr Sohn. Es ist unglaublich, wie sehr sich Mütter und Söhne gleichen, in mindestens neunzig Prozent aller Fälle. Hier weiß ich nicht, wer häßlicher ist, vielleicht sie. Nein, vielleicht er. Ganz abgesehen von der Tatsache, daß das Adverb *ziemlich* und das Adjektiv *genial* nicht zusammenpassen! Wie kann ein Genialer nur *ziemlich genial* sein, wenn genial zu sein das Höchste ist, was der denkende Teil der Menschheit erreichen kann? Und er erreicht es – sagen wir es so – im Durch-

schnitt alle zwei- bis dreihundert Jahre einmal, andere Länder natürlich inbegriffen.
«DER INHALT KANN NICHT GENIAL SEIN, WENN JEMAND D'ALTRONDE SO GRUNDFALSCH SCHREIBT, IST DAS KLAR?»
Ich habe geschrien. Ich gebe zu, ich habe geschrien. Das hätte ich nicht tun dürfen. Man darf bei Elterngesprächen nicht schreien.
«Wer schreit, hat unrecht», sagt Mario immer.
Aber ich habe recht.
Der Inhalt von Federico Lasorgentes Aufsatz ist zum Erbarmen. Kein Wunder bei einem, der solche Fehler macht. Ich sage: der IN-HALT, das heißt, die Gedanken, kurzum – das, was er sagen wollte: nichts, null.
Aber wie soll ich das beweisen?
Hilfe.
Hilfe in der Wüste. Wie jemand, der nach Wasser sucht. Meine Kehle wird so trocken, daß ich röcheln könnte. Aber was mir fehlt, ist weniger Wasser als Luft. Ich habe das Gefühl zu ersticken. Draußen dieser Nebel. Ist es denn möglich, daß in diesem Land vormittags um Viertel nach elf an einem vermutlich heiteren Tag nicht einmal ein einziger bleicher Sonnenstrahl durchzudringen vermag? Ist das möglich?
Und wie schaffe ich es, ihr zu beweisen, daß der Inhalt des Aufsatzes absolut nichtig ist? Wie?
Gar nicht, sie hat gesiegt. Ich kann keine Gewalt anwenden, die typische dumme Gewalt der Lehrer, und damit gebe ich meine Schwäche zu.
«In Ordnung, Signora, denken Sie, was Sie wollen: Für mich ist der Aufsatz Ihres Sohnes trotzdem eine Fünf!»

«Eins, zwei, drei, vier, fünf, sechs, sieben ... vierundzwanzig. Alle da.»
Es ist Abend. Ein kalter Abend in den Hügeln, Wind, Blätter, die auf die Wiese taumeln, Tod, Geruch nach Heu

und abgesägten Baumstämmen. Ich würde mir gern einen Crodino aufmachen.
Aber ... Ich trete näher, schaue genauer hin.
Ist das denn die Möglichkeit?
Federn auf dem Boden, zu viele Federn auf dem Boden, und für die Mauser ist es noch zu früh. Wie ist das nur möglich?
Gleich nach dem Nachhausekommen entspannt es mich, die Hühner zu zählen.
Doch die Sache mit den Federn beunruhigt mich.
Ich spreche mit Mario darüber, und er sagt, ich solle den Tierarzt fragen.
Danke, ein Glück, daß es Mario gibt!
«Machen wir uns einen Crodino auf?» frage ich augenzwinkernd.
Keine Antwort. Erst jetzt merke ich, daß Mario am Computer sitzt, wer weiß, seit wie vielen Stunden er da hockt, angesichts der eindrucksvollen Anzahl von Tassen, auf deren Boden seine unvermeidliche halbausgequetschte Zitronenscheibe liegt. Dort sitzt er und blickt traurig, fast ausdruckslos, auf seinen Farbbildschirm.
Ich stelle mich hinter ihn und schaue ebenfalls: Er bewegt die Maus, wartet, schaut, bewegt die Maus. Jedesmal erscheint ein hinreißendes Bild: Dutzende und Aberdutzende von kleinen Zeichnungen, kleinen Wörtern und kleinen Fenstern. Dann setzt Mario mit großer Geschicklichkeit seine traurige Maus auf eines jener kleinen Kästchen, kleinen Kreise, kleinen Nüsse und ein Klick! Wie durch einen Zauber öffnet sich ein neuer Bildschirmrahmen mit vielen anderen kleinen Zeichnungen und kleinen Wörtern und kleinen Linien und kleinen Kästchen; und dann bettet er seine müde, ich würde sagen: verängstigte Maus zur Ruhe und fleht mich mit dünner, kaum hörbarer Stimme an: «Würdest du mir einen Crodino bringen?

9

«Ich möchte Sie um einen Gefallen bitten», beginne ich. Ich sitze in seinem Büro, schwarzer Ledersessel, Fotos von der Familie auf dem Schreibtisch, Diplome an der Wand, ein Silberpokal (wofür?).
«Bitte sehr, Professoressa», antwortet der Direktor.
«Vom 25. bis zum 28. findet der Jahreskongreß der IVAHVA statt, und in diesem Jahr ist es sehr wichtig, weil es um ...»
«Verzeihen Sie, bitte, meine Unwissenheit, Professoressa, aber was ist die IVA ...?»
«Die IVAHVA, ja, natürlich, das ist die Internationale Vereinigung zur Aufzucht von Hühnern und verwandten Arten. Ich sagte Ihnen bereits, daß es mir sehr wichtig wäre hinzufahren, Sie wissen ja, daß ich mich ... ich habe auch eine Untersuchung über die Stärkung der Flügel unter Berücksichtigung der Feuchtigkeit ...»
«Vom 25. bis ...?»
»... zum 28., danke.»
«Sie wissen, daß Sie kein Recht auf Bildungsurlaub oder irgendeine andere Art von Urlaub haben. Sie bekommen nur Urlaub aus Krankheitsgründen und aus schwerwiegenden familiären Gründen, nach Vorlage der entsprechenden Dokumente. Welcher der beiden Fälle würde denn auf Sie zutreffen?»
«Ich möchte eigentlich zu einem Kongreß fahren ...»
«Ich weiß nicht, haben Sie kranke oder behinderte Angehörige ...?»
«Nein ... leider nicht ... das heißt, Gott sei Dank nicht.»
Die Familienfotos lächeln mich an, Fotos von *seiner* Familie: Weshalb dreht er sie seinen Gesprächspartnern zu?
«Hören Sie, Professoressa, ich kann Ihnen einen Tag bewilligen, den 25.»

«Wenn es der 27. wäre, könnte ich ihn an meinen freien Tag anhängen, wissen Sie, es geht nach Rom ...»
«Verlangen Sie nicht zuviel von mir, ich habe schon genug getan, also der 25., und gute Reise.»
Ich würde sagen: Während ich hinausgehe, dreht er die Fotos wieder zu sich um.

Also: Ich treffe um drei in Rom ein und fahre heute abend um elf zurück, dann gehe ich morgen vom Bahnhof direkt in die Schule. Die Zähne putze ich mir in der Schule.
Wenn alles gutgeht, schaffe ich es, in zwei Stunden auf dem Kongreß mir drei Referate herauszupicken, vielleicht vier. Ich muß unter allen Umständen Professor Van Arnheim kennenlernen, er hat eine sehr wichtige Studie über das vorstehende Gefieder der Truthähne verfaßt, mit ihm muß ich unbedingt reden. Eine internationale Kapazität in unserem Fach, ein Meister. Ob es mir wohl gelingen wird, mit ihm zu sprechen?
Herauspicken. Seit ich diese Arbeit mache, ist dies mit Sicherheit das Verbum, das ich am häufigsten verwende. Ich finde es ... ich weiß nicht, ich kann es nicht sagen.

Barba ist der Leiter unseres Sekretariats. «Professoressa, Sie müssen das Zirkular unterschreiben», «Professoressa, haben Sie sich die Daten notiert?», «Professoressa, diese Zettel müßten Sie mir zurückgeben», «Professoressa ...»
Barba steht kurz vor der Pensionierung, kleidet sich aber wie ein Jugendlicher, das gewellte Haar mit Gel gestylt, und läuft mit einem ungepflegten Bart herum. Daher sein Name.
Wenn es ihn nicht gäbe, käme die Schule nicht vom Fleck.
Wenn Barba mir nicht rechtzeitig die Formulare besorgt hätte, hätte ich jetzt noch immer keine feste Stelle.
Wenn Barba nicht seine Tante gefragt hätte, hätte ich Marilena, die Babysitterin, nicht gefunden.
Barba hier, Barba dort.

10

In meinem Abteil sitzt nur ein Herr. Er liest einzelne Blätter und steckt den Kopf in sein Übernachtungsköfferchen, das auf Italienisch witzigerweise Vierundzwanzigstundenköfferchen heißt. Auch meine Hühner sind vierundzwanzig an der Zahl, wie die Stunden. Wie ein Tag, die Stunden eines Tages, meine Hühner, zwölf Tagstunden, zwölf Nachtstunden.
Er hat Lust, ein Gespräch zu beginnen, und jetzt legt er los.
«Haben Sie gemerkt, wie kalt es heute ist? Und das ist erst der Anfang. Aber im Mai entschädige ich mich dafür, das sage ich Ihnen!»
Aber im Mai, im Mai. Warum gerade im Mai? Soll ich ihn fragen? Nein, ich frage ihn nicht.
«Ja, ja», seufze ich.
«Wissen Sie, ich bin immer unterwegs und bekomme nicht so viel davon mit. Ich bin Vertreter. Werkzeugmaschinen, wissen Sie ... Und Sie, was für einen Beruf haben Sie?»
«Lehrerin/Züchterin.»
Er bricht in lautes Gelächter aus, beinahe springt ihm ein Knopf auf, er läuft rot an.
«Wie witzig! Natürlich, ein Lehrer macht so etwas wie Schülerzüchten, stimmt schon. Aber wissen Sie, daß Sie ...»
Ja, ich bin ziemlich intelligent (oder sympathisch?).
Es hat keinen Sinn, ihm zu erklären, daß hier ein Schrägstrich stand: Lehrerin-Schrägstrich-Züchterin. Jemand kann doch zwei Berufe haben, oder? Zwei Tätigkeiten ausüben, die nichts miteinander zu tun haben?

Als ich auf dem Kongreß eintreffe, hat bereits Professor Lacomba das Wort. Merkwürdig, er ist jung, jünger als ich, von der Lektüre seiner Artikel her hätte ich ihn für sechzig gehalten. Ich setze mich, das Auditorium ist halb

gefüllt, das ist ein Erfolg. Barocker Salon, Gemälde, Stuck. Die Worte hallen wider, mein Gott, wie wohl ich mich fühle! Ich bin für solche Dinge geschaffen, etwas anderes als die Schule, die Pause, Professoressa, die Mappe, der Verismus, Klassenziel erreicht ...
Er spricht über die Zeit, als die Hühner riesige Füße hatten, ganze zehn Zentimeter im Durchmesser, und einen gebogenen Schnabel, um in der Bodenkrume graben zu können: Er ist Historiker, Spezialgebiet Evolution, würde ich sagen.

6 Uhr 10, stockdunkel. Vom Bahnhof nehme ich wohl einen Bus und kein Taxi, meiner Meinung nach schaffe ich es und spare Geld. Klar, wenn ich das mache, komme ich mir arm vor. Jetzt nicht, ich nehme doch ein Taxi: Warum soll ich mich mies fühlen, ausgerechnet heute, da ich von einem ganz wichtigen Kongreß der IVAHVA komme? Professor Van Arnheim hat mit mir gesprochen, und ich bin im Begriff, eine Methode zu entwickeln, wie man Hühner zum Fliegen bringt, und ich sehe nicht ein, warum ich ein Leben führen soll, das nicht auf der entsprechenden Höhe ist.
«Herr Professor, ich habe die Ehre ... Herr Professor, ich wollte Ihnen diese kleine Studie von mir überreichen ... Wissen Sie, ich beschäftige mich mit dem Flug, dem Flug der Hühner, wollte ich sagen, mit großem Interesse habe ich Ihre Werke gelesen ...»
«Ja? Geben Sie Ihre Papiere bei meinem Assistenten ab, *buongiorno*, und lesen Sie meinen nächsten Artikel, er erscheint in ‹The Chicken News›.»
ER HAT MIT MIR GESPROCHEN.
Professor Van Arnheim hat mit mir gesprochen. Der Stern am Firmament.
Im Taxi lasse ich jedes einzelne seiner Worte Revue passieren. Es scheint, als interessiere er sich sehr für meine Arbeit; ein Zeichen, daß ich auf dem richtigen Weg bin; sicher glaubt auch er an die Möglichkeit, daß Hühner flie-

gen, andernfalls hätte er Einwände erhoben, statt dessen hat er mich sehr ermuntert. Er erkennt mich an, er schätzt mich, er lobt mich, er folgt mir, er ...
Ich habe eine glänzende akademische Karriere vor mir. Das ist offensichtlich.
Ich sehe sie, wie sie vor mir erscheint, die Karriere, eine Art elegante, juwelenbehängte Dame, die mir ein Zeichen macht, in einen Salon einzutreten, der ganz aus Stuck und Spiegeln und Teppichen besteht.
Vielleicht zu viele Teppiche. Ich habe große Angst, über Teppiche zu stolpern.
Ich schwebe einen Meter über dem Boden, als ich die Stufen der Schule hinaufsteige, selig, noch in meiner türkisfarbenen Seidenbluse, Teil einer Welt, einer vollkommen anderen Welt, jener Welt, aus der kommend ich hier und jetzt eintreffe. Ich betrachte meine grauen Kollegen, karierte Jacken oder Sweatshirts, mit unendlichem Schmerz. Es ist Schlag acht, pünktlich auf die Minute.
Und die Zähne? Die Zähne habe ich mir nicht geputzt.

11

Ich packe es unter dem Vorwand, es mit der Hand zu füttern, und das klappt mittlerweile, ich wußte, daß es ein Spaß sein würde, es daran zu gewöhnen. Es pickt, ich mache eine geschickte Bewegung, klemme mir seine Füße zwischen die Knie und hebe es hoch. Ich bleibe sitzen, es windet sich und schlägt mit den Flügeln (wirklich?), dann weniger, das wäre geschafft; es beschränkt sich darauf, mit den Flügeln zu schlagen, auf und ab, gut so, brav, noch ein bißchen ... Fünfzig Schläge oder etwas weniger, ich denke, das ist okay, wenn wir das zweimal am Tag so machen, kommen wir auf hundert.

Ich habe mir gedacht, ich mache es wie beim Schwimmen, wo man einem zur Kräftigung des Schwimmstoßes ein Brettchen zwischen die Beine klemmt, damit man sie nicht bewegt und nur mit der Kraft der Arme vorankommt.
Übung Nummer eins, ich notiere, damit ich mich in den kommenden Jahren erinnere:
    Mit der Hand Futter anbieten.
    Der Vogel nähert sich.
    Den Vogel sechzig bis neunzig Sekunden lang picken lassen.
    Den Vogel zwischen die in einem Winkel von etwa einhundertzehn Grad gespreizten Knie klemmen, ohne daß er es bemerkt.
    Die Knie zusammenpressen und den Griff um die Füße verstärken.
    Diese Position halten.
    Die Flügelschläge zählen, bis fünfzig.
    Die Knie entspannen, den Griff lockern.
    Den Vogel zum Zeichen der Anerkennung streicheln.

Herbst.
Isidoro treibt seine Kühe auf die Wiesen, im Herbst. Nur im Herbst.
Warum macht er das eigentlich? Ich habe ihn wohl mindestens zehnmal gefragt, aber jedesmal habe ich Mühe, mich daran zu erinnern. Im Herbst wächst das Gras kaum, ja, es wächst überhaupt nicht mehr. Doch als Futter eignet es sich immer noch. Außerdem wird kein Heu mehr gemacht, und deshalb können die Kühe sich ihr Futter selbst holen, direkt von der Wiese. So spart Isidoro etwas von dem Heu, das er im Sommer so mühsam im Schuppen aufgehäuft hat. Das ist der Grund, das muß er sein: Er spart. Und endlich sind die Kühe glücklich: Sie verlassen den beengten Raum ihres kümmerlichen Stalls und gehen spazieren: Luft, Himmel, Wiese, Wölkchen.

Und so kommt es, daß bei uns im Herbst die Wiesen getüpfelt sind mit Kühen – mit Isidoros vier einsamen schneeweißen und glücklichen Kühen.

«Entschuldige, Malaspina, aber was machst du am Nachmittag?»
Die Kinder muß man kennen, man muß wissen, wie sie leben, muß ein bißchen in ihr Leben eindringen: Soll man etwa nur unterrichten und damit basta?
«Montag und Donnerstag zwischen drei und vier habe ich Flötenstunde; Dienstag zwei Stunden Englischnachhilfe; Mittwoch Basketballtraining; die übrige Zeit bin ich zu Hause und mache meine Aufgaben.»
Die übrige Zeit bin ich zu Hause und mache meine Aufgaben; habe ich richtig gehört, hat sie das wirklich gesagt, die Benedetta Malaspina. Die übrige Zeit? Freitagnachmittag, Samstag und Sonntag?
«Nein, dann fahren wir weg.»
Das Wochenende hatte ich vergessen.

Das Wissen, lieber Mario, ist horizontal: so viele Dinge, alle in einer Reihe aufgestellt wie die Kegel und dein Kopf wie die Kugel (er, zumindest, würde zerbrechen). Alles in einer Reihe: Englisch, Flöte, Latein, Kino, Wochenende in den Bergen, Judo, Tanzen, Skateboard, griechische Geschichte und Staatsexamen in Mathematik.
Und wann denken sie?
DENKEN. Obsoletes Verbum.
Denken heißt: in die Tiefe gehen, auf den Grund gehen. Das Denken ist vertikal, Mario. Ich weiß, daß du es weißt, ich weiß, daß du nicht da bist, aber ich rede trotzdem mit dir, wem sollte ich denn sonst mein Herz ausschütten, während ich seit einer halben Stunde hier hinter diesem Panzer mit dem TIR-Kennzeichen herfahre? Immerhin, ich bin bald zu Hause, die Einkäufe erledige ich heute abend, jetzt habe ich keine Lust, einen Parkplatz zu su-

chen, außerdem bedeutet das eine Unterbrechung meiner Gedanken, und das geht mir auf die Nerven.
Eine einzige Sache tun, eine einzige Sache studieren, ein einziges Buch schreiben, ein einziges Buch lesen und immer nur das, meinetwegen zehnmal. Sich langweilen, nicht wissen, was man tun soll, eine lange Zeit vor sich haben ohne irgend etwas, ohne irgend etwas, verstehst du? Ja, dann geht man in die Tiefe, auf den Grund, und dort findet man die Gedanken, dort erfindet man, entdeckt man, lernt man, konstruiert man, urteilt man – lauter aktive Verben, Mario, Tätigkeitswörter (Verben, die eine geistige Tätigkeit beschreiben!).
Wiederholen wir also: Montag Englisch, Dienstag und Freitag Aerobic, Donnerstag Nachhilfe in Latein und Griechisch, Mittwoch Mountainbike oder Motocross.
Zeitungen, Dokumentarfilme, Diskussionen, Bücher: «weil sich die jungen Leute nicht mehr konzentrieren können», schönes Argument, bravo.
Nehmen wir einmal einen Jungen, normal, kräftig, stämmig; traktieren wir ihn zwei Stunden lang mit Fausthieben und lassen ihn ausruhen; dann stoßen wir ihn rhythmisch gegen eine Wand und verabreichen ihm gleich danach zehn kalte Duschen; daraufhin versetzen wir ihm wieder Schläge, aber dieses Mal nicht nur Faustschläge, sondern abwechselnd auch Ohrfeigen und Tritte in den Bauch. Gut, das genügt. Jetzt schauen wir ihn uns an. Bemerken wir, wie lädiert und mitgenommen er aussieht, sein Blut, seine Wunden, seine blauen Flecken, seine Abschürfungen? Ja? Okay. Dann fragen wir ihn, ob er Lust hat, einmal um den Block zu joggen, es ist ein so schöner Tag, die Luft ist so lau, und die Vögelchen zwitschern, und dennoch antwortet er uns: Nein, danke. Warum antwortet er uns: Nein, danke?
Warum?
Ich parke ein, gehe einkaufen, so befreie ich mich von dem TIR: Tomaten, Oliven, grüne Äpfel, eine kleine Dose

Sardinen, Corn-flakes, Kakao Marke Bensdorp, Kamillentee, Zucchini, Butter und Milch. Und Mineralwasser. Horizontaler Einkauf, ohne Zweifel; hoffnungslos horizontal.

12

Ein Anruf aus der Schule: Carla Tannivella ist von zu Hause ausgerissen. Mein erster Gedanke: Warum sagen sie das mir, die ich nur eine ihrer Lehrerinnen bin? Zweiter Gedanke, aber erst der zweite, glaube ich: Wie ist das möglich? Eine, die so lächelt, kann doch nicht von zu Hause ausreißen. Dritter und letzter Gedanke: Warum ausgerechnet Tanni?
«Schau, sie ist doch nur eine Spinnerin», sagt Mario, um mich zu beruhigen, er sieht mich mit verlorenem Blick an, wie jemanden, der keine Ahnung hat. Warum behauptet er, daß sie spinnt? Er kennt sie doch gar nicht.
«Na ja, was du so alles von ihr erzählst ...»
Nein, es ist vielmehr so, daß Mario meint, alle meine besseren Schüler müßten irgendwie eine Schraube locker haben, sonst kämen sie mit mir erst gar nicht zurecht. Auch Tamarone war so, und da hat man es ja gesehen: Er hat erklärt: «Ich gehe nach Island, ihr werdet noch von mir hören», und er ist nach nicht einmal einem Monat zurückgekommen, mager und blaß, stumm wie ein Fisch, er war nicht mehr derselbe, und niemand weiß, was mit ihm passiert ist. Daß es aber einen Zusammenhang geben sollte zwischen meinem Unterricht und dem Mager- und Blaßwerden ...! Es stimmt, aus keinem meiner ehemaligen Schüler ist ein Erfolgsmensch geworden, einer mit einer tollen Position und einem Haufen Geld, das stimmt.

«Du predigst ihnen etwas anderes», sagt Mario zu mir. «Was willst du von ihnen?»
Ich will nichts, ich will, daß sie unbeweglich sind, daß sie keinen Finger rühren und daß das Leben um sie herum brandet und sie einhüllt, niemand darf etwas tun, die Schönheit will keine Gesten, man muß stillstehen oder nur spazierengehen, ein Spazierstock, ein Bündel und schauen, nur Augen haben: Alles wird von selbst geschehen, wenn wir die Augen dafür haben.

«Einen Hühnerstall ausmisten, wie man das macht, Frau Lehrerin? Man braucht eine Gabel mit drei Zinken, und los geht's. Das gibt einen guten Dünger, wissen Sie? Den besten. Ah, Hühnermist ... Er ist konzentriert, mit so einem bißchen verbrennt man einen halben Hektar Wiese. Er verbrennt das Unkraut, wissen Sie? Er trocknet alles aus, im Nu ist alles schwarz.»
Ich lasse es mir erklären.
«Die *terrò*, wissen Sie nicht, was das ist? Ja, heute macht man das nicht mehr. Früher schon. Man pflügt ein Stück Wiese, und zwar in Streifen, ein Streifen Mist und der nächste Erde, wieder ein Streifen Mist und so weiter, dreimal nacheinander, und zwar im Juli. Nach anderthalb Monaten nimmt man den Spaten und los, dann wird zerkleinert. Das muß man ganz fein machen. Das sind die *terrò*.»
(Ich denke an Schokoladenbaisertorte, hoch, mit Schichten, obendrauf Schlagrahm.)
«Dann, im Herbst, trägt man diese *terrò* auf die Wiesen, und dann wächst das Gras, daß es eine wahre Freude ist. Aber heute macht man das nicht mehr.»

13

Stundenplan Montag, acht bis dreizehn Uhr. Wie war es möglich, mir am Montag, ausgerechnet am Montag, acht bis dreizehn Uhr zu geben? Derjenige, der den Stundenplan aufstellt, muß mich hassen.
Ich möchte im Kino sein.
Statt dessen bin ich hier, fünf vor acht. Jetzt rede ich über das, was mir paßt, ich schiebe eine etwas ruhigere Kugel, was macht mir das aus? Ich habe wohl das Recht zu entscheiden? Ich darf ja wohl mal keine Lust haben? Wenn der mittlere Angestellte keine Lust hat, liest er Zeitung, trinkt Kaffee, geht auf die Toilette, tut so, als lese er, tut so, als schreibe er, tut so, als denke er. Wir nicht, wir nie. Wenn du aufs Klo gehst, läufst du Pedula in die Arme: «Entschuldige, aber hast du das Klassenzimmer verlassen?»
Ja, Pedula, ich habe das Klassenzimmer verlassen, denn wenn ich das Pipi nicht halten kann, kann ich es doch schlecht zwischen die Schulbänke laufen lassen, oder?
«Du weißt, es ist nur, weil, wenn etwas passiert ...»
Ich weiß, Pedula, der Lehrer darf das Klassenzimmer nie verlassen, denn er ist verantwortlich, und wenn er das Klassenzimmer auch nur für eine Minute verläßt und in dieser Minute ein Schüler die Lampe als Liane benutzt und sich aus dem Fenster schwingt, dann landet der Lehrer im Knast, ich weiß, Pedula.
Pedula nennen wir so, seit er stellvertretender Schuldirektor ist. Früher war er Bücher-Vertreter (geheimnisvolle Laufbahnen gibt es vielleicht!), außerordentlich tüchtig: Er hat das Unverkäufliche verkauft, mir sogar eine Abhandlung über multimediale Biogenetik angedreht. Sympathisch, das Gegenteil von autoritär und überheblich, ein einziges: «Wenn du willst», «Wenn du meinst», «Ich erlaube mir nur», «Aus meiner Sicht ist es unerläßlich, aber

entscheide du». Aber seit er stellvertretender Schuldirektor ist, geht er die Korridore auf und ab, geht, als habe er auf einem Aschentennisplatz Gummistiefel an. Eine Katastrophe. Er erwartet dich auf der Treppe, wenn du eine Minute zu spät kommst, geht dir ins Klassenzimmer voraus, klopft mit dem Finger auf die Uhr und schüttelt den Kopf, um zu sagen: «Na, na, so etwas gehört sich aber nicht.»

Sechs Unterrichtsstunden am Montag. *À la guerre comme à la guerre.* Ich trete ein, genau 8 Uhr 05. Appell. Abwesende. Anwesende. Entschuldigte. Zwei Minuten. Ich sage: zwei Minuten.
Ich weiß nicht, wie man es schafft, für den Appell eine Viertelstunde zu brauchen, aber es gibt Leute, denen das gelingt, die sogar noch länger brauchen.
Ich nicht. Sie schauen mich an. 8 Uhr 08. Sie warten artig, aufmerksam, vollkommene Stille. Sie warten! Klar, ich bin an der Reihe. «Schauen wir mal, was sie heute macht», denken sie. Sie haben nichts zu tun, doch, sie kommen in die Schule, ist das etwa wenig? Das ist ihr Job: in die Schule kommen. Und dann warten sie. Und jetzt bist du an der Reihe.
Weitere zwei Minuten mit diesen Gedanken: Ich denke eilends nach, verflixt.
«Na gut, heute beginnen wir mit dem veristischen Roman.»
Bravo! Aber heute wolltest du doch nichts machen? Heute beginnen wir mit dem veristischen Roman! Ein ganz leichtes Thema, nicht wahr? Ein kleiner Markstein der Weltliteratur, herzlichen Glückwunsch! Und jetzt los, oder nicht? Fang ruhig mit den Franzosen an, du möchtest ihnen doch nicht Zola vorenthalten? Und Taine, ich bitte dich! (Richtig, wer war Taine? Ein Arzt? Ein Philosoph?) Du möchtest ihnen doch nicht etwa von Zola erzählen, ohne etwas über Taine zu sagen? (Hippolyte Taine?)

Also: *race, milieu, moment*. Bravo. Natürlich, sie lernen ja Englisch als Fremdsprache, also übersetzt du. Jetzt geht es weiter mit dem Determinismus: Jemand, der als Sohn eines Alkoholikers geboren wird, was wird wohl aus dem?
«Ein Alkoholiker!»
Entzückend. In ihrem Alter hätte ich genauso geantwortet, versuchen wir, sie zu verstehen. Nein, er kommt belastet zur Welt: erbliche Belastungen. Und weiter. Kritische Analyse der Gesellschaft, Anprangerung der Gesellschaft, Engagement. Und Verga? Verga weniger, Verga viel weniger. Verga ist schließlich Italiener, und wie war das Italien von damals? Verga ist schließlich Sizilianer. Und adlig. Und reich. Und studiert. Ein leichtes Leben. Er beschließt, Schriftsteller zu werden, er schreibt Romane, wie sie damals Mode waren, Liebesgeschichten in Adelskreisen, Feste, Vergnügungen, Seitensprünge. Dann eine Art Geistesblitz, Vision, Krise. Kurzum: eine tiefe Erschütterung. Und jetzt hat er genug von diesen Geschichten! Er lauscht den Franzosen, er öffnet seine Ohren für die Probleme des Südens, und dann schreibt er *Nedda*, entdeckt die Armen, die *poveri*, die wahrer, wahrhaftiger, *più veri*, sind! Genial!
Und er, was weiß er über die armen Leute? Was meint ihr? Das ist ja das Schöne, er weiß überhaupt nichts von ihnen! Aber es gibt den objektiven Erzähler, die Hand, die da ist, die man aber nicht sieht, die schreibt und nicht schreibt. Verga streift durch die Felder, er hört zu, schaut, speichert. «Speichert» bitte in Anführungszeichen – alles muß man euch sagen.
Ich erkläre ihnen den Verismus, ich erzähle ihnen von *L'assommoir*, ich lese ihnen das Vorwort von *L'amante di Gramigna* vor, den Anfang von *Fantasticheria*.
Okay, und jetzt amüsieren wir uns.
«Was meint ihr: Ist das alles möglich? Ist objektives Schreiben möglich? Kann ein Schriftsteller sich darauf beschränken, die Wirklichkeit zur Kenntnis zu nehmen?»

(Erste Pause)
«Existiert sie, die Wirklichkeit?»
(Hier halte ich mich nie auf, sondern schaue nach draußen.)
«Schaut hinaus, seht ihr diesen Baum? Ja, aber *wie* seht ihr ihn? Der eine sieht ihn krumm, der andere gerade, der eine rot, der andere blau ...»
(Nein, Vorsicht! Paradoxe verstehen sie nicht.)
«Ich wollte sagen: der eine hellgrün, der andere dunkelgrün.»
(Zweite Pause)
«Aber der Baum an sich, existiert er? Oder existiert er nur in den tausend Arten, wie wir ihn sehen? Und auch wenn er an sich existierte, verwechseln wir ihn dann nicht mit unserer Art zu sehen, die notwendigerweise bereits eine Interpretation ist?»
(Mach eine Pause, bitte, siehst du nicht, daß sie nichts begriffen haben? Ja, gut, ich mache eine Pause. Aber hier gibt es nichts zu begreifen, hier soll man sich nur wundern. Und das ist es, was ich will: sie verblüffen, ihrem Alltagsverstand ein paar Stöße versetzen, sie auf die falsche Fährte locken, sie erleuchten, sie korrigieren, ihnen die Neuronen im Hirnkasten massieren.)
«Habt ihr verstanden?»
Ah, was für ein Anblick, diese ausdrucksleeren Gesichter, diese Glubschaugen, diese schlaffen Muskeln, der Stift kraftlos einen Zentimeter über dem – natürlich leeren – Blatt. Hast du sie die Kunst des Notizenmachens gelehrt? NEIN? Was verlangst du also? Daß sie ihnen angeboren ist? Gibt es das Notizen-Chromosom?
Sie sind brav, die Schüler der neunziger Jahre, nie ein Problem mit der Disziplin, stumm, aufmerksam, sie zucken nicht mit der Wimper, man kann ihnen alles erzählen, sie schlucken es wie nichts, ein Wunder, niemals ein Problem.
Ach, du heilige Passivität!

Für ein Sehr gut in Betragen müssen sie über den Bänken wandeln wie Jesus über den Wassern des Sees ... welchen Sees?
Jetzt, nachdem ich ihnen ordentlich zugesetzt habe, jetzt kommt das Schöne.
(Mehrfache Pause)
Ich zeichne drei Fische auf die Tafel, untereinander, einen riesigen, einen mittelgroßen, einen kleinen. Hinter mir spüre ich die Bestürzung der Klasse, ich genieße ihren seligen Zauber und fühle mich wie ein Gott.
Zu jedem Fisch schreibe ich auf gut Glück die Länge in Metern: tausend Meter für den großen Fisch, hundert Meter für den mittelgroßen und zehn für den kleinen. Und jetzt kommt der große Spaß.
«Das ist ein Rätsel, Kinder, und ihr sollt es lösen. Aber paßt gut auf, was ich euch sage, achtet auf jedes Wort, das ich euch sage.»
(In den vierzehn Jahren Unterricht hat noch nie jemand das Rätsel gelöst, und angesichts ihrer stumpfen Blicke rechne ich mit Reaktionen gleich null.)
«Also: Wir haben drei Erzählungen – das heißt, drei literarische Werke in Form von Erzählungen. In der ersten ist von einem riesigen Fisch die Rede, der einen Kilometer lang ist und einen Ozeandampfer verschluckt. In der zweiten wird von einem hundert Meter langen Fisch erzählt, der ein Segelboot verspeist. In der dritten von einem zehn Meter langen Fisch, der ein Tau verschlingt. Achtung, die Frage lautet: WELCHE GESCHICHTE IST AM WAHRSTEN?»
Der Ausdruck, der sich auf ihre jungen Gesichter legt, reicht von amüsiertem Staunen (bei den besten) bis zu einem «Mannomann, was will denn die von uns?» Dann kommen, schüchtern, die ersten Antworten.
«Die dritte.»
«Die dritte.»
«Die dritte.»

Irgend jemand riskiert: die zweite, aber die meisten sagen: die dritte. Es ist unglaublich, seit vierzehn Jahren gebe ich diese Stunde, und seit vierzehn Jahren geben sie mir diese Antwort.
Es funktioniert! Es funktioniert immer, sie tappen in die Falle.
Jetzt lasse ich sie noch ein bißchen schmoren: «Ja, wirklich? Und warum? Und wieso meint ihr, die dritte? Hören wir mal, dich zum Beispiel oder dich oder dich ...»
Dann lüfte ich das Geheimnis mit dem seligen Ausdruck des geborenen Genies: «Es ist die erste, Kinder, die erste!»
Flüstern, Wispern, Brummeln: Verblüffung, Verwunderung, Ungläubigkeit. Ich spüre, wie ihr Hirn arbeitet, ich sehe manchen gräulichen Rauch aufsteigen. Ich warte ein paar Sekunden, und dann tobe ich mich unerbittlich aus: «Und jetzt, nachdem ich euch schon die richtige Antwort verraten habe, erklärt mir wenigstens, warum die erste Geschichte ‹am wahrsten› ist!»
Bisweilen, aber selten, fragt einer: «Darf man wissen, in welchem Sinne ‹am wahrsten›?»
Er droht, mir mein Spiel zu verderben, es ist nicht vorgesehen, daß es dazu kommt, man muß ihn zum Schweigen bringen.
«He, junger Mann! Genau darum geht es ja! Das genau will ich von dir wissen!»
Ich warte dreißig Sekunden, nicht länger: Schafft er es? Nein, er schafft es nicht.
Und dann lege ich los: «Es ist die erste Geschichte, weil die unwahrscheinlichste Sache erzählt wird, die, die man am allerwenigsten glauben kann, und daher ist sie die wahrhaftigste, weil sie sofort klarmacht, daß es sich um Fiktion handelt; es ist so, als sagte uns der Autor: Paß auf, ich beschwindele dich, weil ich ein Schriftsteller bin und die Literatur Lüge ist, fall nicht darauf herein, du weißt doch, daß es keinen Fisch geben kann, der einen Kilometer lang ist, oder?
Die dritte Geschichte dagegen ist die verlogenste, und

zwar ganz genau deswegen, weil sie am wahrsten erscheint: Ich kann glauben, daß es einen zehn Meter langen Fisch gibt, und es gibt tatsächlich solche Fische, die Meere sind voll davon, also neige ich dazu zu glauben, daß diese Geschichte die Wahrheit erzählt, und so tappe ich in die Falle der veristischen Literatur: Sie tut so, als seien die Geschichten wahr, aber weil sie Literatur sind, sind sie erfunden. Verstanden?»
Wenn ich etwas so erkläre, habe ich immer eine skeptische Klasse vor mir, die schmollt, als sei sie beleidigt, weil sie in die Falle gegangen ist, und eigentlich nimmt sie mir kein einziges Wort ab. Das ist kein schönes Gefühl. Hier klopfe ich dann für gewöhnlich auf die Bibliographie: Harald Weinrich: *Linguistik der Lüge*, Verlag C. H. Beck, München 2000.
Und jetzt, nachdem du ihnen den Verismus kaputtgemacht hast, bist du jetzt zufrieden?
Ja. Das Problem ist nur, daß man sie bei der Abiturprüfung nach dem Verismus fragt und sie antworten: «Das ist die verlogene Literatur, in der nur von den kleinen Fischen die Rede ist.»

Ich komme, trippelnd, mit den Einkäufen zu Hause an. Mario sitzt schon mit Lucia auf dem Sofa, sie lesen, und Marcello baut irgend etwas auf dem Teppich zusammen.
«Ich habe den Verismus erklärt!» sage ich triumphierend.
«Mit all den Walen?» fragt Mario ohne besonderen Nachdruck, zerstreut, und liest weiter.
«Es sind keine Wale! Es sind Fische, große, riesengroße Fische!»

14

Als ich Mario kennenlernte, war der Salat radioaktiv verseucht.
Gerade war Tschernobyl explodiert, und wir, die wir uns zum viertenmal *Blade Runner* anschauten, fühlten uns als die Liebenden, die sich auf tragische Weise ihrer Gefährdung bewußt waren. Es dauerte ein Jahr, dann kam Lucia, die Windeln, die Märchen am Abend, «jetzt spielst du mit ihr, ich war schon dran», vierzehn Tage im August in einer Ferienanlage mit Animateuren, Kino, Schwimmbad und Rutschbahn.
Wir sind für Kinder nicht gemacht. Wir fühlten uns wohl, wenn wir miteinander redeten. Aber ein Kind ist wenig, und so kam nach zwei Jahren Marcello, zwei Kinder machen mehr Familie, und außerdem haben alle unsere Freunde auch zwei Kinder. Vielleicht glaubt man, daß man sich mit zwei Kindern den Tod etwas weiter vom Hals hält.

«Die *balìn* von den Hühnern», erklärt mir Isidoro, «weicht man ein und macht eine Art *pauta*, und das tut man, damit die *manigòt* und die Zitronen wachsen. Wenn Sie wüßten, wie sie dann gedeihen!»
Also, der Reihe nach: Die *balìn* sind die *burlìn*, auch «die Perlen» genannt, kleine Kotkügelchen, die sowohl von Hühnern als auch von Ziegen stammen können; die *pauta* scheint mir eine Art Schlamm zu sein, und die *manigòt* sind die Salatköpfe.
Wer weiß, warum wir «Salatköpfe» sagen. Auf jeden Fall sagen wir, wenn wir in ein Geschäft gehen: «Geben Sie mir zwei Salatköpfe.»
Oder eben zwei *manigòt*.
Isidoro will nicht, daß ich die *balìn* der Hühner wegwerfe: Sie sind nützlich. Nichts von dem, was nützlich ist, kann

ein Bauer wegwerfen; den Gedanken, daß man etwas wegwirft, erträgt er nicht, der Bauer.
Ich nehme einen Eimer, fange an, ein wenig *balin* einzusammeln, stelle ihn beiseite. Geht in Ordnung, Isidoro.
Wenn ich es nicht vergesse.

15

«Du bist ein Lehrer light, Carla! Du nimmst nichts, aber wirklich gar nichts, ernst. Die Schule ist eine Mission, und du züchtest Hühner, so eine Schande! Glaubst du nicht, daß die Kinder dich brauchen? Sie sind in einem kritischen Alter, der Lehrer ist alles für sie, natürlich zusammen mit der Familie. Merkst du nicht, daß du dich ihnen voll und ganz widmen mußt? Wenn nicht, was für einen Sinn hat es dann zu arbeiten?»
Der Cousin meines Mannes ist Manager in einem Textilunternehmen.
Er lädt uns oft zum Abendessen ein, in schnuckelige japanische Restaurants, Algen und roher Fisch.
Der Cousin meines Mannes glaubt fest an das, was er sagt. Und auch an das, was er macht. Er ist ein dynamischer Mann, richtig spritzig. Unter uns nennen wir ihn Vetter Dynamo, aber das weiß er nicht. Zum Glück habe ich seinen Cousin geheiratet.
Das Essen endet mit dem angewärmten Digestif, italienisches Produkt, ein Stück Zitronenschale, danke.

Dieses Mal ertappe ich Canaria in flagranti.
Es ist 16 Uhr 30, die Lehrerkonferenz ist zu Ende, ich gehe hinaus, und da sehe ich ihn, durch die halboffene Tür der 3 B: Er steht vor der Tafel, ganz damit beschäftigt, etwas mit großen Halbkreisbewegungen des Armes hinzuschreiben.

Ich trete ein.
Ich frage ihn, was er macht, er bedeutet mir, um Gottes willen still zu sein. Dann kommt er näher, zieht hinter mir die Klassenzimmertür zu, hakt sich bei mir ein, begleitet mich vor die Tafel und sagt leise, mit unendlich sanfter Stimme: «Schau!»
Da es drei Tafeln sind, ist das, was ich sehe, ungefähr das folgende: drei enorme farbige Formeln. Absolut unverständlich.
«Was zum Teufel ist das?»
«Eine Gaußsche Formel, eine logistische und ihre Umkehrung.» Er sagt es zu mir, als liege es auf der Hand, stolz, mit einem Lächeln, das ihm endlich den Bart öffnet. Und ich denke, es ist das erste Mal, daß ich ihn lächeln sehe und daß niemand es weiß oder es sich je vorstellen könnte, weder die Kollegen noch die Sekretärinnen, die mit den Reinmachefrauen Kaffee trinken, niemand, vielleicht nur seine Schüler, die ihn in der Tat lieben.
Ich setze mich. Ich wage nicht mehr, ihn irgend etwas zu fragen.
Und statt mir die Formeln zu erklären, nimmt er unverhofft den Schwamm und wischt sie aus, wirbelnd, eine Tafel nach der anderen, alles weggewischt. Und im Nu schreibt er mit der Kreide, die zwischen seinen Fingern nur so fliegt, folgendes für mich an (und es tut mir leid, daß er es für mich macht, für mich exklusiv):

$$\bar{I} = \int x \frac{e^x}{(1+e^x)^2} dx \Big/ \int \frac{e^x}{(1+e^x)^2} dx$$

«Das ist eine Formel», verkündet er triumphierend.
«Das sehe ich, Canaria, aber darf man wissen, was das darstellen soll?»
«Das ist der Abgrund, in den wir gestürzt sind, meine Liebe!»

«Und die drei Zeichen?»
«Das ist die Straße, die zum Abgrund führt.» Dann bekommt er wahrscheinlich Mitleid, weil ich so entmutigt bin: «Schon gut, ich erkläre es dir: Die Formel ist das Resultat der drei Zeichen. Zufrieden?»
Im allgemeinen bin ich ein zufriedener Mensch. Durchschnittlich zufrieden. Aber wie soll ich ihm sagen, daß ich nichts kapiere? Also, gemach: Canaria unterrichtet Naturwissenschaften; was gibt es denn so in den Naturwissenschaften? Im Gymnasium habe ich im Unterricht zum Beispiel etwas über die Minerale gelernt. Nein, um Minerale geht es nicht: Canaria spricht nicht von Mineralen. Ich habe mich auch mit Flechten beschäftigt, mit der Formel des Kalisalpeters (oder Kaliumnitrats), mit der Geschichte der Erbsen, das heißt mit dem genetischen Kode, der DNS, also mit der Frage, wann jemand mit blondem Haar geboren wird und wann nicht. Auch mit dem Sonnensystem, glaube ich (oder war das in Geographie?).
«Entschuldige, Canaria, aber suchst du nach etwas Bestimmtem?» Ich entscheide mich für die direkte Methode.
«Ja, natürlich. Wie du siehst, beschäftige ich mich mit den mentalen Mutationen, die durch die Evolution der Schüler-Lehrer-Beziehung in der höheren Bildung hervorgerufen werden.»
«Klar.»
Ich weiß nicht, warum ich «klar» antworte, aber es ist klar, daß man das sehr oft tut.
«Hm ...» Ich genehmige mir eine kleine Pause. «Hm ... das gehört zum Lehrplan, oder?»
«Nein! Selbstverständlich ist das Teil meiner persönlichen Weiterbildung!»
«Klar.»
(Schon wieder!)
«Das heißt, das nützt dir als Weiterbildungsmaßnahme. Und wie viele Punkte bringt dir das ein?»
«Soziobiologie. Ich beschäftige mich mit Soziobiologie.

Ich beschäftige mich seit Jahren mit Soziobiologie. Ich habe zwölf Artikel und zwei Bücher geschrieben, über Soziobiologie. Selbstverständlich bringt das keine Punkte ein.»
Also, immer schön der Reihe nach: Ich habe das altsprachliche Gymnasium absolviert, daher habe ich keine Probleme: *sozio* ist klar, es hat etwas mit sozial zu tun, kommt von lateinisch *societas*, und *Biologie* kommt von *bíos*, griechisch «Leben»: das Leben der Gesellschaft. Nein, die Lehre vom Leben der Gesellschaft.
Okay, ich frage: «Die Soziobiologie ist genau...?»
«Es ist, wie du weißt, die Analyse der Art und Weise, wie soziale Systeme funktionieren, unter Zuhilfenahme von Modellen, welche auf der Biologie und der Bevölkerungsgenetik basieren.»
«Aha. Und du beschäftigst dich also genau...?»
«Also, liebe Kollegin, merkst du denn nicht, daß alle hier Idioten sind?»
«Hier ... wo?»
«In der Schule, natürlich!»
«In dieser Schule ...?»
«Ach was, Mensch! Ich sage, in der Schule! Die Schule, verstehst du, Schule allgemein, das Konzept von Schule als solcher: die abweichende kosmogonische idiotische a-logische Scholastikosophie des modernen Zeitalters!»
«Schon gut. Aber womit, hast du gesagt, beschäftigst du dich genau?»
«Na gut. Vergessen wir die Gaußsche Formel und die Logistik. Beginnen wir mit der Umkehrung der Logistik: Erinnerst du dich?»
Ein Moment der Verwirrung, gemischt mit Panik; fast, als würde man auf einer Straße im Zentrum einer chaotischen Stadt plötzlich sein vierjähriges Kind aus den Augen verlieren (das wird doch wohl schon vorgekommen sein, oder?). Aber nur einen Moment lang, und dann frage ich ihn: «Woran soll ich mich erinnern? Ich weiß nicht: an die

Kindheit, die Jugend, das Hochzeitsessen, meine erste Zigarette ...»
«An die Formeln! Du bist hereingekommen und hast drei Formeln gesehen, nicht wahr? Also, ich sage: die Umkehrung der Logistik. Die, wie du weißt, auch Funktion logit genannt wird.»
Meinen die Biologen, vielmehr die Soziobiologen, daß der Rest der Menschheit sich ebenfalls mit Soziobiologie befaßt? Das könnte eine Vorstellung sein, für die hier und jetzt beinahe der Beweis gelungen ist.
Ich zucke nicht mit der Wimper.
«Auf welcher Tafel genau, Canaria, der rechten, der linken oder der in der Mitte?»
«Menschenskind, auf der rechten! Es war natürlich die letzte Formel, das Resultat aus den beiden ersten.»
Tritt nie eine Diskussion los. Das sagte schon meine Großmutter.
«Okay. Ich mache es noch einmal, für dich.»
Der gute, verständnisvolle Canaria. Er macht es für mich. Und er gibt ihr eine Überschrift: «Der Abgrund». Ja, eine gewisse Neigung «zum Abgrund» ist zu erkennen, fast der Marianengraben. Ich würde alles ringsum blau malen, aber das sage ich ihm nicht. Ich werde mich hüten.
Aber ich stelle es mir vor.
«Siehst du?» erklärt er mir jetzt. «Auf der Abszisse steht die Zahl der Lehrer, die von der Schule angeworben wurden, auf der Ordinate die Begabung.»
Die Begabung?
«Entschuldige, Canaria, aber was ist die Begabung?»
«Du weißt ganz genau, was Begabung ist: Früher einmal nannte man es Intelligenz, aber heute kann man das nicht mehr sagen, sonst schimpft man dich gleich einen Faschisten; sagen wir also die Fähigkeit zu unterrichten, ich sage: die natürliche Fähigkeit, nicht das, was sie einem auf den Weiterbildungskursen vermitteln.»
«Das heißt, du möchtest die Lehrfähigkeit messen ...?»

«Nein, du kapierst nichts. Ich messe überhaupt nichts. Je höher die Anzahl von Lehrern, desto geringer die Begabung, und je geringer die Begabung der Lehrer, desto mehr Idioten bringt die Schule hervor. Das behaupte ich.»
Ein Felsblock, der vom Gipfel ins Tal rollt, wäre wahrscheinlich leichter. Donnerwetter, Canaria! Das also hast du in deinen Bart hineingemurmelt!
«Erklär mir das ein bißchen...»
«Da gibt es nichts zu erklären. Will man eine aktivere Schule? Mit mehr Stunden, mehr Kursen, mehr Klassen, mehr Schülern, mehr Fächern, mehr Jahren, mehr von allem? Na gut, dann muß man die Zahl der Lehrkräfte erhöhen, das ist doch klar. Zur Freude der Gewerkschaft, die Arbeitsplätze hinzugewinnt: Sie würde auch Nachtkurse einführen, wenn sie könnte. Okay. Aber was geschieht? Es ist einfach: Angesichts der Tatsache, daß die Perfektion auf sämtlichen Gebieten nur von einer hauchdünnen Minderheit der Bevölkerung erreicht werden kann, fischst du, wenn du die Zahl erweiterst, in der Mehrheit herum und ziehst immer weniger perfekte Fische heraus, immer durchschnittlichere, immer mittelmäßigere. Und so senkst du das durchschnittliche Niveau der unterrichtenden Klasse.»
Unwiderlegbar!
«Aber weißt du, was du da sagst, Canaria?»
«Ich behaupte nur, daß die Begabung eine ebenso begrenzte Ressource ist wie die Kohle oder das Uran oder die Vegetation. Ich sage nichts anderes.»
Die Tür knarrt, der Lichtstrahl aus dem Korridor wird breiter, ein dünnes Stimmchen verliert die Geduld und rettet uns vor dem «Abgrund».
«Entschuldigen Sie, sind Sie am Gehen?»
Es ist die Rita, mit dem Besen in der Hand.
19 Uhr, die Schule wird abgeschlossen.
Und ich denke: Jetzt also putzt die Rita!

16

Wie ein Junge, der angelt, erinnerst du dich? Er steht auf der Mole, mit einem dreibeinigen Rutenhalter und seiner Angelrute, er hantiert eine Ewigkeit mit den Haken, den Ködern und den Schwimmern herum, eine Ewigkeit, erinnerst du dich? Ein Öltanker könnte an ihm vorbeifahren, ja, in nur zwei Metern Entfernung, und er würde ihn nicht sehen; dann der Wurf: Er hält die Rute in der Rechten, entriegelt die Rolle, holt aus und wirft. Ich kann nicht sagen, wo der Köder niedergeht, ich weiß nur, daß er irgendwo hier in der Gegend ins Meer fällt, in die Tiefe sinkt und den Appetit der Fische weckt, aber ich sehe ihn nicht, und ich sehe nicht, wo er die Schnur hinwirft, über welche Strecke sie sich gegen den Himmel krümmt. Welchen Winkel sie zur Wasserfläche bildet, ich müßte eine Brille tragen, sagst du, ich habe eine und setze sie nie auf, aber daran liegt es nicht. Vielleicht daran, daß die Schnur nur in der Phantasie existiert und auch der Köder und auch die Fische, ja, vor allem die Fische, weil, weißt du, es gibt Dutzende von jungen Männern, die auf der Mole angeln, vielleicht Hunderte, die ich im Laufe all meiner Sommer gesehen habe, und ich sehe, daß sie herumhantieren, daß sie etwas durch die Luft werfen, aber nie, daß sie einen Fisch heraufholen, nie, verstehst du? Das ist es, was ich dir sagen wollte. Hast du je von unten gesehen, was passiert? Ich schon, ich bewege mich manchmal, unter Wasser, in die nächste Nähe der Angelhaken, mit der Taucherbrille, und dann sehe ich: Dort sind die Fische, sie streichen um den Köder herum, drängen sich zusammen, unterhalten sich und kichern eine halbe Minute und schwimmen davon, sie haben ihre Lektion gelernt, sie tragen es seit was weiß ich wie vielen Generationen in den Genen, während wir immer noch glauben, daß die Fische darauf hereinfallen. Das ist aber nicht der Punkt, alles ist

schon in dem Augenblick zu Ende, wenn du den Rutenhalter aufbaust, die Rute ausziehst, den Regenwurm oder den Kalmar oder die Garnele aussuchst, das Fischmesser zückst, die Köder vorbereitest, einen auf den Haken steckst und die Schnur wirfst. Stop, das genügt, nichts weiter, es ist nur die Geste, die Zeit, darin ist alles eingeschlossen, alle Fische der Welt, die Fische, die es bisher gegeben hat, und die, die du angeln oder nicht angeln wirst, was macht es schon aus?
Hühnerzüchten ist ein bißchen wie Fischeangeln.
Mario sieht mich lange an, während ich so auf ihn einrede, dann blickt er in die Ferne, und ich weiß, daß er das Meer sieht, von dem ich ihm erzähle.
«Ja», antwortet er mir, «ja ...»
Über kurz oder lang werde ich Tanni einmal einladen, um ihr den Hühnerstall zu zeigen, ich ahne es: Sie weiß ohnehin, daß ich einen Hühnerstall habe, ich ahne, daß sie es weiß.
Mario studiert immer noch sein Windows. Er macht es vorzugsweise am Abend, nach dem Essen, er bleibt bis zwei Uhr auf, und am Morgen hat er dann so traurige Ringe unter den Augen.

«Hör mal, Tanni, was hältst du davon, wenn du mich einmal besuchst?»
Über ihre Augen, über ihr Gesicht, über alles, was ich von ihr sehe, ergießen sich Ströme von Freude, von jener Freude, die sich nicht eindämmen läßt, die über die Ufer tritt und, gemischt mit Verlegenheit, Ungläubigkeit und Rührung, alles überflutet.
Carla, man braucht schon eine Portion Mut, um eine Schülerin einzuladen, du weißt doch, daß man das nicht tut.
«Dann zeige ich dir meine Bücher ...»
Ich provoziere sie, hier sollte sie etwas über die Hühner sagen, aber sie schweigt; wieso schweigt sie?

«Dann könntest du, wenn du willst, auch ...»
Nichts, sie sieht mich mit aufrichtiger Neugierde an. Ist das denn die Möglichkeit?
«... meinen Hühnerstall sehen.»
Da, es ist raus! Ich habe es gesagt! Und jetzt?
«Einen Hühnerstall? Was für einen Hühnerstall?»
Was soll das? Was für einen Hühnerstall denn? Nimmt sie mich auf den Arm?
«Den Hühnerstall, den ich ... Ich habe einen Hühnerstall.»
Und hier bricht Tanni, meine Tanni, in Gelächter aus, lacht, wie es nur die Jugend versteht, ein lebendiges Lachen, das aus dem Mittelpunkt der Erde kommt und reines Feuer ist.
Tanni wußte also nicht, daß ich einen Hühnerstall habe.
Sie kommt um fünf. Dann trinken wir Tee, habe ich ihr gesagt. Ich habe auch zwei Petits fours gekauft, die mikroskopisch kleinen der Firma Pastrenghi, irrsinnig teuer.
«Ich habe nur zwei Petits fours von Pastrenghi mitgebracht», sage ich, während wir unseren Tee trinken. Ich sehe an ihrem Gesichtsausdruck, daß sie sie nicht kennt, vielleicht wäre Brot mit Nutella besser gewesen, das war natürlich vorherzusehen, Tanni ist keine Dame um die Vierzig, Ehefrau-eines-Anwalts-oder-desgleichen. Ich führe sie gleich in den Hühnerstall, stelle ihr Sapone vor, die uns als erste vor die Füße rutscht, dann Matassa, Pulcinella und Scara.
«Scara?»
«Das steht für Scarabocchio, Klecks», sage ich und deute auf die schwarzen Flecken auf ihren Schwanzfedern. «Sie sehen aus wie Tintenkleckse, oder?»
Ich sehe, daß sie sich freut.
Ich erzähle ihr von meinen Ambitionen, daß ich es schaffen muß, ein Huhn zum Fliegen zu bringen, ja, ich bitte sie, mir zu sagen, wenn ihr dazu eine Idee käme. Sie ist zufrieden, wie jemand, der am Gegenüber eine kleine, harm-

lose Unvollkommenheit entdeckt, eine krumme große Zehe etwa oder Flaum in den Ohren.
«Das erzählst du aber nicht in der Klasse herum, okay?»
«Ich schwöre es.»
Jetzt, da ich mit Tanni ein Geheimnis teile, fühle ich mich erleichtert: Es kommt mir vor, als zahlte ich eine Schuld zurück, jene Art von Unbehagen über die Dinge, das sie mir verursacht und von dem ich irgendwie das Gefühl habe, daß ich es ihr zurückgeben müsse, aber ich weiß nicht, wie, jedenfalls nicht in der Schule, mit einer Unterrichtsstunde.
«Das sind doch Hirngespinste!» sagt Mario. «Sie schwärmt für dich, was solltest du ihr sonst noch schulden, entschuldige mal? Vielmehr...»
Er will wissen, ob ich sie gefragt habe, warum sie durchgebrannt ist. Klar, daß ich sie das gefragt habe; sie war nicht von zu Hause abgehauen, sie wollte nur den Einfallswinkel zwischen Tag und Nacht und Nacht und Tag messen, also sehen, ob er gleich groß ist; und deshalb mußte sie natürlich die ganze Nacht draußen bleiben. Ebendarum.
Mario sieht mich bestürzt an, den Stift in der Hand. Ich habe das Gefühl, ich müsse irgend etwas hinzufügen: «Ich gebe zu, daß es ein wenig, na ja, wie soll ich sagen... leichtsinnig war: Sie hätte sich einen Timer besorgen können.»
«Das heißt, eine Uhr?»
«Nein, Tanni hat mir erklärt, daß sie den Timer vergessen hat; das ist eine Art elektrische Sanduhr; weißt du, um auch die Einfallszeit – nicht nur den Winkel – zwischen der Nacht und dem Tag zu messen.»

17

Mario starrt seit einer Stunde seinen Computer an: Ich erkenne nicht, ob er an ist oder aus; wenn er ausgeschaltet ist, bedeutet das, daß Mario nachdenkt, wenn er eingeschaltet ist, bedeutet das, daß er nicht weiß, was er tun soll. Ich schaue ihm über die Schulter: Er ist an, ich lese, das heißt, ich lese nicht, ich schaue und sehe. Ich sehe einen Bildschirm voller winziger Kästchen, alle in einer Reihe, in jedem Kästchen eine winzige Zeichnung, darunter eine Reihe von Vierecken, die auszufüllen sind, numeriert, andere Zeichen, hellgrau, dunkelgrau, ein kleiner Stift, der sich mit der Maus bewegt, darunter andere Kästchen, Zeichnungen, Zahlen. Ich denke. Ich denke an die chinesischen Ideogramme, an die chinesischen Restaurants und an Marco Polo. Dann denke ich an die Bahnhöfe, an die Flughäfen, an die Wartesäle, an all ihre Schilder, auch die an den Straßen, an die Mickymaus-Hefte, als Marcello noch nicht begriff, wo etwas zu lesen war. Dann denke ich nicht mehr. Ich lese: Öffnen – Bearbeiten – Suchen – Speichern – Ersetzen – Beenden – Tabelle zeichnen – Markierung löschen.
Lauter Verben, plus «Tabelle» und «Markierung».
Jetzt bewegt Mario die Maus und klickt. «Klicken» sagt man für «Klick machen». Vielleicht sagt man bald auch «mausen» für «die Maus bewegen».
Klick, und es erscheint ein Rahmen mit weiteren Rähmchen drinnen. Klick, und im Rahmen A erscheint der Rahmen B mit seinen Rähmchen. Klick, und im Rahmen B erscheint der Rahmen C, größer, länger: In ihm befindet sich eine Reihe kleiner Zeichnungen und kleiner Kästchen und kleiner Wörter. Mario setzt die Maus auf eines, klickt, und es erscheint:
NOTEBOOK
MULTIMEDIA

HYPER TERMINAL
MICROSOFT WORD VIEWER
PAINT
UTILITIES OF SYSTEM

Das ist ein Menü, ich höre, daß es sich um eines jener Dinge handelt, die man Menü nennt (ja, es ist tatsächlich wie im Restaurant: eine Liste mit den Speisen, und du liest sie und wählst etwas zum Essen aus, das heißt, du klickst, und der Kellner ist dann also so etwas wie die Maus). Ich verweile bei zwei Gerichten des Menüs: PAINT, weil ich denke: Wie schön! Man kann auf dem Computer auch malen! (und tatsächlich, links, in einem Mikrofeld eines Mikrorahmens, sieht man einen Mikropinsel, dessen Mikrohärchen – Ochsenhaar, natürlich! – man vielleicht auch mit der Maus bewegen könnte. Unbedingt vom Ochsen, die Härchen der besten Malerpinsel, ich weiß es), und UTILITIES OF SYSTEM, weil ich denke: Was soll daran nützlich sein? Und um was für ein System handelt es sich denn?

Dann denke ich an Mario. Jetzt begreife ich, warum er so traurig ist, seit er Windows hat. Ich schaue ihn an, ich schaue seine Schultern an – so traurig! Er tut mir so leid, mit seinen aufgerissenen Augen, die auf diese häßlichen Bildschirmanzeigen gerichtet sind. Ich denke an die Jugend, die vergeht, an die Zeit, als wir zur Mole gingen, um frischen Fisch zu kaufen, und an die Zeit, als ich ihn noch nicht kannte und er am Strand mit Murmeln spielte. Bestimmt hat Mario am Strand mit Murmeln gespielt. Aber ich habe ihn noch nie gefragt. Ich könnte ihn danach fragen.

Ich habe mich entschieden: Die Wahl fiel auf Corvetta. Nicht, weil sie geschickter ist als die anderen. Und auch nicht, weil sie schwarz ist und ich sie bevorzuge, um zu beweisen, daß ich keine Vorurteile habe. Sondern deshalb, weil sie von Geburt an starke Flügel hat, und ich im

Grunde wenig an die Erziehung glaube: Meiner Meinung nach gehen achtzig Prozent auf das Konto der genetischen Ausstattung.

Der zweite Grund: Ich bin einmal am Abend in den Hühnerstall gekommen, als alle schliefen, oder zumindest hatte ich diesen Eindruck. Ich hatte den Korb mit dem trockenen Brot vergessen, das ich für den folgenden Tag einweichen wollte. Ich war ganz leise. Es ist wunderschön, in der Nacht einen Hühnerstall zu betreten: Man fühlt sich wie ein Fuchs. Man sieht viele eiförmige aufgeplusterte Körperchen ohne Kopf, weil die Hühner, wenn sie schlafen, den Kopf zwischen die Federn stecken und ein wenig schwanken, als verlören sie leicht das Gleichgewicht. Was für ein Frieden! Man fühlt sich an eine Schießbude auf dem Jahrmarkt erinnert mit Zielscheiben, die unschuldig dastehen und nichts vom nächsten Tag wissen. Man bekommt Lust zu schießen, eine leise, uneingestehbare Lust.

Plötzlich habe ich hinter mir ein Geräusch gehört: Wäre ich ein Fuchs gewesen, hätte ich an den Jäger mit dem Schießgewehr gedacht. Ich habe mich umgedreht und einen schwarzen Schatten gesehen: einen eiförmigen Körper, aber mit vorgerecktem Kopf und lange ausgestreckten Füßen, und das zwei Meter über dem Boden. Ein leichtes rhythmisches Plustergeräusch. Dann nichts mehr.

Ich weiß, daß nachts alle Schatten schwarz sind, aber ich bin überzeugt, daß dieser Schatten Corvetta war, meine einzige schwarze Henne.

Corvetta, die heimliche Flugversuche unternahm.

«Ciao, Canaria, wie geht's?»

Viertel vor acht, wahnwitzige Verfrühung. Canaria ist schon da, in seiner Ecke, stumm, reglos, mit baumelnder Brille. Einen Moment lang denke ich, daß er zu mir herüberlächeln könnte. Aber nichts dergleichen.

«Wie bist du eigentlich auf diese ganze Theorie gekommen?» frage ich ihn verwundert.

«Ich habe Popper gelesen. Das, was Popper über das Fernsehen sagt», brummt er, den Kopf bereits in seine Mappen vergraben.
Ich weiß nicht, aber vielleicht sollte ich ihm etwas über meine Hühner erzählen.

18

Heute wählen wir unsere Lehrbücher aus. Um halb zwei ist Lehrerkonferenz, also fahre ich nicht nach Hause. Gestern abend habe ich ein Ragout mit Kartoffeln gemacht, so daß Mario es für die Familie aufwärmen kann, wenn er nach Hause kommt, das heißt, nein, nur für Lucia, weil Marcello heute keinen freien Nachmittag hat; Marilena holt ihn dann später ab. Hoffentlich regnet es nicht, aber ich kann auch nicht immer an alles denken. An den Regenschirm wird Marilena schon selber denken, oder nicht?

Am schwersten fällt die Wahl beim Lesebuch, ich weiß, man muß vorher mit allen sprechen, und deshalb halten wir, die Italienischlehrer des Doppelschuljahres, heute eine Versammlung ab.
«Ich weiß nicht ... mir ist alles recht ...»
Sie fallen zu fünft über mich her. Tatsächlich habe ich Unsinn verzapft: Wir müssen uns zwischen neunzehn Lesebüchern entscheiden, von denen die letzten vor zwei Jahren erschienen sind. Und jedes, oder fast jedes, entspricht einem anderen Programm, das heißt einem anderen Ansatz.
«Willst du uns provozieren?»
«Nein, entschuldigt, aber ich habe Hunger.»
Ich habe keine Lust, ernst zu sein. Wenn mich jetzt Vetter Dynamo hörte ...

«Sag uns wenigstens, wie dein Unterrichtsprogramm aussieht.»
Programm, Prokilo, Prozentner, Protonne.
Pro Gramm, wieviel?
Ich schaffe es nicht einmal, einen Monat vor den Augustferien ein Urlaubsprogramm zusammenzustellen! Vom Programm für das nächste Schuljahr ganz zu schweigen. Aber ich kann meinen Kolleginnen (nie ein Mann dabei, nie) doch nicht sagen, daß ich das machen werde, was mir gerade durch den Kopf schwirrt: Heißt das vielleicht, ein Programm zusammenzustellen? Und die pädagogischen Ziele? Und die didaktischen Wegweiser?
«Ja, klar, wir reden gleich darüber», gelingt es mir zu sagen in der Hoffnung, daß es vorläufig genügen möge.
Ich fühle mich eindeutig im Nachteil, ich hege die absoluteste Bewunderung für meine Kolleginnen, für fast alle. Zum Glück gibt es die Koordinatorin, das heißt die Chefin, die uns alle koordiniert. Ich nenne sie Koo. Sie hat das Wort, und wenn sie es allein ergreift, würde ich sagen: gut so! Sie ist unglaublich tüchtig, für ein Lesebuch nach dem anderen liefert sie eine Analyse, eine Zusammenfassung, eine Bewertung. In der Schule war sie wohl die Klassenbeste. Jetzt ist sie die Lehrerinnenbeste und koordiniert.
Ich gestehe, daß ich nichts verstanden habe: Es gibt Lesebücher, die der chronologischen Ordnung der Literatur folgen, wir nennen sie historische Lesebücher, also wie die, die es früher einmal gab; dann gibt es «nach Gattungen geordnete» Lesebücher, das heißt, die ausgewählten Texte stehen für verschiedene literarische Gattungen: Roman, Erzählung, Novelle, Lyrik, Theater, und dann gibt es Lesebücher «mit Texten», und genau an dieser Stelle – ich muß es zugeben – begriff ich nichts mehr.
«Na, Carla, bist du für Texte oder für Gattungen?»
Also, immer mit der Ruhe: «Bist du für Texte?» soll um Gottes willen was bedeuten? Sind denn nicht alle Texte?

«Na ja, ... teils, teils, denke ich.»
«Nein, du mußt dich entscheiden.»
Wie wahr. Im Leben muß man sich immer entscheiden.
«Wir zum Beispiel sind alle für Texte. Du wirst doch wohl kaum für Zeitungen sein . . !»
Vielleicht komme ich dahinter ... kann es sein, daß sie ...
Nein! Es ist fast dreißig Jahre her, das ist nicht möglich!
Mir bleibt nichts anderes übrig, ich muß meine Unwissenheit bekennen: «Entschuldige, aber willst du sagen, daß ihr sie im Unterricht Zeitungen lesen laßt?»
«Na klar.»
Na klar, na klar. Dreißig Jahre. Vor dreißig Jahren war ich in der Mittelschule, da hatte ich einen tollen Italienischlehrer, der im Unterricht eine Stunde pro Woche Zeitungen lesen ließ. Es war eine Revolution (damals!). Wir langweilten uns zu Tode und konnten nicht abwarten, bis er Leopardi durchnahm, aber wir spürten den Geist der neuen Zeiten und waren irgendwie stolz darauf.
Aber jetzt?
Die Versammlung endet nach anderthalb Stunden. Alles okay, ich habe die Haltung «Tu, als sei nichts geschehen» eingenommen, den Mund nicht aufgemacht und mich für genau dasselbe Lesebuch entschieden wie meine Kolleginnen. Ich bin sehr zufrieden.
Doch ich habe mir wieder einmal vorgenommen, etwas davon zu begreifen.
Zu Hause sehe ich mir die neunzehn Musterlesebücher an. Natürlich, das hätte ich vorher machen sollen! Es ist kein Zufall, daß Vetter Dynamo mir immer wieder vorhält: «mehr Ernst, mehr Ernst». Wenn es nicht so wäre, wie könnte er dann stets den Eindruck erwecken, daß er recht hat?
Über die historischen und die, die nach Gattungen geordnet sind, bin ich mir im klaren, ich lege sie beiseite.
Was nun die «mit Texten» anbelangt, so habe ich begriffen, daß es genügt, sich die Titel anzusehen:

WERBESPRACHE
POLITISCHE SPRACHE
JOURNALISTISCHE SPRACHE
LITERARISCHE SPRACHE

Ich gehe zur Koo. Ich frage sie, wieso die Literatur eine «Sprache» geworden sei und was wir Italienischlehrer eigentlich unterrichteten; sie sieht mich mit großen vorwurfsvollen Augen an, ich komme mir vor wie eine Schülerin, die ihre Hausaufgaben nicht gemacht hat, sie fragt mich, ob ich das erst jetzt bemerke und was ich bis jetzt getan hätte. Ich habe das Gefühl, daß sie im Begriff ist, mir zu sagen, daß ich nur käme, um die Bänke anzuwärmen, es tut mir leid, es tut mir leid, ich habe keine Entschuldigung, auch die Tatsache, daß ich zugebe, vielleicht zwei oder drei Konferenzen geschwänzt zu haben, ist schmerzlich. Ich mache eine Pause, schöpfe neue Kraft und werfe mich in die Brust: «Aber wir müssen ihnen die Literatur beibringen, Gabriella! Den Stil, die Erfindungsgabe, die Erhabenheit ... die Größe. Möchtest du dich wirklich auf das Niveau der Zeitungen begeben? Das ist eine vergammelte Sprache, weißt du. Man bräuchte sie nicht zu lesen, die Zeitungen, nicht einmal wir Erwachsenen! Sie verderben uns mit ihrer Beschränktheit, sie ziehen uns in ihren Schmutz, und dann sollen wir ihre Lektüre empfehlen, ja sie ihnen beibringen, den Heranwachsenden? Sie brauchen große Dinge, nicht die Realität, die obendrein je nach den politischen und wirtschaftlichen Absichten verdreht wird und reduziert auf einen jämmerlichen Sprachbrei, um ein möglichst breites Publikum zu erreichen, das heißt, um Geld zu machen! Ach, hör doch auf!»
Ich halte den Atem an, bravo. Aber sie erwidert, ungerührt wie ein Panzer: «Und mit achtzehn, wen wählen sie dann?»
Ich verstehe nur Bahnhof.
«Wie wählen sie, wenn ihnen nie jemand beigebracht hat,

die Zeitungen zu lesen, sie wirklich zu lesen, zwischen den Zeilen, als das, was sie sind, und zu unterscheiden, zu beurteilen, zu verstehen? Die Zeitungen und das Fernsehen, sage ich, man müßte auch die Fernsehsendungen untersuchen ...»
Wie wichtig ist es doch, eine Koo zu haben.
Ich spüre, daß etwas Wahres dran ist. Aber trotzdem bekomme ich eine Gänsehaut. Ach, nein, wir kommen nicht weiter. Unterdessen überlege ich, daß die Gans ja eine größere Verwandte meiner Hühner ist.
«Homer lesen, das müßten sie, um richtig wählen zu können!» haue ich auf die Pauke.
Dieser Punkt geht auf mein Konto, sie ist fassungslos, und ich setze noch eins drauf.
«Homer bildet sie, bereichert sie, erklärt ihnen die Welt.»
Oho! Vielleicht ein Satz zuviel. Und schon: «Aber Carla! Wir müssen ihnen etwas Aktuelleres anbieten, glaubst du nicht? Homer, schön und gut, Homer wird ja durchgenommen, aber sie leben im Hier und Jetzt, sie müssen den Unterschied zwischen der einen Partei und der anderen verstehen, zwischen dem einen Politiker und dem anderen, oder?»
Selten verstehen wir sie, die Unterschiede. Ich weiß nicht. Meiner Meinung nach kann man das von den Kindern nicht erwarten und ihnen das auch nicht vermitteln: Sie müssen es von allein begreifen, im Lauf der Jahre. Vielleicht lernt man erst im Erwachsenenalter, Zeitungen zu lesen, dann, wenn man schon etwas von Wirtschaft, Geschichte, Politik und Kunst versteht und wenn man gesehen, versucht, gewonnen und verloren hat. Es ist so, als würde man uns Erwachsenen den Leitartikel einer Zeitung aus Burma unter die Nase halten und sagen: «Entschlüssele diesen Text.» Immer mit der Ruhe: Zuerst muß man ein paar Jährchen in Burma leben, genau wissen, wo es liegt, wie es ist und warum es so ist, wie es ist. Wenn man ein bißchen Leben hinter sich hat, kann man die Zei-

tungen verstehen, und diese Erfahrung können wir Lehrer den Schülern sicherlich nicht als Vorschuß mitgeben. Wir können ihnen nur das Leben, das sie jetzt haben, mit ihren fünfzehn Jahren, verschönern, vor ihnen die Schönheit aufblitzen lassen, ihnen Begeisterung einpflanzen, weißt du: Begeisterung, Leidenschaft? Das können wir tun. Zeigen, daß es auf dieser Welt auch Homer gibt und daß man sich entscheiden kann, seine Zeit damit zu verbringen, ihn zu lesen, und daß in diesem Fall die Zeit sich dehnt, aus den Kleinlichkeiten des Fernsehens und der Zeitungen heraustritt und diese mit Überschallgeschwindigkeit in einen gigantischen übelriechenden universellen Mülleimer befördert.

Ich möchte so gern Canaria treffen. Ich gehe durch den Korridor und spähe in die offenen Klassenzimmer, sicher ist er da. Nein, es ist fast neunzehn Uhr, und die Rita ist da und mit dem Besen unterwegs. Bestimmt hat sie ihn schon weggefegt, den Kollegen Canaria.

Statt dessen treffe ich France, meine Lieblingskollegin, eingemummelt in ihre dicke gestreifte indische Jacke. Sie erwartet mich auf der Treppe. Auch sie kommt aus ihrer Fachlehrerkonferenz. Auch sie sieht müde aus und lächelt matt. Wir verstehen uns immer, es genügt, ihr in die Augen zu sehen.

Heute abend tut sie geheimnisvoll, hakt sich bei mir ein und flüstert mir, wie in einem Spionagefilm, zu: «Warum suchen wir uns keinen Leuchtturm?»

«Einen Leuchtturm?»

Sie sagt wirklich: einen Leuchtturm, einer dieser Leuchttürme an der Küste, die den Schiffen leuchten – einen Leuchtturm.

Und plötzlich erstrahlt mein Leben.

Ich persönlich denke an einen Leuchtturm auf einer Klippe, an einen Leuchtturm mit nichts ringsumher – nur Meer, Wind, Sturm. Ich weiß es nicht, aber ich glaube, ihr wäre ein bißchen Grün drumherum lieber.

Sie sagt, man könne solche jetzt pachten. Sie sagt, sie werde sich erkundigen.
Ich glaube, daß ihr Leuchtturm ein wenig meinen Hühnern ähnelt. Ich hoffe wirklich, daß sie einen findet. Viel Glück, France.

19

«Warum kaufen Sie sich nicht ein paar schöne Legehennen, Frau Lehrerin?» fragt mich Isidoro alle zwei Tage.
Ich weiß, einem Bauern fällt es schwer zuzusehen, daß jemand wie ich Hühner züchtet und sie weder verkauft noch verspeist – Hühner, die nicht als Brühe für die gefüllten Teigtaschen enden und die nicht einmal Eier legen. Es ist schwer. Wie soll ich es ihm beibringen, daß ich sie züchte, um sie fliegen zu lassen? Daß es ein Studium ist, ein Beruf, daß dies mein größter Ehrgeiz ist?
Legehennen sind großartige Hühner: rötlich, ähnlich wie Füchse.
Meine Hennen dagegen sind gelblich und gräulich, blaß; mit Ausnahme von Corvetta, die so schön ist, wie schwarze Katzen schön sind.

Was siehst du aus deinem Fenster, dieses Thema hatte ich für eine Hausarbeit gestellt, und jetzt halte ich eine Stunde, in der die Aufsätze laut vorgelesen werden. Manche sehen Damen mit einem Hund, Großväter mit Enkeln auf dem Rad, starke Motorräder, die vorbeisausen, die Freundin auf dem Sozius mit wehendem Haar ... Dann Tannis Aufsatz:
> *Sie machen einen Schritt nach dem anderen, nichts Kompliziertes.*
> *Sie sind alle wie blind.*

Was dich so erschreckt, ist allerdings ihr Bestes: Sie gehen, ganz einfach; sie versuchen, dabei nicht um sich zu schlagen; einige sehen auch eine Geste der Höflichkeit vor; sie weichen an der Mauer entlang aus, warten auf dich, um mit dir zusammen die Straße zu überqueren.
Was sonst können die Menschen tun, auf diese Erde gefallen, wie sie sind? Diese Menschen, die dir so uninteressant vorkommen, sind in Wirklichkeit so verdienstvoll.
Viel mehr als du, der du nicht nur nicht gehst, sondern nicht einmal gelernt hast, ihnen zuzusehen, während sie gehen! So könntest du sie, allein vom Zusehen, auch lieben.

Ende von Tannis Aufsatz.
Es ist wie im August, wenn du um zwei Uhr nachmittags im Auto sitzt und sich hinter einer Kurve eine Bucht mit grünem Wasser und weißen glattpolierten Felsen öffnet; oder wie wenn du den Computer einschaltest und wartest, bis das Zeichen aufleuchtet und du auf ENTER drücken kannst, und in diesen sechzig Sekunden – nicht mehr, vielleicht weniger – die Vorfreude auf das Glück empfindest, etwas zu schreiben, ohne schon genau zu wissen, was es sein wird. So, genau so ist ein Aufsatz von Tanni.
Tanni hat nämlich Augen, das ist alles. Entweder man hat Augen, oder man hat keine Augen, ich meine: innere Augen, nicht die äußeren, die wir allzuoft benutzen.

Heute habe ich einen Apparat zum Fliegenlernen gebaut, den ersten, die Nummer eins.
Ich habe ein Weinfaß genommen, es auf den Boden gerollt und darauf ein ungefähr zwei Meter langes Brett gelegt. Der Apparat funktioniert wie eine Wippe: Das Huhn steigt auf das Brett, marschiert los, und wenn es die Mitte erreicht, klappt das Brett hoch, und um nicht herunterzufallen, fliegt es (oder sollte es fliegen).

«Und wenn dein Huhn keine Lust hat zu gehen?» meldet sich Lucia mit ihrem Stimmchen und schaut aus dem Fenster.

20

«Das Lehrfach paßt gut zu einer Frau.»
«Ja, aber ich möchte nicht ins Lehrfach, ich möchte Italienisch studieren.»
«Aber wenn du Italienisch machst, wirst du ins Lehrfach gehen.»
«Ich weiß, aber ich will nicht.»
«Warum machst du dann Italienisch?»
«Es geht nicht darum, daß ich es mache, ich kann nichts anderes: Mir gefällt nur das.»
Es war nicht leicht, es zu erklären. Ich las und schrieb gern, deshalb habe ich das altsprachliche Gymnasium absolviert und mich dann für Italienisch entschieden. Daß ich im Lehrfach enden würde, wußte ich wohl, aber ich habe nicht weiter daran gedacht. Das heißt, ich habe es gar nicht in Betracht gezogen; es kam mir vor wie ein Felsblock, der sich, wer weiß wie, letztendlich im Meer auflösen würde wie Zuckerwatte.
«Hättest du nicht Medizin studieren können?» fragte mein Vater jeden Abend zwischen sechs und sieben, wenn er den Salat putzte.
Mein Vater wollte jeden Abend seinen Salat haben, «und dann putzt du ihn dir selber», hatte seine Frau, das heißt, meine Mutter, zu ihm gesagt, die den ganzen Tag zu Hause arbeitete, sie war Strickerin. Er putzte, am Küchentisch sitzend, unter sich eine aufgeschlagene Zeitung, um nichts schmutzig zu machen, methodisch, mit Brille. Fleißig, im Unterhemd. Zu Hause trug mein Vater immer

ein Unterhemd, egal, ob es Sommer war oder Winter. Ich empfand es als unwürdig.
Mein Vater war Briefträger, und wenn er von der Arbeit heimkam, zog er sich zuerst das Unterhemd an, dann putzte er den Salat. Zuvor aber fragte er automatisch seine Frau: «Ist der Salat schon geputzt?»
Da er nie geputzt war, kümmerte er sich selbst darum.
«Ich werde Nuklearingenieurin.» Ich habe es wohl als kleines Mädchen hundertmal wiederholt; davon war ich überzeugt. Ich wußte nichts von Kernkraftwerken, noch, daß das Wort «Nukleus», Kern, auch etwas mit dem Atomkern und folglich mit der Atombombe zu tun hatte. Dann verliebte ich mich in meinen alten Italienischlehrer – weil er über und über rot wurde, als er uns *A Silvia* erklärte –, und ich beschloß, so zu werden wie er.
«Hauptsache, du bekommst eine Pension», sagte mein Vater zu mir und putzte den Salat.

Wenn ich jetzt die Leiter anschaue, die Isidoro gegen die Mauer lehnt, kommen mir die Tränen: Wer macht so etwas wohl noch? Überflüssig, darüber mit Mario zu reden, er gibt Mathematikunterricht.
Wenn er sie baut, nimmt Isidoro einen Baum, spaltet den Stamm und legt in Abständen gerade Äste waagerecht dazwischen, so daß sie Sprossen bilden.
Er hat eine Leiter gebaut, die vielleicht sechs Meter lang ist. Manchmal, wenn sich Wäschestücke von mir auf dem Dach verfangen, hole ich ihn, und er kommt mit seiner Leiter, die so lang ist, daß sie bis in den Himmel reicht.
«Halten Sie sie nur fest, damit ich nicht falle», bittet er mich, während er bereits am oberen Ende ist.
Und ich halte die Leiter so fest, wie ich nur kann, und bete, daß er nicht herunterfällt.

Ob ich eine Pension bekommen werde, weiß ich nicht, Papa. Jedenfalls bin ich keine Lehrerin: Ich züchte Hühner.

Ich muß Canaria etwas sagen.
Ich schaue in alle Klassenzimmer, es ist drei Uhr nachmittags, und er ist bestimmt da, ich weiß es, er wird sich in eines dieser leeren Klassenzimmer zurückgezogen haben.
5 C: Da ist er. Nicht vor der Tafel, sondern über die erste Bank gebeugt, die Mappen geöffnet: Er zeichnet etwas auf ein paar Blätter, ich würde meinen: eine Parabel, ich weiß nicht, irgend etwas Krummes. Ich stehe schon hinter ihm, aber er sieht mich nicht. Die Brille baumelt an der vielfarbigen Schnur: Noch kein einziges Mal hat er sie aufgesetzt, diese Brille.
Er sieht mich.
«Ich versuche, eine Funktion zu integrieren ...»
Ich nicke mit sehr ernster Miene, weil das, was er zu tun versucht, etwas schrecklich Ernstes sein muß. Tatsächlich fügt er hinzu: «Seit sechzehn Tagen und acht Nächten versuche ich es schon.»
«Du arbeitest auch in der Nacht?»
«Nein, aber wenn ich über etwas nachgrüble, kann ich nicht einschlafen. Und seit acht Nächten grüble ich über dieses Integral nach, ich schlafe nicht ein, also denke ich darüber nach.»
«Hör mal, Canaria, ich hätte einen Einwand.»
«Gegen was?»
«Gegen den Abgrund.»
Er setzt sich hin und schaut mich an. Dann bedeutet er mir, mich an die Tafel zu begeben. Er glaubt doch wohl nicht, daß ich mich jetzt hinstelle und ihm vier Formeln mit Einwänden liefere? Ich setze mich ebenfalls.
«Kann es nicht sein, Canaria, daß die Schüler daran schuld sind, wenn sie mit der Vermassung der Schule immer dümmer werden? Weißt du, je mehr die Schule bereit ist, alle aufzunehmen, um so weiter müssen die Lehrer die Anforderungen herunterschrauben.»
Er steht auf, wirft Blätter und Mappen in die Luft, läßt den Stuhl nach hinten fallen, die Brillenschnur verheddert

sich, er streicht sich nervös über den Bart und brüllt: «Nein! Falsch, falsch! Genau das Gegenteil ist der Fall!»
Und er stürzt zur Tafel und bedeckt sie im Nu mit Skizzen, Formeln, Kurven, Ziffern und Buchstaben.
Dann beruhigt er sich wieder – wie alle Naturgewalten. Und sagt triumphierend zu mir: «Siehst du, daß das Gegenteil der Fall ist?»
Und das, was ich sehe, ist mehr oder weniger folgendes: Die Achsen der Abszissen und der Ordinaten und in der Mitte ein Hügelchen; auf einer Seite «Begabung der Schüler», auf der anderen «Verschulung». Aufgeregt schreit Canaria: «Wir sind hier! Verstehst du? Wir sind hier!»
«Ich verstehe nichts», sage ich.
Und wieder beruhigt er sich: «Wenn du die Schule für die mittleren und unteren Klassen öffnest, führst du ihr neue Lebenskraft zu: Es kommen die besten Elemente, denn sie schaffen es nur dann, wenn sie gut sind, und deshalb senken sie das Durchschnittsniveau nicht, sondern sie heben es!»
Genial.
Ich denke an Mario, an seine Formeln. Wie gern hätte ich ihn jetzt hier. Er könnte mir sagen, ob Canarias Formeln elegant sind oder nicht. Jetzt hat sich Canaria wieder hingesetzt und denkt, auf seine Blätter gestützt, nach; ich glaube, er ist zu seinen Integralen zurückgekehrt, weil er mir jetzt nicht mehr antwortet, auch nicht, wenn ich mit ihm rede.
Ich gehe hinaus, froh, ihn nicht im mindesten erschüttert, ja ihn vielleicht höchstens für einen Augenblick von seinen Problemen abgelenkt zu haben.
Beim Hinausgehen schließe ich die Tür der 5 C mit festem Druck: Ich möchte nicht, daß ihn irgend jemand stört.
Schönen Nachmittag, Canaria.

21

«Stell dir vor, Marcello will eine Maschinenpistole für die Fliegen.»
«Und wo bekommen wir so was?»
Das ist Marios Antwort: «Und wo bekommen wir so was?» Mario erkennt den neuralgischen Punkt der Dinge nicht; er ist so ... so stumpf. Jetzt, da sein Sohn sich zu Weihnachten eine Maschinenpistole für die Fliegen wünscht, hat er nur eine Sorge: daß er nicht weiß, wo man Maschinenpistolen für Fliegen kaufen kann, und nicht, daß es für einen Jungen von zwölf Jahren ungehörig ist, noch an das Christkind zu glauben und es dann um eine Maschinenpistole für die Fliegen zu bitten!
Es wäre Zeit für einen Crodino mit Pistazien.
Ich weiß nicht, was mich mehr stört: daß mein Sohn eine Maschinenpistole will oder daß er sie ausgerechnet für die Fliegen will.
Im Winter gibt es keine Fliegen.
Irgend etwas stimmt nicht, wenn jemand sich ein Geschenk wünscht, von dem er erst sechs Monate später etwas hat.

Es ist sechs Uhr abends, und aus Isidoros Fenster kommen die üblichen bläulichen Schimmer. Um sechs Uhr abends sieht Isidoro immer fern. Ich weiß, daß er das tut, ich weiß es, aber es ärgert mich, ich möchte es nicht. Er schaut jeden Abend bis acht, dann geht er schlafen, und im Winter schaut er auch am Vormittag und auch um drei, weil es im Winter wenig zu tun gibt, die Erde schläft, und draußen ist es zu kalt zum Herumwerkeln, also bleibt Isidoro im Warmen und guckt ein bißchen fern, sagt er.
Isidoro, ich wollte, du würdest nie fernsehen. Ich weiß, daß du morgens um fünf aufstehst und um zehn schon eine halbe Heuwiese gemäht hast und dir einen Teller

Kartoffelsalat mit Petersilie und Zwiebeln machst, ich weiß, daß du abends um sechs nicht einen Arbeitstag, sondern drei hinter dir hast, und es ist nur recht, daß du dich ausruhst. Ich weiß. Du sinkst auf deinen Korbstuhl, die Arme auf dem geblümten Wachstuch, das noch deine Lina gekauft hat, du stützt den weißen Kopf auf die Arme und schaust dir die Tänzerinnen an, die Werbespots, die siebenundzwanzigste Folge eines Krimis. Ich weiß, aber ich möchte dich bitten, es nicht zu tun: Bauern wie du verfügen über ein vollkommenes Wissen, sie besitzen die tiefe Kenntnis der Welt. Wie die Seeleute, die Fischer ... Eure kleine Welt ist perfekt: Ihr lernt und wißt nur das, was für euch wesentlich ist: wie man ein Feld pflügt, wann der Wind aufkommt, wo man den Angelhaken festmacht und ob das Meer sich beruhigt. Ihr wißt alles Wesentliche, seit Jahrhunderten: Das ist der Ursprung eurer Weisheit, deshalb gelingt es euch, alles zu verstehen, auch den ganzen Rest, ich meine: auch das, was nicht in euer Metier fällt, denn ihr seid in die Tiefe gegangen, senkrecht, und das in einer einzigen Sache.

Aber das Fernsehen, das Fernsehen zeigt euch viele Dinge, nicht nur das für euch Wesentliche, es setzt euch alles der Reihe nach auf den Tisch: die Tänzerinnen aus Paris, den Krieg in Nigeria, die neue Regierung unter dem Zeichen des Olivenbaums, die Kleider von Ferragamo und die neue Zahnbürste von Colgate. Das Fernsehen erweitert euer Wissen und zerstört eure Weisheit.

Und ich, wen werde ich fragen, in welche Schule ich Marcello schicken soll, was ich ihm geben soll, wenn er Durchfall hat, und wie ich es ertragen soll, daß die schönsten Jahre vergehen? Wen frage ich, wenn selbst die Bauern vor dem Fernseher sitzen?

Matassas Hals ist vollkommen kahl, erinnert an ein Grissino, aber an ein rötliches, verschrumpeltes. Sie sieht fürchterlich aus. Ich weiß nicht, warum sie auf ihr herum-

hacken, sie ist wohl eine unsympathische Henne. Es ist wie bei uns Menschen, wo es ebenfalls sympathische und unsympathische gibt.
«Was meinst du: Kann ich ein Huhn zum Tierarzt bringen?» frage ich Mario.
«Klar, Tierärzte sind dafür da: Sie warten den ganzen Tag auf Hühner.»
Vielleicht will Mario mir damit sagen, daß ich nicht so ängstlich sein soll und daß sich meine Hennen daran gewöhnen müssen, alleine mit den Problemen des Lebens fertig zu werden. Was passiert sonst, wenn sie ausgewachsen sind und ich sie bei jedem Wehwehchen zum Tierarzt trage?
Zum Beispiel Matassa: Sie muß begreifen, was in ihren Beziehungen zu den anderen Hennen nicht stimmt.
Vielleicht ein Psychologe?

22

Heute habe ich den zweiten Flugapparat gebaut, die Nummer zwei.
Nebliger Nachmittag, draußen sieht man nichts. Ich hätte einen Mürbeteigkuchen backen sollen, den Lucia ihrer Freundin zum Geburtstagsfest mitbringen wollte. Ich habe ihr gesagt, sie solle Petits fours kaufen, und bin glücklich in den Hühnerstall gezogen.
Ich habe das Weinfaß genommen und es unter den Baum gerollt, der den Hühnern Schatten spendet. Darauf habe ich ein zwei Meter langes Holzbrett gelegt. Dann habe ich mit einem Strick einen großen Stein an den Ast des Baumes gehängt: Modell Katapult. Ich setze das Huhn auf das eine Ende des Bretts, es sitzt still da. Plötzlich lasse ich den Strick los: Der an den Ast gehängte Stein fällt auf

das andere Ende des Brettes, und das Huhn wird in die Luft geschleudert, und um nicht herunterzufallen, fliegt es (oder sollte es fliegen).
«Und wenn es mit dem Schnabel direkt auf den Boden fällt?» fragt mein Sohn in boshafter Voraussicht.

«Also, Sie meinen, ich kann ihnen keinen Hahn bringen?»
«Doch, natürlich, Frau Lehrerin.»
«Nein, weil ich dachte, daß die Hennen ohne Hahn ...»
Isidoro zieht die Schultern hoch. Wer weiß, ob er verstanden hat, was ich sagen wollte. Aber Isidoro versteht alles, auch das, was wir nicht sagen, er bestellt den Acker und züchtet Tiere.
Ich meinte, daß man in einem Hühnerstall einen Hahn braucht.
Ich bin sehr froh, daß man auch ohne einen auskommt; die Hähne hacken auf die Kinder ein, machen einen Heidenlärm, trippeln aufgeplustert herum und spielen sich als Machos auf. Viel besser ein Hühnerstall ohne Hahn. Aber ...
Es ist sehr kalt.
In meiner weiten wattierten Jacke, die mit Pelzimitat verbrämt ist, und mit zweifach um den Hals geschlungenem Schal betrachte ich Isidoro. Isidoro hat seinen üblichen graumelierten, engmaschig gestrickten Wollpullover an. Er hat ihn, glaube ich, schon eine Ewigkeit. Seine Lina muß ihn noch für ihn gestrickt haben. Jetzt ist er an den Ellenbogen ziemlich durchgescheuert.
Bauern tragen keine Mäntel. Vielleicht ist ihnen niemals kalt. Oder sie frieren wie wir, tragen aber trotzdem keinen Mantel.
Rätsel.

Weihnachten ist eine anstrengende Angelegenheit. Zwei oder drei Nachmittage im Stadtzentrum reichen nicht aus. Bis zum letzten Augenblick gibt es immer noch ein Geschenk, das man nicht findet und für das man tagelang

wie ein Verrückter umherirrt: ein einziges, dummes Geschenk; alle anderen hast du erledigt, dieses eine nicht, dieses eine macht dir das Leben schwer, foltert dein Gehirn, verdirbt dir Weihnachten.
In meinem Fall ist es für gewöhnlich das Geschenk für den Vetter Dynamo.
Vetter Dynamo raucht nicht und besitzt Hunderte von Krawatten, er liebt Uhren, aber nur solche aus Gold und Markenuhren, er liest Hunderte von Krimis, die er sich aber selber aussucht, er hält Diät und trinkt nur Grapefruitsaft, haßt Musik, die einzige Sportart, die er betreibt, ist Rollschuhlaufen, aber er hat schon vier Paare, und nicht einmal als Toter würde er sich ein Bild in sein Haus hängen, geschweige denn ein Poster.
Ich weiß nicht. Mir fehlt die Phantasie.

23

Heute tut Tanni schlau. Sie sieht mich halb an, halb sieht sie weg, tut so, als mache sie etwas, was sie nicht macht, reagiert nicht auf ihre Banknachbarin, die sie am Pullover zupft. Tanni trägt nie Pullover, sie hat nur Hemden, lange Hemden, meistens gestreifte. Heute hat Tanni einen Pullover an, so einen Damenpullover aus Lambswool oder falschem Kaschmir. Ich weiß nicht. Ich erkläre, weil ich erklären muß. Ich erkläre den Irrealis, «wenn es regnet, gehe ich nicht aus», «wenn ich Bauchweh habe, komme ich dich nicht besuchen», «wenn ich dich nicht sehe, habe ich Bauchweh» oder «wenn ich dich sehe, habe ich Bauchweh» (es hängt von dir ab). Ich erkläre schlecht, ich bin zerstreut, und außerdem schaut Tanni mich nicht an. Was hat sie heute, die Tanni?
Giaula spürt meine Schwäche – er wittert sie wie ein Tier –

und fordert mich heraus; die Grammatik ist seine Domäne, er ist ein logisch-technischer Typ. Er fragt mich, ob es die Irrealität im Futurum gibt: Die Irrealität – erklärt er mir – müßte immer in der Realität überprüft werden, und daher könne sie nur die Vergangenheit betreffen. Ich pirsche mich heran, ein bißchen irritiert: Ich erkläre ihm, daß es im Leben den Wind gibt, das Unvorhersehbare, und daß der menschliche Geist auch mit einer Fähigkeit begabt sein kann, die ihm sicherlich absurd erscheint und die Intuition heißt. Aber verflixt noch mal, mir fällt kein Beispiel ein, nicht einmal der Bruchteil eines Satzes mit «wenn» im Futurum irrealis. Und er gewinnt. Er senkt den Blick, aber innerlich grinst er, ich weiß, daß er grinst.
Am Ende der Stunde überreicht Tanni mir, ohne mich anzublicken, einen zerknitterten Zettel und läuft davon.
Ich falte ihn auseinander. Es ist eine Zeichnung, mit Bleistift. Das heißt, es ist ein kariertes Blatt mit Klecksen, nein, mit Entwürfen, mit Skizzen; oben links ein fliegendes Huhn, unten eine Art Bretterzaun mit einem Baum, mit Gras, mit Wolken; in der Mitte, über den größten Teil des Blattes, eine technische Zeichnung von einem Paar Flügel und auf beiden Seiten eine Menge Maßangaben. Ich schaue genauer hin: Die Flügel werden von einer Schnur gehalten, vielmehr von einem ganzen System von Schnüren, die durch eine komplizierte Vorrichtung, welche in der Mitte zu einer Art Schalttafel konvergiert, miteinander verbunden sind.
Ich laufe aus dem Klassenzimmer, aber es ist niemand mehr da. Alle zu Hause.
Zu Hause studiere ich die Zeichnung. Es ist unglaublich. Tanni hat nicht nur an meinen Hühnerstall gedacht, sie hat auch versucht, das Problem mit dem Fliegen zu lösen. Natürlich, es handelt sich um den Entwurf von zwei Flügeln, die an dem Vogel zu befestigen sind.
Irgend etwas erinnert mich an Leonardos Flugapparate, ich weiß nicht, was.

Am nächsten Tag habe ich zwei Stunden in Tannis Klasse. Ich versuche, sie nicht anzusehen. Es klingelt, Ende der Stunde, ich muß aufstehen. So unbeteiligt, wie ich nur kann, sage ich: «Ach, Tanni, was meinst du, was für ein Material . . ?»
«Möwenfedern, Bambusrohre, Polystyrol, Schnur, Hanfstrick, Attak-Kleber und ein paar Vorhangringe», antwortet sie mir. Und während sie die Bank verläßt, legt sie mir ein großes aufgeblähtes Couvert auf das Klassenbuch.
Darin finde ich: Möwenfedern, Bambusrohre, Polystyrol, Schnur, Hanfstrick, Attak-Kleber und ein paar Vorhangringe. Und einen Zettel mit Bauanleitungen.
Ich lese ihn, den Zettel mit den Anleitungen. Es ist nicht ganz leicht. Überhaupt: ich und Anleitungen ... solange es um Lego-Bausteine geht, meinetwegen, aber Schiffe, Flugzeuge, U-Boote, Panzer: alles unmögliches Zeug.
Es ist gar nicht so furchtbar schwierig. Ich stelle fest, daß Tannis Entwurf millimetergenau ist.
Möwenfedern! Warum ausgerechnet von der Möwe?
Mit dem Attak bekleckere ich mich. Ein normaler Alleskleber war dann besser.
Am nächsten Morgen warte ich vor der Tür auf sie; sie sieht mich belustigt an.
«Entschuldige, Tanni, nur eine Frage: Warum ausgerechnet Federn von der Möwe?»
«Weil sie die richtige Größe haben.»
Carla, wie konntest du das nur vergessen?
Am nächsten Morgen tritt sie an mich heran.
«Probleme?»
«Nein, Tanni, keines, danke. Ach doch, Tanni, ein kleines Problem: Wie befestige ich die Flügel am Huhn?»
«Tut mir leid. Das habe ich noch nicht gelöst.»

Ich gehe durch den Korridor, und Canaria ist da, im leeren Klassenzimmer der 4 F; er steht vor der Tafel. Er sieht mich, schüttelt den Bart: «Ich versuche, eine Funktion zu

integrieren, ich verstehe nicht, ob sie nicht integrierbar ist oder ob es an mir liegt, daß es mir nicht gelingt, das Integral zu finden.»
Es muß immer noch das Integral der sechzehn Tage und acht Nächte sein.
Ich weiß, daß es ein ernstes Problem ist; vielleicht verhalten sich Soziobiologen so, um zu signalisieren, daß sie Hilfe brauchen. Also trete ich ein und setze mich hin: Manchmal kann ja allein schon die Anwesenheit eines menschlichen Wesens eine Hilfe sein.
Er schreibt, streicht durch, schreibt neu. Er hat einige Formeltafeln, alle zerfleddert vom vielen Nachschlagen.
«Entschuldige, Canaria, aber arbeitest du auch für die Universität?» frage ich ihn plötzlich, wie vom Blitz getroffen.
«Natürlich», antwortet er mir und fährt mit seinen Schmierereien fort.
Natürlich, es lag ja auf der Hand, ich hätte es mir denken können. Und ich überlege, daß niemand von den Kollegen es weiß, nicht einmal der Rektor. Und ich überlege weiter: Was könnte es eigentlich bedeuten, wenn sie es wüßten? In der Schule ist nichts von Bedeutung, solange du dein Leben damit verbringst zu studieren, wenn du in deiner Freizeit Bücher schreibst und im Sommer in den angesehensten englischen Colleges Kurse abhältst: Das ist deine Sache. In der Schule sind andere Dinge von Gewicht, zum Beispiel die Bildungskurse, nein, besser: die Weiterbildungskurse. Wenn du schreibst oder studierst, bildest du dich nicht weiter. Sich weiterbilden ist etwas anderes, ich könnte es nicht erklären. Schließlich ist es etwas Kollektives, bei dem es absolut verboten ist, allein zu sein. Alle zusammen, in kuscheliger Wärme: wie früher einmal, wenn im Stall einer erzählte und die anderen zuhörten oder nicht zuhörten. Es ist die feuchte Wärme des Atems, die sie miteinander verbindet, oder beim Hinausgehen sagen zu

können: «Ich bin dabeigewesen.» Ich weiß nicht recht, aber ich fühle, daß mir etwas entgeht.
«Die Universität ist am verdorbensten», sagt er. «Deshalb habe ich dort angefangen, den Niedergang der höheren Bildung zu untersuchen.»
Canaria erinnert ein bißchen an den Weihnachtsmann, den Babbo Natale.
Ich hätte große Lust, ihm ein Briefchen zu schreiben.
«Lieber Babbo Canaria, Du, der Du durch die Welt fliegst und die Geschenke bringst, bring mir doch bitte ...»
Bring mir doch bitte – ja, was denn?

24

Der Schnee draußen hat den grauen Würfel des Schulgebäudes zugedeckt.
Wer weiß, warum man Schulen grau und in Form von Würfeln baut, warum zum Beispiel ohne ein rotes Ziegeldach.
Pedula geht im Korridor auf und ab; er macht das immer so, wenn die Notenkonferenzen näherrücken; er fragt alle, ob wir die Zirkulare gelesen und ob wir sie uns eingeprägt hätten. Und ich, automatisch: «Welche Zirkulare?»
Ich weiß nicht, warum ich das mache, vielleicht, um zu sehen, wie er ungläubig schaut und blau anläuft. Natürlich habe ich die Zirkulare gelesen, Pedula, wie könnte ich sie nicht lesen, wenn du sie uns fünf Tage in der Woche fünf Stunden lang unter die Nase hältst?
Klingel.
«Kinder, es gibt Sätze und Sätze. Jedes Satzgefüge ist wie ein Haus mit mehreren Stockwerken, mit einem geräumigen Erdgeschoß und einem Keller, und jeder Gliedsatz

befindet sich in einer Etage des Hauses. Dann gibt es Sätze, die sich alle im Erdgeschoß befinden, und die heißen beigeordnete Sätze.
Aber nicht alle Sätze haben dieselbe Macht: Es gibt einen einzigen, nur einen, der befiehlt, das ist der Satzchef, der König, der General, und er heißt Hauptsatz; alle anderen stehen unter ihm, sind seine Diener, seine Untertanen, sind ihm unterworfen, und sie heißen Nebensätze.»
Heute hätte ich die kosmogonischen Mythen oder eine Erzählung von Buzzati durchnehmen können. Aber ich nehme die Satzanalyse durch, teils weil Pedula mich irritiert hat, teils aber auch weil wir gestern abend bei Gabel zum Abendessen waren: Wir sind bis eins geblieben und verstört nach Hause gegangen.
Gabel ist eine liebe Freundin von uns, die als Psychoanalytikerin arbeitet; sie ist eine unglaublich gescheite Frau. Sie hat uns zu verstehen gegeben, daß das Ich der heutigen Jugendlichen unrettbar destrukturiert ist, weil sie keine Grammatik mehr lernen. Sie wissen nicht, was in einem Satz wichtig und was weniger wichtig ist, was einen Satz regiert und was regiert wird, sie unterscheiden nicht zwischen einem Wort, das Subjekt ist, und einem anderen, das nur ein Attribut ist. In gleicher Weise wissen sie nicht, was ein kleines Mißgeschick ist und was eine Tragödie. Sie hat uns erzählt, daß Jugendliche zu ihr kommen, die verzweifelt sind, weil sie beim Essen eine Scheibe Schinken weniger bekommen haben als ihr Bruder, daraufhin in Depressionen verfallen und Psychopharmaka nehmen. Was ihnen wirklich fehlt, ist jegliches lexikalische Wissen: Sie kennen das Wort «verzweifelt» und damit basta, und deshalb verwenden sie es im Zusammenhang mit dem Tod des Vaters genauso wie im Fall einer ihnen vorenthaltenen Scheibe Schinken.
Jetzt mache ich eine Zeichnung: Ich beginne mit einem schönen dicken Hauptsatz, der im obersten Stock des Hauses wohnt, und setze ihm eine schöne Krone aufs

Haupt, dann zeichne ich zwei schöne Ärmchen, mit denen er zwei Diener im Stockwerk darunter hält, also zwei Nebensätze.

Dann hänge ich an den Diener links zwei weitere Diener an, beide auf derselben Ebene: Letztere nennen wir Koordinierte oder Beigeordnete der Subordinierten oder Untergeordneten zweiten Grades, das soll heißen: Er geht Arm in Arm mit dem anderen Diener, erkläre ich, sie stehen auf derselben Ebene und plaudern auf dem Treppenabsatz miteinander. Ich glaube, bis hierher ist es in Ordnung. Ich sehe, wie sie sich Notizen machen, ich kontrolliere, daß jeder die Zeichnung in sein Heft überträgt, irgendwie sind sie ja auch rührend: Sie führen aus, erheben keine Einwände, und wenn ich sie auf den Schultern des koordinierten Satzes einen Drachen zeichnen ließe, würden sie es tun, vielleicht auch einen Drachen, der mit übereinandergeschlagenen Klauen im Salon seinen Kaffee trinkt.

Ich betrachte das Heft der Gualtieri. Wie ist es nur möglich, daß bei ihr selbst die Zeichnungen schief herauskommen?

Ich sage, sie soll die Treppenabsätze gerade machen, wie kann man denn in einem solchen Haus aufrecht stehen? Ich möchte ihr auch sagen, entsprechend zu lächeln, aber was soll's: Entweder man stellt sich ein Lächeln vor oder nicht.

Gabel berichtete uns von Pietro Maso, dem Jungen, der wegen eines lumpigen Erbes seine Eltern umgebracht hat: Im Fernsehen haben sie einen seiner Freunde interviewt, der den Mord mit folgenden Worten kommentierte: «Er hat eine Dummheit gemacht.» Gabel zufolge ist das der springende Punkt: Die jungen Leute unterscheiden nicht, sie besitzen nur das Wort «Dummheit», egal, ob es darum geht, der Mutter eine Fliege in die Suppe zu werfen oder sie zu erstechen. Sie besitzen nur ein Wort für die Dinge, und folglich sind die Dinge gleich.

Ich denke an den Ursprung der Sprache: Wenn du einen Apfel nicht kanntest, konntest du es nicht sagen und folglich existierte der Apfel nicht. Jetzt ist es so: Wenn das Wort «Verbrechen» oder das Wort «Greueltat» nicht existiert, wird es im Bewußtsein des Individuums nicht einmal die Wahrnehmung dieser «Dinge» geben.
Pietro Maso hat gemordet, weil die Lehrer keine Grammatik durchnehmen und nicht lehren, den Wortschatz zu erweitern. Er hat gemordet, weil Morden nur eine Dummheit ist, er hat gemordet, weil er nicht weiß, daß es Hauptsätze und Nebensätze gibt und daß die Nebensätze unterschiedlichen Grades sind.
Darüber muß ich mit Canaria reden.
«Kinder, schreibt: Nachdem er gestern Bauchweh gehabt und den ganzen Tag geweint hatte, ist Camillo, der seiner Mamma gehorcht und der seine Medizin genommen hat, wieder gesund, und obwohl es in Strömen regnet, geht er ins Kino, und wenn er Lust haben wird, wird er sich, obwohl die Mamma es ihm verboten hat, ein schönes Eis kaufen, das ihm vielleicht wieder Bauchschmerzen bereiten wird. Ihr habt sieben Minuten: Analyse und Zeichnung.»
«Aber mit den Ärmchen für die Diener?» meldet sich Giaula listig.
«Ärmchen, Krone, Treppenabsätze – alles!»

Es ist acht Uhr abends. Durch die beschlagenen Fensterscheiben sehen wir Tanni aus dem Dunkel der überfrorenen Wiese auftauchen.
Tanni?
Bei mir zu Hause?
Heute abend?
Die gerade abgegossene Pasta mit Zucchini leicht zerkocht, dampfend, in der Küche. Geruch nach Gebratenem.
Tanni hat rote Augen, sie setzt sich an den Tisch. Niemand rührt die Pasta mit Zucchini an. Wir schauen Tanni an. Aus ihr ergießt sich ein Redeschwall.

«Es stimmt nicht, an dem Abend, an dem ich von zu Hause abgehauen bin, bin ich nicht abgehauen, es ist meine Mutter, die von zu Hause abgehauen ist, nicht ich, es stimmt nicht, das mit dem Einfallswinkel und dem Timer bei Nacht und am Tag, es stimmt nicht, daß ich die Zeit vergessen habe, und jetzt sind es zwei Monate, daß sie nicht nach Hause kommt, und wir wissen nicht, wo sie ist, und ich passe zwar auf meinen kleinen Bruder auf, aber ich kann meine Hausaufgaben nicht mehr machen, und mein Vater arbeitet bis neun Uhr abends, und jetzt hat er aufgehört, meine Mutter zu suchen, weil er sagt, daß es ihn nicht so wahnsinnig interessiert, und wenn sie nicht zurückkommt, wird sie schon ihre Gründe haben, und ich habe Ihnen deswegen den Entwurf mit den Flügeln gegeben, aber das Problem, wie man sie an dem Huhn befestigt, habe ich nicht gelöst, und jetzt weiß ich überhaupt nicht, was ich machen soll.»
Punkt. Alle schauen auf die Pasta mit Zucchini, auf den Parmesan, der beinahe geschmolzen ist.
Sie hat eines ihrer gestreiften Hemden an, die Tanni. Keinen Pullover, aber ist ihr denn nicht kalt?
Doch eine Sache schmerzt mich: Warum hat sie nicht früher mit mir darüber gesprochen?
Ich frage sie, ob sie bei uns übernachten will. Sie antwortet nicht, steht auf, schiebt den Stuhl an den Tisch, verabschiedet sich und verschwindet, hinaus auf die überfrorene Wiese und aus dem Rahmen der beschlagenen Fensterscheiben.
Es bleibt die Pasta mit Zucchini in der Mitte des Tischs; sie dampft nicht mehr.

25

Die Ghieri, zerzaust, mit den Absätzen durch den Korridor klappernd, hält mich an. Gefärbte Haare, ausgewaschenes Rot, Modell verglimmendes Feuer. Rockschlitz rechts über dem Oberschenkel. Nein, links.
«Willst du mit mir in die Kommission?»
Um die Wahrheit zu sagen: Ich will hinaus, nicht hinein; es ist zehn vor eins, und der Bäcker macht gleich zu. Aber das kann ich dir nicht sagen, Ghieri, ich weiß.
Ich bin dieses Jahr, glaube ich, die einzige, die in keiner Kommission sitzt. Ich habe es geschafft, es ist so etwas wie eine angeborene Gabe: Für die Mitwirkung in Kommissionen ist man entweder programmiert oder nicht.
Ich nicht.
Aber wie bringe ich ihr das bei?
«Was für eine Kommission?» frage ich, aus Gründen der Wohlerzogenheit, wie meine Mutter sagen würde.
«Kommission Schichten und Etiketten.»
Ich fürchte, nicht richtig gehört zu haben, und beginne mit einer Geste, als würde ich irgend etwas aufeinanderschichten, dann sage ich: «Schichten . . also, im Ernst: Schichten?»
«Soziale Schichten, ja, natürlich», antwortet sie, ohne begriffen zu haben, «Einkommen, Bildung, Alter ...»
«Wessen Alter denn?» frage ich, nicht mehr aus Gründen der Wohlerzogenheit, sondern infolge wachsender Verwirrung.
«Der Eltern unserer Schüler.»
Nein, möchte ich sagen.
«Wir wollen die Eltern unserer Schüler ein bißchen unter die Lupe nehmen.» Zweimal nein, möchte ich sagen.
«Weißt du, es ist für eine vielschichtige Untersuchung ihrer Kompetenzen.»
«Ihrer Kompe ...» Ich nicke. Ich glaube, sie hat sich ver-

sprochen, ist aber nur so eine Ahnung. Ich weiß, ich komme nicht mehr mit. Es ist wie mit den Fremdsprachen: Entweder man kann sie, oder man kann sie nicht. Es ist ein sprachliches Problem: Entweder man beherrscht den Wortschatz oder nicht.
Ich nicht.
Und ich komme nicht mehr mit.
Ich nicke.
Und die Etiketten? Also: Wird es ebenfalls um soziale Etiketten gehen? Ja, nein, ich weiß nicht. Es ist wohl die neue Art und Weise, den Ausbildungsgrad zu bezeichnen. Oder die Etikette als Gesamtbezeichnung für die Regeln des guten Tons?
«Und die Etiketten?» frage ich – aus purer Lust, den Dingen auf den Grund zu gehen (bis zum Abgrund, meine ich).
Der Bäcker hat ohnehin schon geschlossen.
«Ach, nichts, das sind die Etiketten mit unseren Namen, die wir auf die Regale kleben: Weißt du, auch das ist eine Arbeit, irgend jemand muß sich darum kümmern. Nur, um keine weitere Kommission zu gründen, haben wir sie zusammengelegt: ‹Schichten und Etiketten›, das klang gut, findest du nicht?»
Ich finde ...
Du findest ...
Er findet ...
Daß ich finden möge ...
Daß du finden mögest ...
Wichtig ist, sich, wenn es brenzlig wird, abzulenken, an etwas anderes zu denken, es sei denn, man verfügt über die Mittel zum Kampf. 007 hätte sie, und nicht zufällig ist er mein Lieblingsheld (vor allem in der Interpretation von Sean Connery).
So gehe ich von dannen, den Konjunktiv Imperfekt rezitierend.
Sie wird mich für verrückt halten. Und froh sein. Froh, mich nicht in der Kommission zu haben.

Mich erwartet die Straße, chaotisch, nach eins. Kein Brot mehr.
Ich fahre und denke, ich weiß nicht, warum, an Proust. An die sieben Bücher seiner *Suche nach der verlorenen Zeit*, daran, wie schön es wäre, sie wieder einmal zu lesen, in der Stille, vor dem Fenster, vielleicht während es regnet. Aber auch wenn die Sonne scheint, das ist egal. Ein solches Leben, Zeit zu haben, viel Zeit, und ringsum eine Welt, die dir diese Zeit gönnt, damit du deinen Proust liest, weil sie froh und dankbar ist, daß du ihn liest, die seinen großen Wert anerkennt, vor allem dann, wenn du ein Lehrer bist. Wäre es nicht schön, wenn Lehrer Zeit hätten, Proust zu lesen?
Idee: Eine «Kommission Proust» einrichten.
«Brot und Proust».
Die spätestens um zehn vor eins endet.

26

Kaum betrete ich den Hühnerstall, kommen mir die Hennen entgegen und kuscheln sich an meine Füße. Ich habe noch nie Hühner gesehen, die sich jemandem an die Füße kuscheln. Sie machen das so: Sie kommen, drängen sich um mich und ballen sich zusammen, den Bauch am Boden, neigen den Kopf und verharren so, reglos, mir gelingt es nicht einmal, einen Schritt zu tun angesichts der Gefiederberge. Es ist ein Problem geworden, den Hühnerstall zu betreten. Ich spreche darüber mit Isidoro.
«Na ja . . !»
Er sieht aus, als wüßte er schon lange Bescheid. Ich bitte ihn, es mir zu erklären, er wiederholt: «Na ja . . !» Als wäre es offenkundig, aber was denn?
«So benehmen sich Hennen, die keinen Hahn haben, sie

warten, sie kuscheln sich auf dem Boden zusammen und warten. Alle, die in den Hühnerstall kommen, halten sie für den Hahn und kauern sich hin, denn die Hennen, wissen Sie, Frau Lehrerin, wollen einen Hahn ...»
Ich schwöre, daß ich nichts verstanden habe. Aber entschuldigen Sie, Isidoro, ich verstehe nicht, warum sie sich so hinkauern.
«Na, ja, Frau Lehrerin, sie wollen einen Hahn.»
Ich wage nicht, ihn weiter auszufragen, aber ich glaube, ich habe verstanden. Tatsache ist, daß ich nie die Paarung eines Hahns mit einer Henne beobachtet habe, aber Isidoro liest meine Gedanken, denn er sagt: «Wissen Sie, auch sie machen es wie alle ...»
Die einzigen Tiere, die ich bei der Paarung beobachtet habe, waren zwei Katzen; sie kauerte tatsächlich auf dem Boden, und danach ist sie mit einem völlig zerrupften und blutenden Hals abgezogen.
Ich bedeute Isidoro, daß ich verstanden habe, wie unter Kollegen. Eigentlich bin ich aufgrund meiner Hühnerzüchterei auch ein wenig seine Kollegin. Er aber hat diesen Eindruck nicht.
«Dann ist es also besser, Isidoro, wenn ein Hahn im Hühnerstall ist.»
«Das ist immer besser, Frau Lehrerin, immer.»

«Bitte, könnten Sie uns das Schreiben beibringen?»
Giaula, Giaula, ich weiß, daß du in alles, was du sagst, eine polemische Spitze hineinbringst, aber deine vorgespiegelte Naivität ist entwaffnend.
«Wissen Sie, es hat uns niemand beigebracht ...», sekundiert sein Nachbar, den Sturzhelm, mit Aufklebern übersät, auf der Bank.
«Zuallererst», entfährt es mir, ohne daß ich es bemerke, «müßte man die Helme von den Bänken nehmen und sie meinetwegen draußen aufhängen. Wißt ihr, zum Schreiben braucht man Platz ...»

Viel Platz.
Und ich versuche nachzuzählen: Also, lassen wir einmal die drei Jahre Kindergarten beiseite, aber sieben Jahre Grundschule plus zwei Jahre Mittelschule und drei Jahre Oberstufe, das macht, Donnerwetter, zehn Jahre Schule, und diesen Herrschaften hat nie jemand das Schreiben beigebracht, neun Monate pro Jahr, ziehen wir noch einen Monat Ferien für Weihnachten, Ostern, Karneval und die verlängerten Wochenenden ab, dann macht das also ... sechs mal vier: vierundzwanzig Tage im Monat, vierundzwanzig mal acht Monate: einhundertzweiundneunzig Tage im Jahr, mal zehn Jahre: eintausendneunhundertzwanzig Tage Schule.
Eintausendneunhundertzwanzig Tage Schule – die sich schließlich auf ungefähr zehntausend Unterrichtsstunden summieren –, und diese Herrschaften hier können nicht die Spur eines Aufsatzes, einer Erzählung, einer Abhandlung abfassen, die den entsprechenden Namen verdiente.
Einleitung: Jeder von euch hat einen Kopf, und er ist das schönste Geschenk, das ihr bekommen konntet. Ein Kopf denkt, das heißt, er ist voller Gedanken. Im Durchschnitt gehen täglich Hunderte von Gedanken durch ihn hindurch, wenn man einmal nur die Stunden des Tages in Betracht zieht. Wir können sagen, daß wir von dem Augenblick an, in dem wir aufwachen, bis zu dem Augenblick, in dem wir einschlafen, nichts anderes tun als denken. Aber es ist falsch zu sagen, daß wir denken: Wir denken weniger, als daß wir von Gedanken durchschwirrt werden, das ist etwas anderes. Denken ist ein bewußter Akt, von Gedanken durchschwirrt zu werden nicht, es ist etwas, was ohne unser Dazutun geschieht. Deshalb habt ihr Schwierigkeiten, einen Aufsatz zu schreiben: Weil ihr euch hinsetzt und nachdenkt, eurem Kopf einen genauen Befehl erteilt – was unmöglich ist –, macht ihr die Freiheit zunichte. Ihr nehmt ihr die Luft.

Schreiben hat nichts mit Denken zu tun. Schreiben ist einfach, sich bewußt zu werden, daß man von Gedanken durchschwirrt wird, diese zur Kenntnis zu nehmen und eine ganz einfache und beinahe mechanische Geste zu machen, nämlich: diese Gedanken festzuhalten.

Das Problem ist nur: Die Gedanken schwirren davon, sie sind wie das Wasser eines Wildbaches, das nie dasselbe ist. Wenn ihr es nicht festhaltet, rauscht es euch davon, und es ist, als wäre es nie dagewesen.

Na und? Und wenn schon ... jetzt lese ich in ihren Köpfen: Was hat der Wildbach mit einem Aufsatz zu tun?

Ein Stift, meine Herrschaften! Ein Stift und ein Notizbuch. Das ist alles. Um die Gedanken festzuhalten, um sich ihrer bewußt zu werden, reichen ein Stift und ein Notizbuch: Das ist Schreiben.

Ich sehe, wie sie nach Hause gehen, ihre Pastasciutta essen, und um drei geht es dann ab ins Schreibwarengeschäft. Ich nenne ihnen auch die Maße des Notizbuches: Es darf weder zu groß noch zu klein sein, es muß in die Tasche passen, damit das Herausziehen nicht anstrengt, eine Geste ist, die einem leichtfällt, sonst verschwindet die Lust, und ihr Gedanken, ade! Und der Stift muß angenehm sein, dick, weich, nicht die harten mit der feinen Spitze, die auf dem Blatt kratzen und einem die Lust am Schreiben verderben. Man braucht Leichtigkeit, Wohlbefinden, man müßte auch wenig essen, nichts Schweres, nicht diese zu Tode gebratenen Sachen, die dir am späteren Nachmittag aufstoßen und deine Gedanken verpesten.

Und das Thema? Sie fragen nach dem Thema.

Das Thema, meine Freunde, ist dann völlig bedeutungslos, es ist verschwunden, existiert nicht. Übrig bleibt nur die Fähigkeit zu schreiben, die Lust, diese einfache Geste, diese Gewohnheit, auf die man im Grunde gar nicht mehr verzichten kann: Sich nur der Gedanken bewußt zu werden und sie mit einem Stift auf einem Blatt Papier festzuhalten, das genügt.

Ich weiß, daß es eine Menge Schreibkurse gibt. Ganz Italien ist voll davon und auch unsere Stadt, in entsprechend bescheidenen Ausmaßen. Es gibt kleine, große und mittlere, kostenlose und sündhaft teure, solche mit anonymen Lehrkräften und solche mit erfolgreichen Schriftstellern – es ist egal: Alle lehren, was nicht lehrbar ist. Eine Leidenschaft lehrt man nicht. Aber Schreiben ist eine Technik, sagt man mir. Das stimmt, sie kann man lehren, und vielleicht tut es der Menschheit gut, wenn sie sich in Dialogen, Metaphern, Standpunkten übt.
Doch in erster Linie ist es ein Business, ein Business wie jedes andere, wie die Segelkurse für Sechsjährige und Englisch für Kindergartenkinder.
So werden die Menschen segeln, Klavierspielen, Englisch sprechen und Geschichten schreiben können: Aber ihr Leben wird von diesen Dingen nicht durchdrungen sein, sie werden von etwas ganz anderem leben und von nichts.

Ich habe Tanni gefragt, warum sie mir das mit ihrer Mutter nicht früher gesagt hat.
«Weil Sie so glücklich sind, wenn Sie Ihren Stoff erklären ... Wie könnte ich Sie ablenken?»
So hat sie mir geantwortet.

27

Mario hat sich mit Cinzia über meine Hühner unterhalten. Cinzia ist eine Kollegin von ihm, sie unterrichtet auch Mathematik.
«Was, bitte schön, hat Cinzia mit meinen *galline* zu tun?»
«Sie kommt aus Gallinaro Po.»
Das ist kein Witz, Mario schwört mir, daß es dieses Dorf gibt und daß Cinzia von dort stammt.

Cinzia sagt, es wimmele dort von fliegenden Hühnern, sie habe immer Hühner fliegen sehen, ihre Kindheit sei voller fliegender Hühner.
Wir laden sie zum Abendessen ein.
Cinzias Mann ist Heizkesselvertreter und erzählt uns etwas über Gebläse. Ich will nichts über Gebläse wissen, sondern etwas über Hühner. Hühner, verstanden?
Am Ende räumt Cinzia ein: «Vielleicht war es eine besondere Rasse. Wir haben sie ‹haarige Köpfe› oder so ähnlich genannt, weil sie ein gefiedertes Köpfchen hatten, vielleicht waren es die amerikanischen Hühner. Die sind geflogen, doch wirklich.»
Aber wie weit sind sie geflogen? Und wie? Mich interessieren nicht zwei Kilometer dicht über dem Boden und Schluß, ich spreche vom Flie-gen, verstanden?

Ein Gläschen Genepì, das Plaid über den Knien, vor dem Fenster sitzend, die Berge, der Schnee. Mario trinkt in kleinen Schlückchen, langsam, dann sagt er mir mit dem Ausdruck größter Leichtigkeit, als dächte er seit einem Jahr an nichts anderes, zu mir: «Glaubst du nicht, daß die Hühner deshalb nicht fliegen, weil sie gar keinen Anlaß dazu haben?»
Also, was hat er da gesagt? Ich zerlege den Satz in seine Glieder, streiche die Verneinungen, den rhetorischen Konditional ... Ich bitte ihn, sich präziser auszudrücken.
«Zum Fliegen braucht man einen Zweck, Carla. Der Falke fliegt, um die Beute zu finden, die Schwalbe, um in die warmen Länder zu gelangen. Kannst du mir erklären, warum ein Huhn fliegen sollte?»
Der Genepì ist warm, ich mag den Kräuterschnaps kalt, den Genepì mit Eis, ich weiß, es ist absurd, weil das nicht zu den Bergen paßt, aber mir gefällt das Meer und nicht das Gebirge. Ich hebe meinen Teil vom Plaid hoch und lege ihn auf Mario, stehe auf, setze mich wieder. Es wird dunkel, der Schnee nicht, der Schnee nie, er wird nachts

sogar noch weißer. Vielleicht wird das Weiß überhaupt nie dunkel, ich weiß es nicht. Ich weiß gar nichts, warum stellt ihr mir Fragen?
Ich weiß nicht, warum ein Huhn fliegen sollte, aber ich weiß auch nicht, warum es nicht fliegen sollte angesichts der Tatsache, daß es Flügel hat; man wird die Flügel doch für irgend etwas haben, oder nicht? Vielleicht für etwas, was man vergessen hat, was zu einem viel, viel früheren Leben gehört, zu den Vorfahren, zum weit Zurückliegenden, zu dem, was wir von uns nicht wissen; es geht nur darum, dorthin zurückzukehren, in jene Gegenden fern der Seele, sich eine Geste wieder anzueignen, eine Bewegung, unsere Wurzeln ...
Um vor den Hunden zu fliehen.
Um den Rausch des Himmels zu spüren.
Um nach jenen glänzenden Körnern zu picken, die die Sterne sind.
Um etwas anderes zu machen.
Um nicht hierzusein und dir zuzuhören.
Um müde zu werden.
Es gibt tausend Gründe, Mario, tausend.
Und vor allem: Laß mich in Frieden.
Tatsächlich ist Mario bereits so traurig, daß er fast nicht mehr arbeitet: Er hat es satt, traurig zu sein. Er betrachtet die Berge, das Plaid über den Knien, er bewegt sich nicht einmal, als es Zeit ist, den Wagen zu beladen, um wieder wegzufahren, vielleicht weiß er nicht mehr, wieviel Uhr es ist. Er kommt mir so gealtert vor.
Seit sieben Tagen fehlt Tanni in der Schule, neun, wenn man die Sonntage dazuzählt.
Hoffen wir auf morgen.
Morgen sechs Stunden, Montag acht bis dreizehn Uhr.

28

Ende der Notenkonferenzen. Barba ruft mir von der Tür aus zu, warum ich die Zeugnisse nicht unterschrieben habe.
«Wie haben Sie Weihnachten verbracht?»
«Gut, Professoressa.»
Barba sagt zu uns allen Professoressa, und dabei bebt seine schlechtrasierte Wange; heute hat er ein kleinkariertes Sakko an, das zwei Handbreit über der Höhe endet, wo es eigentlich enden sollte. Ich merke, daß seit Weihnachten bereits ein Monat vergangen ist und daß ich gefragt habe, wie er Weihnachten verbracht hat. Und er, hat er es gemerkt? Ich weiß es nicht, ich möchte ihm jedesmal, wenn ich ihn sehe, etwas Nettes sagen: wahrscheinlich wegen seiner stets zu kurzen Sakkos.
Ich bin müde. Ich komme nach Hause, esse nicht, es ist niemand da, alle in der Schule.
Ich gehe meine Hühner zählen.
Da kommt Isidoro mit dem Flügel einer alten Tür über den Schultern vorbei – abgestoßen, halb abgeblättert, dunkelgrünlich.
Er geht in den Holzschuppen. Isidoro trägt alles in den Holzschuppen, mit einer Leichtigkeit, als wäre es aus Luft: Sessel, Waschmaschinen, zerbrochene Glasscheiben, Topfdeckel. Ich weiß nicht, was ich darum gäbe, wenn ich einmal Isidoros Holzschuppen betreten dürfte.
Mit Neid beobachte ich, wie er sich entfernt, nein, es ist eine leise, unbestimmte Nostalgie.
Es sollte schneien!

Zweiter Teil
oder
Zweites Quadrimester

1

Spatz sechsunddreißig Kilometer pro Stunde, Krähe vierzig, Möwe und Fasan vierundfünfzig, Geier fünfundsechzig, Rebhuhn siebzig, Schwalbe einundsiebzig, Taube achtzig, Falke fünfundneunzig bis hundert, Ente hundertzwanzig bis hundertdreißig, Mauersegler hundertsiebzig.
Mauersegler hundertsiebzig Kilometer pro Stunde!
Was mich beunruhigt, ist dieser eine Kilometer Unterschied zwischen Rebhuhn und Schwalbe, wie schafft man es, so etwas zu messen?
Natürlich, der Mauersegler hat sichelförmige Flügel, doch auch die Ente schneidet nicht übel ab, und dabei wirkt sie doch so plump.
Vielleicht müßte ich die Flügel für die Hühner eigens modellieren, müßte sie im Bogen zuschneiden und das Überschüssige entfernen.
Das heißt, ich nehme ein Huhn, eines nach dem anderen, auf den Arm, breite die Flügel auseinander und fahre mit einer geschärften Schneiderschere durch die Federn, spitze sie zu und dünne sie aus.
Ich klappe die Fachzeitschrift «Fly» zu, den Artikel über die Rekorde der Zug- und anderen Vögel.

Nicht, daß ich mich in den Bergen langweile: Ich habe immer etwas zu tun; zum Beispiel lese ich. Ich lese Zeitschriften wie «Fly» oder «Superfly». Und es liegt auch nicht daran, daß wir mit dem Zug und nicht mit dem Auto gefahren sind, um die Schneeketten nicht montieren zu müssen. Die Ketten kann man auch zu Hause in der Garage liegenlassen, man braucht sie gar nicht erst zu kaufen, dann ist es nicht so schwer. Die Ursache ist vielmehr, daß ich, nun ja, daß ich nervös bin.
Vielleicht war es der Bahnhof. Mit all diesen Schildern.

Einverstanden, was die Nummern der Bahnsteige anbelangt, die nacheinander aufgereiht sind und wie die Tastatur eines Computers wirken; einverstanden mit dem fahrenden Minizug, dem Symbol für den Bahnhof; einverstanden mit der kleinen Zeichnung von einem Telefon als Symbol für eine Telefonzelle.

Aber der stilisierte Koffer für «Gepäckabgabe», der geschlossene Briefumschlag für «Postamt», die durchgestrichene Zigarette für «Rauchen verboten», eine Zeitung für «Zeitungskiosk», ein Glas mit einem Trinkhalm für «Getränke», eine dampfende Tasse für «Bar»: warum eigentlich kein Gläschen Rhabarberlikör oder ein Croissant? Auch sie stehen für «Bar» – oder nicht?

Und vor allem nicht alle diese Zeichen auf einmal! Doch sie werden zusammengeschoben in endlose Reihen von zehn, fünfzehn Symbolen, so daß einem im Kopf ein Durcheinander von Zeichnungen herumwirbelt, als befände man sich in einem Comic-Heft und nicht auf einem Bahnhof.

Kultur der Bilder. Probleme der Vielsprachigkeit, des Multirassischen (ich wollte sagen: des Multiethnischen), des Europagedankens: Das Wort ist so begrenzt und nun einmal an eine Sprache gebunden, das Bild dagegen universal. Macht des Symbols.

Aber warum dann die Buchstaben «WC» und keine kleine, feine Zeichnung von einem Wasserklosett? Klar, lesbar, unmißverständlich.

Einmal habe ich eine Tube abgebildet gesehen: Vielleicht verwies sie auf einen Ort, an dem man sich die Zähne mit einer Zahnpaste putzen kann. Oder handelte es sich um Schuhcreme? Wenn es nach mir ginge, dann wäre mir die Tube mit Nestlé-Kondensmilch am liebsten. Ich liebe Nestlé-Kondensmilch: Ich sauge sie direkt aus der Tube, ein köstlicher Nektar, der sofort die Kehle hinunterfließt. Oder war es eine Tube mit Temperafarbe? Hierher! Meine Damen und Herren, hier dürfen Sie malen!

Wie soll man zwischen den Tuben unterscheiden? Wie die

richtige Tube erraten? Wer wird uns durch die dichte und verworrene Welt aller möglichen Tuben führen?
Und dann gibt es Zeichen, bei denen man ehrlich nicht versteht, was sie bedeuten. Zum Beispiel jene Art von Ohr oder Fragezeichen mit einem Schrägstrich darüber: Was ist verboten? Zuzuhören? Fragen zu stellen? Sich in eine sinnlose Spirale hineinzubegeben?
Und ein ausschreitender Erwachsener mit Kind? Was soll das heißen? Daß wir alle ausschreiten können? Daß wir, wenn wir Erwachsene sind, nur mit einem Kind neben uns gehen dürfen und nur mit einem Erwachsenen neben uns, wenn wir Kinder sind? Daß es besser ist, Kinder oder Enkel oder kleine Cousins zu haben, um weiterzugehen? Daß eine Schule in der Nähe ist?
Nein, auf einem Bahnhof kann es keine Schule geben. Das nicht. Es gibt Dinge, die schlichtweg unzulässig sind.
Und der letzte Grund ist, daß ich mich in den Bergen langweile.

2

Ich habe den Hahn gekauft; man hat ihn mir in einem gelochten Karton von einem Lastauto heruntergereicht. «Bringen wir ihn in die Küche?» Aber ja doch, setzen wir ihn in der Küche ab.
Ich sehe ihm zu, wie er sich zwischen seinen Hennen bewegt. Er ist häßlich und unsympathisch, ein Gockel.
Wenn ich jetzt den Hühnerstall betrete, kuscheln sich die Hennen nicht mehr zu Kugeln zusammen: Sie haben ja ihren Hahn!

Ich möchte so sehr, daß Mario sich meinen Hahn ansieht. Aber er sagt, er habe zu tun. Er hat sich wieder vor seinen

Computer gesetzt, ich stelle mich hinter ihn und sehe das übliche häßliche Bildschirmbild mit den Fenstern und Fensterchen.
Ja, jetzt verstehe ich: Es ist wie auf dem Bahnhof: dieselbe Reihe von Bildchen, armer Mario!
«Wie geht's mit dem Menü?» sage ich wie beiläufig, nur um seine Moral ein wenig zu heben. Heute kommt mir selbst seine olivgrüne Weste traurig vor.
Unerwartet schaltet er den Computer aus, dreht sich um, schaut mich verzweifelt an, fordert mich auf, mich hinzusetzen, und sagt: «Carla, wenn du wüßtest, wie traurig ich bin!»
(Wir haben es bemerkt, Mario, aber darf man wissen, was mit dir los ist?)
«Schau, früher habe ich in Basic programmiert oder in Fortran oder in SAS, und programmieren hieß: etwas erfinden und dann, ganz allmählich, Stück für Stück konstruieren; ich mußte mir erst einen Plan machen, verstehst du? Einen Entwurf im Kopf, komplett, der alles, von Anfang bis Ende, umfaßte, alles war schon im Kopf geschrieben, verstehst du? Du sagst: das Menü. Ja, nehmen wir das Menü: Früher mußtest du, um zu programmieren, wissen, was für Gerichte es im Restaurant gab, du mußtest wissen, daß die Spezialität des Hauses Garnelen mit Curry waren, weil niemand dir die Speisekarte brachte. Ein Kellner kam, herzlich, und fragte dich augenzwinkernd, was du wolltest, zählte dir höchstens zwei oder drei Gerichte auf und verschwieg vielleicht just die Spezialität des Hauses, um dich auf die Probe zu stellen und um zu sehen, ob du ein Stammkunde warst und wußtest, welches das beste Gericht war: Wenn du es gewußt hättest, hättest du ihn gleich danach gefragt, verstehst du? Du hättest ‹Garnelen mit Curry!› bestellt, und er hätte dir zufrieden zugelächelt.»
(Ich denke, das war wohl alles ein bißchen elitär.)
«Glaube nicht, daß das alles ein bißchen elitär war, es war

nur umständlicher. Aber weißt du, wie zufrieden man sich hinterher gefühlt hat?
Jetzt dagegen, du machst dir keinen Begriff von ihr, von dieser Traurigkeit ...»
(Und ob ich sie sehe, seine Traurigkeit! Jetzt scheint es mir, als hätte sie sich von der Weste auch über sein Hemd ausgebreitet, und dabei war es doch ein so schönes Hemd aus meergrüner Popeline.)
«... jetzt hast du zum Programmieren die Menüs, sie bieten dir drei Fenster mit Listen an, und du brauchst nur noch auszuwählen: Du setzt die Maus hierhin oder dorthin, und das ist alles. Einfach nur auswählen und basta. Und weißt du, was das Komischste ist? Daß du gar nicht wissen mußt, was du auswählst, es geht auch so: Du klickst einfach auf HILFE. Und schon öffnet sich dir ein nettes und zuvorkommendes Fensterchen, eine Art Windows-Samariter, der dir erklärt, was du tun mußt. Es macht nichts, wenn du absolut nichts kapierst, verstehst du? Es ist wie im Restaurant, wenn du auf der Speisekarte die Namen von Gerichten liest und keine Ahnung hast, um was es sich handelt, ich weiß nicht, zum Beispiel: ‹Blüte vom Truthahn à la jardinière› oder ‹Spaghetti in afrikanischer Sauce alla Maria Gabriella›. Du verstehst es nicht? Macht nichts, du rufst den Kellner, und er erklärt es dir, er erklärt dir, daß es sich um Truthahnbrust in Weißwein mit einem Sträußchen Geranienblüten darauf handelt und daß die Spaghetti so heißen, weil Maria Gabriella – die älteste Tochter des Wirts – für ihr Abitur mit einer Reise nach Afrika belohnt wurde und von dort das Rezept für eine Sauce aus Zebrafleisch mitgebracht hat. Verstehst du jetzt, warum ich traurig bin?»
(Ich gestehe: Er sagt mir so viele Dinge auf einmal, daß es mir schwerfällt, eine Verbindung zwischen dem Zebra und der Traurigkeit herzustellen, aber es war wohl nur ein Augenblick; Tatsache ist, daß Mario selten so gesprächig ist; dennoch verstehe ich. Nein, ich denke an unsere Piz-

zeria, wo es eine «Pizza Sophia Loren» gibt. Wir haben eines Tages gefragt, warum sie so heißt, und der Kellner hat uns – schmunzelnd – geantwortet, es sei eine sehr nahrhafte Pizza ... «Mit Schinken, wissen Sie ... und mit zwei Eiern, wissen Sie ...», und dann hat er Mario sogar zugezwinkert, als wollte er sagen: «Wir Männer haben uns schon verstanden.» Da wir aber überhaupt nichts verstanden hatten – und Mario weniger denn je –, hat er uns, sehr enttäuscht, erklärt, daß es sich beim Schinken natürlich um die Schenkel der Loren handelte und bei den beiden Eiern natürlich um ..., und hier hat er das Wort nicht ausgesprochen, sondern auf der Höhe seiner Brust zwei enorme kugelrunde Höcker in die Luft gemalt.)
«Wenn du etwas schaffen willst, mußt du vorher etwas wissen. Du mußt ein Vorwissen haben. Wie kannst du etwas konstruieren, wenn du das, was du auswählst, noch nicht einmal kennst? Ich will folgendes sagen: Nimm zum Beispiel die Bauteile von Lego: Nur wenn du weißt, daß in der Schachtel Dachziegel sind, kannst du überhaupt daran denken, ein Haus zu bauen! Hier dagegen beschließt du, ein Haus zu bauen, aber du weißt nicht, daß es ein Dach braucht, und nur wenn du auf der Liste DACHZIEGEL liest, klickst du sie an, und nur zufälligerweise wird dein Haus auch ein Dach haben, andernfalls nicht! Verstehst du? Marx hat es schon gesagt, erinnerst du dich? Die Menschheit hat sich immer nur die Probleme gestellt, die sie auch lösen konnte. Siehst du, bei Windows fallen dir, wenn du die Lösungen nicht kennst, nicht einmal die betreffenden Fragen ein, das heißt keine großartige Idee, absolut null, verstehst du? So einfach ist das!»
(Ich denke, wenn wir jetzt wieder bei Marx anfangen, dann ist das ein Zeichen, daß die Dinge ziemlich schlimm stehen.)
«Und könntest du nicht aufhören, Windows zu verwenden?»

Ich weiß nicht, warum ich das gesagt habe, es kam mir, glaube ich, von Herzen: Aber in dem Augenblick, als es mir entschlüpfte, wurde mir klar, wie ernst die Sache war. Tatsächlich kneift Mario die Augen zusammen, macht zwei kleine, todtraurige Kringelchen aus ihnen, rund wie die Augen eines unglücklichen Kindes, mit einem Vater, der säuft, und einer Mutter, die prügelt; er sieht mich an, und mit einer langsamen, ganz langsamen Halbkreisbewegung, als habe er einen Stuhl mit Rollen, dreht er sich um genau einhundertachtzig Grad und nimmt wieder seine Stellung vor dem Computer ein, drückt auf ON, und schon geht er an: Farbige Toshiba-Wölkchen und dann die flatternde bunte Windows-Fahne. Da sind wir also wieder. Und in diesem vollkommenen Halbkreis von einhundertachtzig Grad, Modell Winkelmesser, habe ich unmißverständlich wie auf einer elektronischen Tafel, Buchstabe für Buchstabe, folgende Nachricht gelesen: Du-hast-also-überhaupt-nichts-begriffen-es-ist-sinnlos-es-dir-zu-erklären-begreifst-du-denn-nicht-daß-wir-gar-nicht-die-Wahl-haben-Windows-zu-benutzen-glaubst-du-etwa-wir-könnten-beschließen-es-nicht-zu-verwenden?

3

Ich habe eine Art Sprungbrett entworfen, ein Trampolin, das auf einem Stein liegt. Es ist der Flugapparat Nummer drei.
Die Idee dahinter ist, daß man ihnen eine Hilfestellung geben muß, es ist wie bei uns: Man fängt nicht einfach so, aus dem Stand, zu fliegen an.
Ich schaffe ihnen einen Abgrund, denn in Anbetracht des leeren Raums werden sie doch wohl ihre Flügel öffnen. Das Problem besteht darin, sie dazu zu bringen, einen

Anlauf zu nehmen: Wie überrede ich sie, auf das Sprungbrett zu steigen, und das auch noch schnell, damit sie nicht merken, daß das Brett irgendwo endet?
Ich gestehe, daß ich Zweifel habe, auch etwas besorgt bin: Sie könnten sich weh tun. Es könnte einen Unfall geben ...
Aber nein, warum denn. Sie haben doch wirklich Flügel. Sie könnten sich höchstens ein paar Schrammen zuziehen.
Ich studiere das Terrain. Hinter dem Hühnerstall gibt es ein Hügelchen, das auf eine abschüssige Wiese hinausgeht, eigentlich kaum abschüssig. Ja, es bleibt nichts anderes übrig, als so zu graben, daß ein deutlicher Höhenunterschied entsteht. Ich spreche mit Mario darüber.
«Du willst doch nicht etwa, daß ich dir das Loch grabe?» fragt er.
Ich weiß nicht, warum eigentlich nicht, aber fest steht, daß Mario nicht einmal eine kleine Gartenschaufel in die Hand nimmt, um die Erde um die Geranien herum zu lockern, von einer Hacke oder ganzen Kubikmetern Erde ganz zu schweigen.
Ich hole Isidoro. «Es dauert einen halben Tag, Frau Lehrerin.» Geht in Ordnung.

Eine verschleierte Sonne ist da. Die Grillen. Die Grillen sind auch am Nachmittag da. Ich habe die Arbeiten nicht korrigiert und die Stunde über die Ägypter nicht vorbereitet, ich werde die Dynastien auch dieses Jahr nicht erklären, ich kann sie mir nicht merken, lernt sie selber.
Ich habe mir den ganzen Tag freigehalten, um hinter Isidoro her zu sein, und jetzt sitze ich auf einem Stein und sehe ihm zu. Er hackt regelmäßig, langsam; er wirkt wie eine Maschine, oder nein, manchmal hält er inne. Stützt den rechten Unterarm auf den Stiel der Hacke, wischt sich mit dem anderen Unterarm den Schweiß ab; aschgraues Haar, Bürstenschnitt, gebräuntes und ausgedörrtes Gesicht, blaues Unterhemd. Er erzählt mir von seinen acht

Brüdern, sechs sind schon tot, er ist der Jüngste, «aber ich bin schon alt», sagt er. Das stimmt.
Wir hacken den ganzen Nachmittag. Am Ende bin ich müde wie er, zufrieden wie er, aschgrau wie er.
«Genug, Frau Lehrerin?»
Wir haben eine Schlucht gegraben, jetzt scheint die Wiese ganz weit weg zu sein, verloren, dort unten, jenseits der Berge aufgeschaufelter Erde, aus der die fetten Regenwürmer hervorkriechen.
Ich weiß nicht, Isidoro, ich möchte oben einen leeren Raum schaffen, damit die Hühner plötzlich die Höhe spüren. Meiner Meinung nach besteht das Problem darin: Daß es einem Huhn gelingt, tief, dicht über dem Boden, zu fliegen, interessiert mich nicht, es ist nicht das, was ich will, mein Traum ist zu sehen, wie sich hoch am Himmel die Silhouette eines gedrungenen Hühnerkörpers abzeichnet, zu sehen, wie sie zu einem Pünktchen wird, das konzentrische Kreise beschreibt, wie Montales in der Höhe schwebender Falke.
Das Brett baue ich. Ich mache es selbst, weil Isidoro keine Zeit hat, und außerdem ist es etwas, was ich kann. Ich habe das Holz bei Marolla Legnami & Co. gekauft, dort haben sie alles, und in zwei Minuten schneiden sie dir alles so zu, wie du es haben willst. Zuerst muß man einen Entwurf machen, die Zahl der Teile wissen, die Länge, die Dicke. Dort findest du auch die richtigen Schrauben und die Nägel von Marolla Legnami & Co. Und schließlich kennen sie mich, er, der Besitzer, Signor Marolla, erzählt mir immer von seiner Tochter, die ihren Doktor in Medizin macht, sie wollte studieren, und jetzt hat sie einen Verlobten, der auch studiert und Anwalt werden möchte, und diesen Sommer machen sie auf Sardinien Urlaub, beide sind beneidenswert jung. Als ich so alt war wie sie, fällte ich mit meinem Vater Bäume, dann haben wir uns einen Hof gebaut, klein, wissen Sie, und dann ging es ganz langsam aufwärts ...

Mit dem Nageln bin ich schnell fertig, es ist eine leichte Arbeit. Jetzt bräuchte ich Mario, damit er mir das Sprungbrett trägt, aber Mario ist nicht da, er hat eine Sitzung. Lucia schaut mir von der Küche aus zu, sie rührt sich keine Handbreit vom Fleck, sie steht vor dem Tisch, putzt den Salat, das ist ihre Aufgabe. Lucia putzt den Salat immer im Stehen, vor dem Küchentisch, und schaut hinaus. Warum schaut sie nicht auf den Salat, in dem doch ein Wurm sein kann?
Ich hole Isidoro, damit er mir das Brett trägt.
«Wissen Sie, Mario hat eine Sitzung ...»
Ich entschuldige mich immer für meinen Mann, dafür, daß er studiert hat, daß er drei Bücher pro Woche liest, daß er sich in seine Rechnereien vertieft und kein Unkraut auszupfen kann, nicht ein einziges, und auch keine Kiefer von einer Pappel zu unterscheiden vermag, ich entschuldige mich dafür, daß er keine braune und trockene Haut hat, auch keine aschgrauen Haare und geflickten Hosen, daß er Sitzungen hat, Versammlungen, Kurse, daß er nie da ist, nie, nie, nie.
Wie soll man das Huhn überreden, auf das Sprungbrett zu steigen, und vor allem, es im Laufschritt zu tun und dann bis zum Ende durchzulaufen?
Isidoro beobachtet mich, beide Arme hängen an ihm herab wie zwei müde Schaufeln. Er spürt meine Verlegenheit, oder er ist es, der meinetwegen verlegen ist: «Ich gehe mal nach dem Heu schauen.» Und verschwindet mit einem Schritt, der den Beginn des Jüngsten Gerichts anzukündigen scheint.
Marcello spielt allein mit seinen Bocciakugeln unter der Linde. Er ruft mich, ich soll mit ihm spielen. Ich kann nicht, Marcello, ich muß die Hühner zum Fliegen bringen, ich bin beschäftigt, und überhaupt: Laßt mir den Kopf ein bißchen frei.
Ich entscheide mich für Gelsomina, die sanfteste Henne. Gelsomina ist ganz weiß und hat dunkelorangefarbene

Schwanzfedern. Ich zeige auf sie, ich folge ihr mit dem Futter, ich biete ihr etwas davon an, und sie geht mir auf den Leim. Ich behalte etwas Futter in der Hand und locke sie an, ich füttere sie und gehe ein Stück weit, sie folgt mir, wie von einer Schnur gezogen: Macht des Futters. Ich nähere mich dem Sprungbrett, drehe mich um, sehe zu, daß ich sie immer schön vor mir habe, dann konzentriere ich mich, es geht um den Bruchteil einer Sekunde, tut mir leid, Gelsomina, jetzt muß ich dir Angst einjagen. Ich werfe das Futter weg, springe auf sie zu, setze an, ihr nachzulaufen, als wollte ich sie packen und ins Backrohr schieben. Sie weiß es, sie spürt, daß ich sie packen will, daß es den Tod bedeutet. Hühner wissen, daß sie als Brathühner enden, das ist etwas, was sie im Blut haben, vielleicht sehen sie deshalb so verloren aus, als seien sie dumm, aber sie sind es nicht, vielmehr wissen sie Bescheid, alle Hühner wissen Bescheid. Verflixt noch mal, wo willst du hin? Ich kann es nicht erklären. Doch, eine Zeitlang ist sie brav vor mir hergelaufen, dann, ich weiß nicht, wie sie es geschafft hat, hat sie sich blitzschnell aus dem Staub gemacht, und ich bin dagestanden, am Rand des Abgrunds, und sie dahinter, seelenruhig, sie kehrte auf die Wiese zurück, beleidigt gackernd, und legte sich die Federn auf dem Flügel wieder zurecht.
Sie muß mir durch die Beine gewischt sein.
Das Sprungbrett muß zu breit gewesen sein.
Ich muß irgendwie abgelenkt gewesen sein.
Isidoro ist da unten und hält den Rechen in die Luft. Ich würde darauf schwören, daß er mir die ganze Zeit zugeschaut hat, erst jetzt senkt er den Rechen und den Blick und zieht das Heu zusammen, erst jetzt, verflixt noch mal!

Ich züchte keine Hühner: Ich bin Lehrerin.

4

Während ich auf den Hühnerstall zugehe, denke ich darüber nach, warum Professor Van Arnheim mir noch nicht geschrieben hat. Vielleicht sollte ich ihm schreiben; ich könnte ihm sogar eine Flugapparatskizze schicken, nicht, damit er sie in «Fly» veröffentlichen läßt, das nicht, aber vielleicht könnte er mir ein paar bibliographische Hinweise geben ...
Nein, das ist keine gute Idee: Wir beteiligen uns an einem Wettbewerb, er könnte glauben, daß es sich um ein Manöver handelt, daß ich mich vordrängen will; besser abwarten.
Ich hasse Wettbewerbe, aber dieses Mal mache ich mit, weil ich eine Idee habe: ein Huhn zum Fliegen zu bringen. Beim «Champion-Huhn-Wettbewerb» ist es leicht: Man kann irgendein Huhn schicken, es genügt, daß es irgend etwas kann.
Natürlich bedeutet es Arbeit. Der Wettbewerb findet im Frühjahr statt, und es muß mir unbedingt noch gelingen, ein Huhn zum Fliegen zu bringen. Im übrigen kann man im Winter keine großartigen Ergebnisse erzielen: Es ist so kalt, und uns frieren sogar die Gedanken ein, von den Flügeln der Hühner ganz zu schweigen.
Im übrigen, im Winter: übrigen-s, winter-s.
Unterdessen bin ich am Hühnerstall angelangt. Ich öffne das Türchen, das Isidoro mir freundlicherweise aus einem alten Fensterladen und dem Deckel eines alten Koffers, Stil zwanziger Jahre, gezimmert hat; er hat auch das verrostete Schloß seines alten Getreidespeichers darangehängt. Ein Meisterwerk.
Ich nehme den Trog für das Hühnerkleienfutter, rücke von Pulcinellas und Matassas Füßen ab, die sofort herbeigelaufen sind, um mir einen warmen Empfang zu bereiten, als ich ihn, so halb nach unten gebeugt, sehe: einen Umschlag, strahlend weiß, dort, gut sichtbar. Zwei Zentimeter vom Misthaufen entfernt.

Wie kommt ein Brief in meinen Hühnerstall?
Ich trete näher, lese: Er ist für mich.
    Professoressa
    Vorname und Name
    Adresse (Hühnerstall)
Hühnerstall in Klammern: Das heißt, von jemandem, der Bescheid weiß! Ich öffne, lese nicht, gehe gleich zur Unterschrift hinunter: *Ihre Tanni.*
Tanni?
Tanni schreibt mir.
In den Hühnerstall.
Ich lese.

Liebe Professoressa,
ich wollte Sie nur um Entschuldigung bitten wegen neulich abend, wissen Sie, als es die Pasta mit Zucchini gab. Ich hätte bei Ihnen nicht so mit der Tür ins Haus fallen dürfen, und dann noch ausgerechnet an dem Tag, an dem Sie Die Blumen des Bösen *erklärt haben, die mir so gut gefallen haben, vor allem das Gedicht* Auf eine, die vorüberging, *warum, weiß ich nicht.*
Ich habe mich wie ein Bettler oder ein Drogensüchtiger gefühlt, der einfach so in Ihr Haus kommt. Ich hasse die Drogensüchtigen, denn es steht zwar jedem frei, das zu tun, was er will, aber dann darf er nicht kommen, um bei den anderen zu betteln: Wenn einer sich entschieden hat, muß er autonom sein, wenn nicht, was soll das Spiel dann? Ich will niemanden um Almosen bitten, nur, da Sie meine Lieblingslehrerin sind ... Aber ich habe gar nicht geglaubt, daß Sie auch eine Familie haben. Man glaubt nie, daß diejenige, die einem in der Klasse Unterricht gibt, zu Hause auch eine Familie hat. Sie mit alledem, was Sie uns in der Schule erklären! Das kommt mir so komisch vor! Aber ich freue mich für Sie, klar, es ist immer schön, einen Mann und Kinder zu haben. Glaube ich.
Jedenfalls bitte ich Sie um Entschuldigung. Sie haben Ihr

Leben und ich das meine. Das heißt, ich habe es noch nicht, ich muß es finden, aber Sie werden sehen, daß ich es irgendwie schaffen werde, keine Sorge.

Ihre Tanni.

P.S.: Was ist für Baudelaire die «eine, die vorüberging»? Die Liebe, die er sucht? Vielleicht bin ich an dem Abend mit den Zucchini deshalb zu Ihnen gekommen, weil Sie «Auf eine, die vorüberging» erklärt haben. Entschuldigung.

Sie hat hinter die Unterschrift einen Punkt gesetzt. Ich habe es ja gewußt.
Ich laufe schnurstracks ins Haus. Ich hole das Briefpapier, das Telefon läutet, aber ich nehme nicht ab, ich rufe Marilena zu, daß ich nicht da bin und daß sie mir, bevor sie geht, noch mindestens drei Hemden bügeln soll, zwei für Mario und eins für Marcello, ich renne schnurstracks zum Hühnerstall, öffne die von Isidoro angefertigte Tür, mache sie zu: dunkel.
Dieses vergoldete Dunkel der Innenräume am späten Nachmittag, fast wie im Frühling, wenn man nicht weiß, ob man ein Nickerchen machen oder die Läden öffnen und die Sonne genießen soll.
Ich kauere mich auf dem Boden, auf dem Heu, zusammen, das Briefpapier auf den Knien.
Und ich schreibe.

Liebe Tanni,
die «eine, die vorüberging» ist nicht die Liebe, die er möchte, es ist viel weniger und viel mehr. Es ist der Fluß, der nebenan fließt, aber den wir nicht überqueren, weil dieses Wasser in dem Augenblick, in dem wir es tun möchten, schon weitergeflossen ist. Es ist all das, was wir werden wollen, aber nicht sagen können.
Könntest Du sagen, was Du als Erwachsene tun wirst? Mich hat man das mit dreiundzwanzig Jahren gefragt, und ich

*muß noch immer darauf antworten. Schade, weil ich vielleicht – wenn ich geantwortet hätte – zu einem Verlag gegangen wäre.
Jedenfalls gibt es heute keine Vorübergehenden mehr wie Baudelaires Vorübergehende. Ich weiß nicht, es hängt wohl damit zusammen, daß die Mode sich geändert hat: Ihr kleidet Euch alle so schlecht, mit diesen entsetzlichen Hemden in Übergröße und diesen Ungetümen an den Füßen.
Zweitens. Wenn Du Dich wegen der Pasta mit Zucchini grämst, dann vergiß es, wir haben sie in die Pfanne geworfen, und sie war ausgezeichnet: Die Familie ist oft ein Hort der Zuneigung und des Verstehens. Oft, nicht immer.
Am Mittwoch möchte ich* Il colombre *von Dino Buzzati erklären, kommst Du? Natürlich kommst Du, ja, bereite Dich auf folgende Frage vor: Kann man seinem Schicksal entfliehen? Ich rate Dir, Dir noch einmal die Geschichte von Ödipus anzuschauen, die wir im Oktober durchgenommen haben, dann hast Du einen Vorsprung vor den anderen, die sich bestimmt nicht mehr daran erinnern; ich weiß, daß ich es Dir nicht vorschlagen dürfte, aber wir sagen einfach, daß es mein kleines Geschenk für Deine Rückkehr sein wird. Wenn Du zurückkommst. Aber bestimmt kommst Du zurück. Ciao.*

Deine Lehrerin

P.S. Bitte, leg den nächsten Brief nicht an die Stelle, weil es voller Mist ist und Dein Brief unglaublich stinkt! Leg ihn dorthin, wo Du meinen findest, in den Getreideeimer. Danke.

Ich lese den Brief noch einmal durch. Mir scheint, genug auf die Tatsache gedrängt zu haben, daß sie zurückkehren muß, oder? Am linken Rand füge ich mit schiefer Schrift hinzu:

Wenn Du einen Teller Pasta mit Zucchini möchtest, bereite ich ihn Dir sehr gern zu, ich weiß nicht, zum Beispiel übermorgen um acht Uhr abends, ginge das? Ich erwarte Dich.

Das alles, weil ich möchte, daß sie zurückkommt.

5

Mario hat aufgehört, Windows zu studieren. Jetzt kann er es anwenden, fast perfekt, sagt er. Er benutzt es, arbeitet normal damit. Jetzt ist Mario endgültig traurig.

Ich besorge mir zwei elastische Seile von der Art, wie man sie früher zum Festbinden der Koffer auf dem Gepäckträger verwendete. Jetzt nimmt man ja diese länglichen Kästen aus schwarzem Plastik, Modell Sarg. Sicher ist es nicht chic, seine Koffer auf dem Autodach festzubinden. Und dann niemals einen einzigen Koffer, ebenfalls wie früher, jetzt reist man mit einem ganzen Set von Koffern. Ich beschaffe mir auch einen Fahrradkindersitz, einen von diesen ganz kleinen, leichten, die man an der Lenkstange befestigt, um das Kind zu transportieren, mit herunterhängenden – am besten nackten – Beinchen. Genau so einen.
Ich nutze die Gelegenheit: Lucia telefoniert, Mario schreibt Briefe an seine Kollegen, Marcello sieht fern, und Marilena bügelt. Sie machen immer etwas. Ich auch: Ich nehme alles und gehe hinaus, Richtung Hühnerstall.
Ich muß zwei nahe beieinanderstehende Bäume finden, sagen wir: zwei oder drei Meter voneinander entfernt. Mit ziemlich starkem Stamm, das ja. Gefunden.
Die Wiese ist eiskalt. Schade, ich hätte mich gern unter einen Baum gesetzt.

Ich binde den Kindersitz an die Seile, dann befestige ich eines an dem einen Baum und das andere an dem anderen.
Die Idee ist furchtbar einfach; sie kam von einem Freund von Marcello, der Nico heißt und den wir Nicholson nennen: Es ist die Schleuderidee. Man setzt das Huhn auf den Kindersitz, zieht den Sitz so lange zu sich her, bis die größte Dehnung des elastischen Seils erreicht ist, und läßt dann plötzlich los: Das Huhn müßte wie ein Steinchen in der Schleuder hochgeworfen werden und folglich fliegen. Das ist der Flugapparat Nummer vier.

Gockel, Hinkel oder Gackeleia, Johann oder Hahnemann: Wie nenne ich meinen Hahn?

6

Ich sehe Assarotti hereinkommen, noch gekrümmter als üblich. Assarotti ist ein Meter achtzig Spindeldürre in einem Jogginganzug: Andere Kleider hat er nicht. Haare bis über die Augen gewellt, Buckel eines noch im Wachsen befindlichen Knaben, stumpfer Blick, gutmütig, grinst immer, leicht unterbelichtet. Heute grinst er nicht.
Er kauert sich in seiner Bank zusammen, den Kopf auf den verschränkten Armen. Ich erkläre, frage ab, schaue ihn an: Er ist unbeweglich, geistesabwesend.
«Assarotti, was ist los?» Ich muß ihn das einfach fragen.
«Nichts, nichts.»
Ich hätte es geschworen. Aber sein Banknachbar blinzelt mir wie ein Verschwörer zu, als wolle er sagen: «Bohren Sie nur ein bißchen, merken Sie nicht, daß eine Tragödie passiert ist?»
Ich beiße an.

«Assarotti, was ist los mit dir?»
Nichts, kein Wort, sein Kopf sinkt noch tiefer zwischen die Arme. Da glaubt der Nachbar eingreifen zu müssen, Betroffenheitsmiene, leise Stimme, betrübter Blick: «Ihm ist der Großvater gestorben, deshalb hat er seine Aufgaben nicht gemacht.»
Ich weiß nicht, was das soll. Aber eine solche Formulierung irritiert mich. Sie irritiert mich unwahrscheinlich. Dabei ist es die übliche, moderne Wahl der Parataxe statt der Hypotaxe: weniger Anstrengung. Auch weniger Bildung, aber das ist es nicht: Man muß Cicero nicht kennen; das Problem ist, daß die Freude an der verbalen und daher intellektuellen Komplikation verschwunden ist, der feine, unvergleichliche Genuß des Diffizilen. «Da ihm der Großvater gestorben ist, hat er seine Aufgaben nicht gemacht», so wäre es schon besser: Es gäbe einen Hauptsatz und einen Nebensatz ersten Grades, einen Kausalsatz.
Grausam. Ich bemerke, daß auf diese Weise das, was in all dem an Grausamem steckt, besser ans Licht tritt: Das «Hauptereignis» ist, daß Assarotti seine Aufgaben nicht gemacht hat; der Tod des Großvaters ist einfach ein Grund, nichts weiter. Vielleicht ist es das, was mich irritiert.
Außerdem: Es ist in Ordnung, daß jemand seine Aufgaben nicht macht, wenn ihm der Großvater stirbt. Und keinem Lehrer käme es je in den Sinn, das Gegenteil oder auch nur eine Rechtfertigung zu verlangen. Das Problem ist, daß Assarotti nie seine Aufgaben macht und jedesmal eine Entschuldigung findet. Dieses Mal hat er eine Entschuldigung, die keine Entschuldigung ist, sondern – tragische – Realität. Sicher ist es das, was mich irritiert: Heute kann Assarotti seine Aufgaben nicht gemacht haben, und dies dank der Tatsache, daß sein Großvater gestorben ist. Ich verspüre eine unwillkürliche und unbändige Sympathie für Assarottis Großvater und auch für seine Großmutter, wenn er noch eine hat, jetzt eine untröstliche Witwe, und für Assarottis Mamma und Papa,

die einen Vater und einen Schwiegervater verloren haben. Für ihn, den jungen Assarotti, nein, nichts, keine Gemütsbewegung; ich schaue die dichten welligen Haare an, die über den Ärmel seines Adidas-Anzugs fallen, und hätte Lust, ihn zu schütteln, ihm zu sagen, er solle sich aufrecht hinsetzen, mit erhobenem Blick, so daß man einen Schimmer von jener menschlichen Würde erkennt, die ihm, eben als menschlichem Wesen, gut anstünde und die sicherlich unser ganzes Mitgefühl wecken würde.
Hoppla, jetzt weiß ich, was mich irritiert: Es würde genügen zu sagen: «Professoressa, ihm ist der Großvater gestorben.» Nicht die Sache mit den Aufgaben hervorziehen, albern, unwichtig, nicht pertinent, impertinent. Und wenn er es schließlich selbst gesagt hätte: «Professoressa, mir ist der Großvater gestorben», womöglich noch ohne diesen falschen Dativ, der so sehr nach Umgangssprache und Dialekt schmeckt: «Professoressa, mein Großvater ist gestorben» ..., wie schön wäre das gewesen! Welche Perfektion! Dann hätte ich ihn vielleicht sogar umarmt.
«Tut mir leid, Assarotti», sage ich und füge, über ihn hinwegblickend, hinzu: «Heute erklären wir die Kausalsätze. Macht euch Notizen!»

«Lauter Idioten, lauter Idioten!»
Canaria ißt in seiner Ecke ein Brötchen, und ich rede mit ihm, dem Brötchen. Ich möchte ihm die Krümel aus dem Bart zupfen, aber das geht nicht, das tut man nicht.
Ich fasse Mut und rede mit ihm darüber: «Canaria, was hältst du von Hühnern?»
«Wo? Hier, in dieser Schule?»
Canaria besitzt kein Gespür für das Wortwörtliche: Für ihn ist alles eine Metapher für den Überdruß, den er empfindet. Was soll ich tun? Ihm erklären, daß es auf der Welt auch wirkliche Hühner gibt und nicht nur metaphorische?
«Das habe ich nicht gemeint, nur so ganz allgemein», antworte ich und mache mich aus dem Staub.

Sapone ist deprimiert. Ich sehe sie mit ihrem nach hinten gelegten Köpfchen, aber sie schläft nicht, ich glaube, sie denkt nach. Sie kommt mit Pulcinella nicht zurecht. Pulcinella hat einen extrovertierten, dynamischen Charakter, revidiert niemals ihre Entscheidungen, sie geht und kommt zurück, sie fängt etwas an und hört damit auf: Sie denkt nicht nach, sie überlegt nicht. Sapone dagegen ist unschlüssig, unsicher, nachdenklich; sie hat eine Seele, bestimmt hat sie eine Seele. Vielleicht ist sie meine Lieblingshenne.
Pulcinella muß sie ruppig behandelt haben. Ich erkenne das an der Art, wie sie, Pulcinella, kerzengerade um Sapone herumhüpft – so, als wollte sie ihr sagen, daß sie etwas Besseres ist, und da kann man wenig ändern, man müßte ihr die Flügel stutzen.
«Die Flügel stutzen» ... Das ist ein Ausdruck, den meine Mutter immer verwendete. Sie sagte oft auch zu mir, daß ich mir selber die Flügel stutzen müsse. Sie sagte es zu mir, wenn ich mir, ihrer Meinung nach, zuviel einbildete. Sie meinte, daß sich fast alle die Flügel stutzen müßten. Ich hatte immer den Eindruck, daß sie recht hatte, daß sich alle zuviel einbildeten und daß ein kollektives und gesundes Zurechtstutzen der gesamten Menschheit am besten wäre.
Das glaube ich noch immer, vor allem an bestimmten Abenden, wenn ich müde nach Hause komme.

7

Ich trete vorsichtig ein. Alle futtern, in einer Gruppe. Wenn sie fressen, bilden sie eine Art Block, eine kompakte Masse graubrauner Federn, vor allem Schwanzfedern, denn sie halten sie höher als den Schnabel, den sie in den Trog stecken.

Den Trog hat mir Isidoro einmal geschenkt, als er sah, wie ich das Kleienfutter auf den Boden schüttete.
«Aber, Frau Lehrerin!» hatte er zu mir gesagt. Dann ist er in den Holzschuppen gegangen und mit einem Stück alter Dachrinne wieder herausgekommen, etwa achtzig Zentimeter lang; er hat es auf die Stufe gelegt und gesagt, das sei ein guter Futtertrog für die Hühner.
Ich habe absichtlich die Stunde der Mittagsfütterung gewählt, dann sind alle dort versammelt, und ich kann besser suchen. Ich suche. Ich finde ihn: Er ist dort, wo er sein sollte: Im Eimer mit dem Getreide liegt ein Brief von Tanni.
Endlich. Wenigstens ein Brief, wenn sie schon nicht in die Schule kommt.

Liebe Professoressa,
ich bin froh, daß Sie nicht zu einem Verlag gegangen sind: Wollen Sie mir verraten, was Sie dort gemacht hätten? Sie haben nichts mit Büchern zu tun. Das heißt, doch, und wie, aber vorher, während man sie sich ausdenkt, oder danach, wenn man sie liest, aber nicht, wenn man sie verkaufen muß!
Ihre Pasta mit Zucchini würde ich gern essen, denn ich habe sie noch nie gegessen, aber bei Ihnen zu Hause würde ich mich nicht wohl fühlen.
Was das Schicksal anbelangt, so werde ich es Ihnen in ein paar Jahren sagen, wenn ich aufgehört habe, vor ihm herzulaufen, damit es mich nicht fängt.
Meiner Meinung nach wird es mich sowieso nicht einholen.
                                                               Ihre Tanni.

Schon wieder hat sie nach der Unterschrift einen Punkt gesetzt. Ich muß ihr wirklich sagen, daß das nicht geht.

8

«Kinder, heute erkläre ich euch die Kommas.»
Ich weiß, sie denken: Die hat ja Ideen, diese Lehrerin! Sechzehnjährigen die Kommas erklären! Aber das ist es nicht; es liegt daran, daß ich nicht mehr kann. Ich kann einfach nicht mehr in ihren Aufsätzen die Kommas setzen. In meinen Klassen sitzen im Durchschnitt fünfundzwanzig Schüler; im Durchschnitt setze ich ungefähr zehn Kommas pro Aufsatz, also bei jeder Klassenarbeit insgesamt mindestens zweihundertfünfzig Kommas.
Ich weiß nicht, ob es mir gelingt, das abgrundtiefe Unbehagen, das mich ergreift, in Worte zu fassen: Für mich ist ein Komma alles, es ist das Salz des Lebens, Stock und Stütze des Alters, der Saft der Geschichte, der Kern der Frage, der Drehpunkt, der Angelpunkt, das schwarze Loch, der Ursprung, der Uterus ... Ein Komma, das fehlt, ist der Abgrund, der sich vor meinen Füßen auftut, ich fühle in mir eine Ohnmacht aufsteigen, Schwindel, Übelkeit. Aber es ist kein persönliches Problem: Es ist eine kosmische Katastrophe, die alle betreffen müßte. Die Kommas sind das Gerüst der Welt, wenn sie fehlen, bricht die Welt zusammen wie eine nicht abgestützte Decke, wie Beton ohne Armierung.
«Kinder, heute erkläre ich euch die Kommas. Nehmen wir einen beliebigen Satz: ‹Agamemnon, der Führer der griechischen Soldaten, gab Befehle, obwohl er in seinem Zelt blieb.›
Nein, der ist zu lang. Kürzen wir ihn.
‹Agamemnon, der Führer der Griechen, weint.› Jetzt stellt euch vor, daß der Text ein großer Hundezwinger ist. Und jeder Satz ein Käfig. Die Wörter sind die Hunde, die drinnen sind.
Wenn wir einen Satz ohne Kommas bilden, etwa so: ‹Agamemnon der Führer der Griechen weint›, lassen wir

den Käfig völlig offen, und die Hunde laufen, aus allen Richtungen kommend, davon.
Wenn wir dagegen schreiben: ‹Agamemnon, der Führer der Griechen weint›, lassen wir den Käfig nur auf einer Seite offen, aber die Hunde laufen genauso davon.
Wenn wir schreiben: ‹Agamemnon der Führer der Griechen, weint›, ist es dasselbe: Die Hunde schlüpfen durch den anderen Ausgang.
Aber wenn wir schreiben: ‹Agamemnon, der Führer der Griechen, weint›, dann ist der Käfig gut verschlossen, die Hunde laufen nicht mehr davon, die kosmische Ordnung ist wiederhergestellt und die Welt gerettet.»

Sapone, Seife, haben wir so genannt, weil sie eher rutscht als geht, und auch, weil ihr Gefieder ein bißchen fettig ist. Cucca, weil sich der Namen auf Mucca, Kuh, reimt, Marionetta, weil sie sich ruckartig bewegt (aber alle Hühner bewegen sich ruckartig, oder nicht?). Corvetta, weil sie schwarz ist wie ein Rabe. Pulcinella, weil sie einen zum Lachen bringt. Scara, das habe ich schon gesagt. Gelsomina, weil sie sanft und gutmütig ist. Marietta Mamma nicknick wegen des Kinderreims Hühnchen pickpick, Mamma nicknick. 007 verdankt ihren Namen Lucia: Sie ist eine starke und furchtlose Henne, sagt sie, ein Siegertyp. Madamchen ist der Name, den Mario per Zufall gefunden hat; wir haben nicht begriffen, für welche Henne, zumal er alle Hennen für «Madamchen» hält: «Allein schon, wie sie sich bewegen!» sagt er.
Ich habe nicht allen meinen vierundzwanzig Hühnern einen Namen gegeben. Ich weiß nicht, warum, aber einige sind für mich einfach anonym.

9

Ich frage nach dem Direktor. «Noch zwei Minuten, und Sie können eintreten, Professoressa», sagt mir Barba vor der Tür.
Morgen ist Professor Francesco Tanello in der Mehrzweckhalle der Galleria Garibaldi. Er ist vielleicht der größte Experte in Italien. Er lehrt in Bari, glaube ich. Oder in Lecce, ich kann es mir einfach nicht merken. Er muß auch ein Freund von Professor Van Arnheim sein, denn auf dem Kongreß habe ich gesehen, wie die beiden zusammen einen Orangensaft tranken. Er spricht morgen um 15 Uhr 30. Ich muß dort sein. In seinem Vortrag geht es ausgerechnet um den Flug der Vögel, genauer gesagt, der Beizvögel, aber das ist egal.
Allerdings ist morgen um 15 Uhr 30 Lehrerkonferenz.
Zu dumm! Ich muß zum Direktor gehen und ihn um Beurlaubung bitten. Na ja, zum Glück spricht Tanello am Nachmittag und nicht am Vormittag, wenn ich Unterricht habe: Sonst hätte ich niemals gewagt, um Beurlaubung zu bitten.
«Aber wie können Sie es wagen?» donnert mich der Direktor an und steht dabei auf. Sonst steht er nie auf. Und außerdem hat er die Familienfotos zu sich gedreht, merkwürdig.
«Wir haben Lehrerkonferenz, und Sie wagen es, nicht daran teilzunehmen?»
Seine Stimme zittert, ich spüre es, ich weiß nicht, warum ich diese Autorität hinnehme, und ich weiß nicht, warum ich den Direktor als Autorität empfinde, ich bin fast dreiundvierzig Jahre alt, habe eine Laufbahn beschritten, habe einen Haushalt, den ich schmeißen muß, und eine Familie mit zwei Kindern. Nein, im Beruf des Lehrers gibt es zwar eine Bahn, aber «laufen» kann man nicht. Eigentlich gibt es gar keine «Laufbahn», sondern Stillstand, absoluten Stillstand; und

außerdem ist es kein Beruf: Es ist ein Dienst, nicht wahr? Ein Dienst, den wir der jungen Generation schulden, oder?
«Aber ... wie ich Ihnen erklärt habe ..., Signor Preside ...»
(Ich habe nie verstanden, ob man Preside oder Signor Preside sagt.)
«... es gäbe einen Vortrag, der für mich wichtig wäre ..., wissen Sie, ich beschäftige mich, wie Sie wissen ..., und Professor Francesco Tanello ...»
«Hören Sie, Professoressa.»
Und da dreht er plötzlich die Familienfotos zu mir: Gerade noch sehe ich das blonde vorgestanzte Lächeln seiner Frau und die vier entsprechenden seiner drei Kinder plus Großmutter, die er sofort wieder zu sich umkehrt: Gott sei Dank, ein bißchen kritischen Geist besitzt er doch, denke ich. Er wird sich wohl lächerlich vorgekommen sein, oder?
«Ich weiß nicht, wer Ihr *tanello, pomello, fabello* ist, und ich will es auch gar nicht wissen.»
(Ich spüre genau, daß er keinem dieser Namen einen Großbuchstaben gönnt, ich spüre das.)
«Morgen findet eine LEHRERKONFERENZ statt, Sie wissen ganz genau, wie wichtig eine LEHRERKONFERENZ ist, die morgige ist ganz AUSSERORDENTLICH wichtig, das wissen Sie, denn Sie haben das ZIRKULAR gelesen, und daher WISSEN SIE ...»
(Ich spüre, daß einige seiner Worte nur aus Großbuchstaben bestehen, ich spüre es ganz genau.)
«... Sie haben gelesen, WAS auf der Tagesordnung steht, und deshalb tut es mir leid, aber Sie MÜSSEN zur LEHRERKONFERENZ kommen. BUONGIORNO, PROFESSORESSA.»
Ich gehe hinaus. Und ziehe den Schluß, daß der Direktor doch NICHT ÜBER DAS MINDESTE GEFÜHL FÜR DAS LÄCHERLICHE VERFÜGT.
Barba steht immer noch vor der Tür.
Vielleicht steht er vor der Tür, um zu hören, was der Direktor sagt. Vielleicht hat er gelauscht.

Ja, er hat gelauscht. Warum hätte er mich sonst grüßen sollen, da er doch gesehen hat, daß ich die Schule weder betreten habe noch im Begriff bin, sie zu verlassen, und weiß, daß er mir heute noch mindestens viermal begegnen wird?
Ich lese das Zirkular durch. Nein, ich hatte es nicht gelesen, ich hatte mir nur den Tag und die Stunde der Lehrerkonferenz notiert und mir gedacht, das sei genug.
Nun gut, ich lese die TO. Tagesordnung:
1. Verlesung der letzten Zirkulare
2. Festlegung der didaktischen Ziele für den Text des Angebotskatalogs
3. Auswahl der Lesebücher
4. Verschiedenes

Ich weiß nicht, vielleicht bin ich nicht in der besten geistigen Verfassung, aber ich habe nicht den Eindruck, daß irgend etwas Außerordentliches auf der Tagesordnung steht, das heißt, ich wollte sagen: AUSSERORDENTLICHES auf der TAGESORDNUNG.
Und selbst wenn, ich genehmige mir etwa zwei Tage Abwesenheit pro Jahr, wenn ich um Beurlaubung bitte, dann ausschließlich wegen wichtiger Dinge. Ginge es nur um eine Privatangelegenheit, aber es handelt sich immerhin um einen wissenschaftlichen Vortrag! Müßte die Schule nicht stolz sein, wenn ihre Lehrer sich mit wissenschaftlichen Fragen befassen, wenn sie studieren, lesen, lernen, vielleicht sogar schreiben? Ist es nicht eine Horizonterweiterung, die der Schule guttun, ja deren Substanz ausmachen sollte?
Nein, die Lehrerkonferenz über alles.
Und schließlich: Wenn jemand unbedingt studieren muß, soll er sich weiterbilden. Wenn er sich nicht weiterbildet, was für ein Lehrer ist er dann? Aber was sollen da Universitäten, internationale Studien, Colleges, Kongresse! Ich bitte Sie! Er soll Weiterbildungskurse besuchen, die eigens

für die Lehrer eingerichtet wurden von Instituten, die eigens eingerichtet wurden, um sie einzurichten.
Gehen wir also hin, zur Lehrerkonferenz.

Zur Mittagszeit setze ich mich in Bewegung, das ist am besten.
Ich will Tannis Flügel an einer Henne befestigen.
Ich weiß, wie man sie befestigt: Ich führe einfach die Schnur unter dem Bauch der Henne durch. Meine Wahl fällt auf Marietta, weil sie in Reichweite ist, aus keinem anderen Grund. Wegen des kleinen Knotens unter ihrem Bauch zuckt sie nicht mit der Wimper. Das Problem besteht für sie darin, das – allerdings leichte – Gewicht jener falschen Flügel über ihren echten zu tragen. Vielleicht würde Tannis Apparat – dem ich die Nummer fünf gegeben habe – paradoxerweise besser funktionieren bei jemandem, der noch keine eigenen Flügel hat. So aber handelt es sich um eine Überlagerung, irgendwie um einen Überschuß. Und das kann Unannehmlichkeiten bereiten. Das Problem ist, daß Marietta statt einen Flugversuch zu unternehmen, sich abmüht, dieses Ding abzustreifen: Sie nagt an sich herum, das heißt, sie pickt an sich herum, die Marietta Mamma nicknick.
Ich bleibe den ganzen Nachmittag, um sie zu beobachten, ohne ihr zu helfen: Aus Widrigkeiten erhebt sich der erfinderische Geist, und so lasse ich sie gewähren. Nichts. Jetzt habe ich eine Idee: Erinnerst du dich, Carla – sage ich zu mir –, an diese Hampelmänner aus Holzteilen, ein Teil für den Kopf, zwei Teile für die Arme, zwei für die Beine und eines für den Körper, alle hinten mit einer Schnur miteinander verbunden, die in einem Kügelchen endet, an dem du ziehst, und dann heben sich Arme und Beine? Ja, das kommt mir in den Sinn.
Das heißt: Man müßte das Huhn auf eine ungefähr anderthalb Meter hohe Stütze stellen, die Flügel sollten schön weit ausgebreitet sein und die Schnur und das Kü-

gelchen senkrecht herabhängen; dann ziehe ich rhythmisch daran und halte die Flügel so lange in Bewegung, bis es losfliegt.
Ich nenne ihn Flugapparat Nummer fünf a, weil es sich um eine Variante von Tannis Vorrichtung handelt.

15 Uhr 30, Lehrerkonferenz.
Der Direktor ruft die Namen auf, alle plaudern. Der Direktor ergreift das Wort, alle plaudern. Der Direktor sagt: «Meine Damen und Herren, bitte sehr ...», alle plaudern leiser.
(Und ich versäume Professor Francesco Tanello, um mir das kollektive Geplauder meiner Kollegen anzuhören?)
Er muß uns noch einige Zirkulare vorlesen, das letzte ist zwölf Seiten lang. Am Ende fragt er uns, ob wir etwas zu sagen haben. Nein.
(Und ich versäume Professor Francesco Tanello, der zum erstenmal in meiner Stadt ist, um mir etwa dreißig Seiten Ministeriums- und Schulsprache anzuhören, ohne einen einzigen Einwand oder einen kurzen Kommentar der Kollegen?)
Punkt zwei der Tagesordnung: Festlegung der didaktischen Ziele für den Text des Angebotskatalogs.
Ich werde munter. Jetzt kommt etwas Wichtiges. Jetzt sage ich meine Meinung. Jetzt kommt etwas Grundlegendes. Jetzt ist es egal, daß ich Tanello versäume. Jetzt lohnt sich die Mühe: Jede Schule legt die eigenen didaktischen Ziele fest und stellt einen Katalog auf, der eine Art Selbstdarstellung sein soll, ein Personalausweis, über den die Schule mitteilt, wer sie ist, was sie will, was sie den Schülern und Eltern Besonderes anbietet und inwiefern sie sich dadurch von den anderen Schulen unterscheidet. Das gefällt mir. Endlich. Ich würde nur das Wort Ziele ändern. Auch das Adjektiv didaktisch. Ich habe eine Reihe von Vorschlägen zu machen: einen Rhetorikkurs zum Beispiel, nach dem alten Schema *inventio-*

dispositio-elocutio-actio-memoria, das bedeutet: Extrastunden (so heißen sie nicht, Carla, man sagt: «Weiterbildungskurs»), um sprechen und schreiben zu lernen, den mündlichen und schriftlichen Ausdruck also, Aufsätze und Prüfungen. Nichts Spezielles, aber bringen wir diesen Kindern wenigstens bei, wie man spricht und wie man schreibt, ja, soviel können wir zusätzlich tun, zum Beispiel, wie man in der Öffentlichkeit spricht, oder wenigstens, wie man spricht, wie man vor einem anderen, der dir zuhört, steht, wie man von seinen Augen und Händen Gebrauch macht, wie man die Aufmerksamkeit auf sich lenkt, wie man Spannung aufbaut, wie man eine Idee entwickelt, wie man eine Abschweifung einleitet, ob und wann man eine Abschweifung zulassen kann oder nicht und von welchem Umfang sie sein soll und wie man wieder zum Hauptthema zurückkehrt und wie man schön endet und Punkt.
Aber warum eigentlich Extrastunden? Wäre das alles nicht genau das, was die Schule, jede Schule, lehren sollte?
«... denn das Hauptziel dieser Schule ist eine ernsthafte und kompakte didaktische Bildung des einzelnen sowie eine adäquate Einbeziehung in die nationale und internationale Alltagswirklichkeit im Rahmen einer ...»
«Was sagt er da?» frage ich den Kollegen Banknachbarn.
«Er verliest Punkt sechzehn des Angebotskatalogs.»
Schon Punkt sechzehn? Und die ersten fünfzehn? Ja, ich habe an etwas anderes gedacht, aber nicht länger als drei Minuten. Ich weiß nicht, warum mich vor allem der Ausdruck «adäquate Einbeziehung» betroffen macht: Mir schwebt eine «nicht adäquate» Einbeziehung vor, und ich werde unerklärlicherweise traurig.
Jetzt reicht es, ich passe auf. Jetzt verliest der Direktor die KULTURELLEN UND PÄDAGOGISCHEN ZWECKE, NACH FACHGEBIETEN GEORDNET: Sie sind das Resultat unserer «fachbezogenen» Sitzungen. Ja, ich passe auf und werde meine Meinung dazu sagen.

- Die Fähigkeit des mündlichen und schriftlichen Ausdrucks verbessern
- Zur historischen Einordnung literarischer Texte befähigen
- Zur formellen Analyse literarischer Texte befähigen
- Zur direkten Lektüre literarischer Texte befähigen

Ich warte: sonst nichts? Versuchen wir einmal, das zu übersetzen: sprechen, lesen, schreiben und lernen können.
Ich weiß nicht, aber ich scheine es so verstanden zu haben.
Ich denke mit Ernst und Traurigkeit an Professor Tanello, an den Flug der Beizvögel.
Der Direktor fährt fort: Der Text des Angebotskatalogs umfaßt zweiunddreißig Seiten.
Ich frage mich, worin die Besonderheiten der anderen Schulen bestehen werden, wenn unsere zum Sprechen, Lesen, Schreiben und Lernen befähigt. Mir tun sie sehr leid, die anderen Schulen: Was werden sie erfinden, um uns auszustechen, um unsere schreckliche Konkurrenz auszuschalten?
Ich werde meine Meinung nicht sagen: Ich schäme mich für meine Rhetorikkurse, im Grunde sind sie zur Gänze im Katalog der angebotenen Waren enthalten, eine nutzlose Option, würde ich sagen (oder eine sinnlose?).
Ich bin gerade im Begriff, mich endgültig ablenken zu lassen von dem Blumenmuster der Bluse vor mir, als mich noch ein paar blitzartige Donner-Worte treffen: ABGABE DES ZULASSUNGSTESTS – PÄDAGOGISCHE PROGRAMMIERUNG – AUFHOLSTRATEGIEN – BILDUNGSVERLAUF – BENUTZER – KONTROLLORGANE – DIDAKTISCHE ZIELE – FUNKTIONEN DES ZIELES – PRÜFINSTRUMENTE – RA-TA-TA-RA-TA-TA ...
Ich weiß nicht, warum mir die wenigen Kriegsfilme einfallen, die ich gesehen habe, die Maschinengewehre, die verdreckten Soldaten im Schützengraben, der Lärm, der Höllenlärm, von Bomben, glaube ich, und Tote, Verwun-

dete und Blut. Mich überfällt ein seltsames, beunruhigendes Gefühl der Angst. Für kurze Zeit.
Die Blumen auf der Bluse der Kollegin nehmen mich endgültig gefangen (ob sie wohl gedruckt sind oder gestickt?); die Ablenkung ist sowohl eine Waffe als auch ein Rettungsanker, sage ich immer zu meinen Schülern.

Ich möchte so gern meine Kollegin mit den Leuchttürmen treffen. So bald wie möglich einen Leuchtturm zu finden scheint mir ein grundlegendes, nichtdidaktisches Ziel zu sein.

10

Das Lesen entsteht aus Einsamkeit und Langeweile. Als ich klein war, habe ich viel gelesen, stundenlang. Ich erinnere mich, daß ich das Buch in einem durchlas; das konnte auch einen ganzen Tag dauern oder zwei, ohne Unterbrechung; ich legte nur Pausen ein, um zu essen, Pipi zu machen und wenige andere Dinge zu erledigen. Ich las, weil es keine Kinder gab, mit denen ich hätte spielen können; meine Mutter arbeitete zu Hause und konnte mich nirgendwohin bringen. Ich wußte nicht, was ich sonst den ganzen Tag zu Hause hätte machen können. Also las ich. Das Lesen hat diesen armen und ein wenig traurigen Ursprung. Deshalb lesen die jungen Leute nicht: weil sie als Kinder nicht gelesen haben, und sie haben nicht gelesen, weil sie Spielkameraden hatten oder Mamis, die sie dahin oder dorthin brachten. Diese Mamis beklagen sich heute bei mir darüber, daß ihre Kinder nicht lesen können. Aber hätten sie denn den Preis für die Einsamkeit und Langeweile ihrer Kinder bezahlt? Hätten sie sie zu Hause gelassen, damit sie nichts tun? Nein, der Zwang, sie zum

Schwimmen, zum Flötenunterricht, zum Ballett zu bringen, ist stärker.
Dann kommt die Schule. Die Schule ist noch schlimmer, sie organisiert Tausende von Nachmittagskursen und «Unterrichtsgängen»: in die Wälder, in die Museen, in die Ausstellungen. Sehr schön. Schule des Fortschritts. Standardbesuch des Einkaufszentrums Pietro Micca; aber dann sollten wir uns nicht fragen, WARUM DIE JUNGEN LEUTE NICHT LESEN. Nein, wir fragen uns das trotzdem und organisieren eine Unmenge von Versammlungen, Debatten, Verbänden – eine Flut lesefördernder Maßnahmen. Werbung für den Fortschritt. Mittelbeschaffung. Alles verdienstvoll.
Vielleicht würde es genügen, den jungen Leuten Zeit zu lassen. Zum Beispiel Zeit zum Lesen.
Mir fallen Momos graue Männchen ein.
Und so läßt sich – liebe Verleger, Journalisten, Soziologen, Lehrer, Minister und Eltern – erklären, weshalb sie nicht lesen, die jungen Leute. Es genügt, Momo zu lesen. Wirklich zu lesen.

«Wann findet dein Wettbewerb statt?»
Bald. Sehr bald. Tatsächlich muß ich mich sputen; denn in einem Monat muß das Huhn imstande sein zu fliegen, sonst wird es nichts damit. «Champion-Huhn» findet im Mai statt, die Preisverleihung Mitte Juni, der Ort wird noch festgelegt, die Jury ist unbekannt. Gutes Zeichen, spricht für die Seriosität des Wettbewerbs. Ich muß ihn gewinnen.
Der Hühnerstall ist jetzt kein Hühnerstall mehr, er erinnert an einen Hangar oder ein Waffenarsenal, die Flugapparate in Reih und Glied, startbereit.
Es stimmt. Ich habe sie nie ausprobiert. Mario schüttelt den Kopf. Wozu habe ich sie überhaupt gemacht? Es ist wie ein Haus, an dem man jahrelang baut, das man monatelang einrichtet und dann nicht bewohnt. Vielleicht

liegt es daran, daß sie mir ein bißchen Angst einflößen. Nein, doch nicht, viel eher daran, daß ich glaube, man müsse etwas aus freiem Willen tun. Das Huhn müßte von sich aus fliegen, jawohl, das denke ich.
Warum fliegen sie nicht?

11

«Und ob, Frau Lehrerin! Natürlich fliegen die Hühner!» Isidoro kann nicht mehr stillhalten und zusehen, was ich mache. Ihm zufolge fliegen die Hühner und haben es immer getan.
Aber warum habe ich es dann nie gesehen?
«Weil wir Bauern den Hühnern die Flügel stutzen?»
Das wußte ich nicht. Ich schäme mich. Sie stutzen sie ihnen, damit sie nicht fliegen, denn wenn sie flögen, hätten sie keine Hühner mehr.., erklärt mir Isidoro. So einfach ist das.
Leise, leicht bitter und konfus steigt in mir der Gedanke hoch, daß es also genügen würde, den Hühnern die Flügel nicht zu stutzen, und schon würden sie fliegen.
So einfach darf es nicht sein, ich weiß. Wegen eines Übermaßes an Komplexität täuscht das Leben manchmal eine Einfachheit vor und trickst dich damit aus, bezwingt dich, zerbröselt dich wie ein angebranntes Stück Toast.

Mittwoch. Ich erkläre *Il colombre* von Dino Buzzati.
Aber Tanni ist nicht da.
Also, Kinder, der Colombre ist ein Fisch, ein Ungeheuer, ein geheimnisvolles Wesen, das im Meer lebt; niemand sieht ihn – fast niemand: Nur der sieht ihn, der sterben muß; wenn man den Colombre sieht, bedeutet das, daß man sterben muß, er läßt einen nicht mehr los, er verfolgt

einen bis zum Tod, und man kann ruhig bis ans Ende der Welt fliehen, er bleibt einem auf den Fersen, er ist immer da, und man sieht ihn ...
Ich erkläre und erkläre. Ich wiederhole. Ich fange von vorne an. Ich hole weit aus. Ich hoffe, daß Tanni genau in dem Augenblick hereinkommt, wenn ich etwas Schönes und Bedeutsames sage, etwa: «Das Leben ist ein Colombre, der einen verfolgt», oder: «Der Mensch, der den Colombre sieht, ist seinem Schicksal begegnet.» Aber nein. Den Brief hat sie allerdings abgeholt. Sie weiß, daß ich heute *Il colombre* durchnehme. Und heute ist Mittwoch. Sie weiß, daß sie kommen muß.
Das Schicksal verfolgt uns ... Ich erkläre, und mir wird bewußt, daß ich Tannis Worte benutze. Von der Woge dieser Worte getragen, erzähle ich: «Es war einmal eine wunderschöne Nymphe, die der Gott Apollo liebte, und eines Tages fing er an, ihr im Wald nachzustellen. Die verängstigte Nymphe floh und lief, so schnell sie konnte. Die Nymphe lief vor dem Gott, und der Gott lief hinter ihr her; er lief, um sie zu fangen. Er fing sie, denn der Gott lief schneller. Aber um ihm zu entkommen, verwandelte sie sich in demselben Augenblick in einen Baum, in einen wunderschönen Lorbeerbaum, und der Gott umarmte nur einen harten, kalten Stamm aus Holz und weinte und weinte und liebte diesen Baum für alle Zeiten. Die Nymphe hieß Daphne, der Gott Apollo, und er ist der Gott der Dichtung, und der Lorbeer wurde, wie ihr wißt, der Baum der Dichter.»
Ich habe es für Tanni erzählt, ich weiß. Aber sie ist nicht gekommen. Ich und magische Kräfte: Fehlanzeige.
«Sagt mir», frage ich die Klasse, «ist Daphne eurer Meinung nach ihrem Schicksal entkommen oder nicht?»
Einige sagen: ja, andere: nein. Wäre Tanni da, sie wüßte es. Machen wir Latein, aber schnell, denn ich habe es eilig.

Ich gehe nicht einmal ins Haus, sondern direkt in den Hühnerstall, ich habe eine Vorahnung.

Tatsächlich finde ich Tannis Brief, der aus dem Getreideeimer herausragt.
Ich öffne ihn.
Es ist kein Brief, sondern eine Karte mit Pluto, der in die Luft hüpft:

Viele liebe Grüße

Ihre Tanni.

Was heißt das: liebe Grüße? Sie schickt mir eine Karte mit Grüßen? Als wäre sie in die Sommerferien gefahren?
Keine Andeutung, ob sie zurückkommt oder nicht oder wann. Nichts.
Ich denke über den nächsten Schritt nach; ich habe keine Phantasie; was soll ich anderes machen, als ihr noch einmal zu schreiben? Ich ziehe das Briefpapier hervor (mittlerweile bewahre ich im Stall einen Stoß auf dem Wandbrett auf, unter der Schachtel mit den Gerstenflocken, damit die Hühner nicht darauf herumtreten). Ich schlage ihr ein Treffen vor, hier, im Hühnerstall: Freitag, achtzehn Uhr, zur Zeit der Fütterung. Ich lecke am Umschlag und stecke ihn in den Eimer. Ciao.
Donnerstag: Mein Brief ist immer noch im Eimer, Tanni ist nicht vorbeigekommen.
Freitag morgen: Dasselbe.
Freitag, neunzehn Uhr: Tanni ist nicht zum Rendezvous erschienen.
Fütterung. Es muß ja sein.

Samstag, freier Tag: Die ganze Familie geht ein Schuhschränkchen kaufen. Das heißt, ein Schuhgestell. Ich wünsche es mir so sehr, und zwar schon seit langem: Keiner in der Familie möchte einen Schuhschrank im Haus haben. Aber heute kaufe ich ihn mir. Mit jungen Leuten, die von zu Hause ausreißen, habe ich keine Erfahrung, und ich möchte sie auch nicht haben: Ich verstehe sie nicht, vor allem weiß

ich nicht, was ich sagen soll. Ausreißen ist ein Schritt, der über meine Gedankenwelt hinausgeht, es ist das Gegenteil der griechischen Tragödie, der die Idee der menschlichen Größe zugrunde liegt. Man braucht nur an Ödipus zu denken: Statt davonzulaufen steigt er mitten hinein, mitten in die Dinge hinein, bis er von ihnen zermalmt wird. Kurzum: Wie kann man von zu Hause ausreißen, nachdem es Antigone und Aiakos, Hekabe und Orestes gegeben hat?
Was für eine *deminutio*!
Vielleicht sollte ich mir öfter die Fernsehnachrichten anschauen.
Ich finde Schuhschränke außerordentlich praktisch.

12

Es ist noch nicht einmal Mitternacht, und wir kommen schon nach Hause. Mario fährt langsam, so langsam, daß ich glaube, wir kommen niemals an. Natürlich sind die Abende bei den Bozzis langweilig, aber ... Na gut, ich unterhalte mich mit ihm, vielleicht schüttelt er dann seine Schläfrigkeit ab.
«Mario, und das Modell der Verbreitung?»
Schweigen.
«Nein, ich wollte sagen, ich weiß ja, daß du daran gearbeitet hast ... Ich weiß nicht, bist du fertig, ist alles gutgegangen?»
Es ist schwer, ihm fachbezogene Fragen zu seinen Modellen zu stellen; mehr ist bei mir nicht drin.
Schweigen. Dann plötzlich: «Wenn der Mensch ein Gerät herstellt, überlegt er vorher, was er machen wird: Das ist der Homo faber. Doch wenn der Biber seine Dämme baut, wendet er ein Programm an, das in seinen genetischen Kode eingeschrieben ist.»

Mein Gott, was ist los?
«Entschuldige, Mario, aber wovon sprichst du?»
«Von Marx.»
Hilfe. Schon wieder Marx. Wenn er Marx zitiert, heißt das, daß es ihm schlecht geht. Ich versuche, ihn zu fragen, was er hat, was los ist.
«Batch, verstehst du? Batch!»
Ich weiß nicht, ob ich es richtig verstanden habe, vielleicht war es Bach. Aber was hat die klassische Musik hier verloren? Mario wiederholt immer noch: Batch, Batch, wie ein Automat. Na schön, ich frage ihn, was das ist: Es ist die traditionelle Art des Computerprogrammierens, früher einmal programmierte man in Batch, heute dagegen programmiert man interaktiv. Alles klar.
«Und das ist schlimm?» frage ich ihn, weil er so einen Ton angeschlagen hat.
«Schlimm? Sehr schlimm, Carla, sehr schlimm.»
Vielleicht sollten wir nicht zu den Bozzis essen gehen: Sie sind zu langweilig.
«Früher hast du im Kopf alle Schritte vorweggenommen, die du mit dem Programm machen mußtest, verstehst du? Du hast wirklich programmiert, das heißt, du hast einen Plan ausgearbeitet, du hast einen Entwurf in die Zukunft projiziert, Schritt für Schritt, du hast jede einzelne Entscheidung vorhergesehen, die das Programm während des Vorgangs treffen mußte. Du hast es im Kopf vorweggenommen, weißt du, was ich meine?»
Unterdessen denke ich nach. Oder lenke mich ab. Ich weiß nicht, aber manchmal sind Denken und sich Ablenken dasselbe. Programmieren, projizieren, vorhersehen, vorwegnehmen: Natürlich beginnen sie alle mit PRO, diese Verben, oder mit VOR, und alle drücken einen Blick in die Zukunft aus.
Das kommt davon, wenn man eine klassische und sonstige Bildung hat!
«Doch heute, mit dem Interaktivprogramm, sagst du dem

Computer Schritt für Schritt, was er machen soll, verstehst du? Du hast nichts vorhergesehen, im Kopf! Jetzt macht er etwas, dann stoppt er und fragt dich: Und was mache ich jetzt? Er nennt dir drei Optionen, und du wählst aus, klickst, und er führt es aus, dann fragt er dich wieder: Und jetzt, was soll ich jetzt machen? Und so weiter, fällt dir auf, daß alles im Präsens ist? Alles jetzt, alles sofort. Es gibt keine Vorstellung mehr davon, wie es sein wird, verstehst du? Wie wenn du dir vorstellst, was du morgen machst, und alle Dinge im Kopf geordnet vor dir siehst! Das, genau das hast du nicht mehr. Du entscheidest dann, wenn es fällig ist, du wählst auf der Stelle.»

Mir fallen die CD-ROMs mit Marcellos Märchen ein, die allerneuesten: Du legst die CD-ROM ein, dir wird ein Märchen erzählt, sagen wir einmal *Rotkäppchen*, und wenn Rotkäppchen Erdbeeren pflückt, öffnet sich ein Fenster, auf dem steht:

A Rotkäppchen begegnet dem Wolf.
B Rotkäppchen begegnet dem Wolf nicht.

Du mußt wählen. Wenn du zum Beispiel auf A drückst, erscheint vor dir eine weitere Option:

A Der Wolf frißt es sofort.
B Der Wolf lädt es zu einem Spaziergang ein.
C Der Wolf läuft davon, um die Großmutter zu fressen.
D Rotkäppchen nimmt einen Stein und erschlägt den Wolf.

Wenn du jetzt zum Beispiel auf B drückst, erscheint:
A Der Wolf entführt Rotkäppchen, um Lösegeld zu fordern.
B Rotkäppchen verliebt sich in den Wolf.
C Der Wolf und Rotkäppchen begegnen einem Löwen, der beide frißt.

D Der Wolf und Rotkäppchen entdecken eine versunkene Stadt und werden reich und berühmt.
E Der Wolf und Rotkäppchen begegnen der Großmutter, die beide in ein Restaurant einlädt.

«Weißt du», fährt Mario fort, «es ist wie mit der modernen Bildhauerei: Früher nahm Michelangelo einen Marmorblock, betrachtete ihn tagelang, bis er wußte, welche Figur in ihm steckte: Er sah sie im Geiste, verstehst du? Er hatte schon eine Vorstellung von dem, was er aus ihm herausholen würde. Heute dagegen macht man es so: Du entfernst jedes Mal einen Splitter vom Stein und schaust, was passiert, und irgendwann beschließt du, daß du fertig bist, und gibst dem dann einen Namen, irgendwas, zum Beispiel ‹Windstoß Nummer zwei› oder ‹Kopf eines Fauns›. Weißt du, was ich meine?»
Ich meine, daß es genauso ist wie mit Marcellos CD-ROMs.
«Alles auf derselben Ebene, verstehst du?»
Ja, alles horizontal. Es ist so, als gäbe es nur beigeordnete Sätze, und alle untergeordneten wären verschwunden. Gleichzeitige Verwaltung von Fenstern, Kästchen, Bildchen, Restauranttischen, nur noch Hauptsätze: wie schade. Nur die Unterordnung vermittelt Glück. Ich wollte eigentlich sagen: Tiefe, aber inzwischen glaube ich, daß es dasselbe ist.

13

Also, schauen wir einmal, ob ich es verstanden habe: morgens Maismehl, mittags Mohrenhirsestückchen plus Gerstenflocken, wie für die Kaninchen. Ich schütte alles in die *cunca* und rühre es so lange um, bis es ein schönes Hühnerfutter ergibt.
Die *cunca* ist in Isidoros Sprache eine Art Futtertrog mit Griff.
Bis jetzt habe ich den Hühnern ein Futter gegeben, das ich an der Ecke bekomme, so eines von *Cani gatti che passione*. Da sagte man mir zwar: «Signora, dieses Futter ist eigentlich für Katzen», aber ich glaubte, der Unterschied sei nicht so groß. Zwischen den Futterarten, meine ich, nicht zwischen Katzen und Hühnern. Als ich es Isidoro erzählte, wußte er nicht, ob er lachen oder mir den Spaten auf den Kopf schlagen sollte. Er hat so eine kurz angebundene Art, der Isidoro. Dann habe ich ihn gehörig bearbeitet, und schließlich hat er mir zwischen einem Spatenstich und dem nächsten alles geduldig erklärt. Er hat mir auch gesagt, daß er mir die *cunca* leihen werde, es reiche, wenn ich das Futter für meine Hühner vorbereitete. Den Rest erledigen sie selber, hat er mir gesagt, wichtig ist, daß man sie scharren läßt. Warum? Ganz einfach: Die Hühner brauchen Gras für den Magen, Steinchen, um die Eierschalen zu bilden, und Würmer, wofür, weiß ich nicht, vielleicht mögen sie sie, und die Würmer sind für sie ein bißchen so wie für uns die Langusten: eine Spezialität. Deshalb scharren sie. Man sagt von Hühnern auch, daß sie «kratzen». Ja, das sagt man: «Sie kratzen.» Sie kratzen die Erde auf, um nach den Dingen zu suchen, die sie brauchen; nur daß sie es den ganzen lieben langen Tag machen: Es ist so, ein Kontinuum, sie machen es ununterbrochen. Daher vielleicht ihre Bewegungen, ewig dieselben, mit dem Köpfchen und dem Schnabel auf hal-

ber Höhe, hierhin und dorthin, hierhin und dorthin. Den ganzen Tag. Sie machen nichts anderes.
Sie irritieren mich, die Hühner, sie irritieren mich.

Ich will nicht, daß Tanni mir eines Tages schreibt, sie habe geheiratet, habe zwei Töchter und ihr Mann schlage sie; ich will nicht, daß sie Celan liest und mich fragt: «Entschuldigung Sie, aber haben Sie nicht gesagt, daß man so sein müsse, wie man ist?»

14

«Ihr Sohn steht schlecht, Signora, was soll ich Ihnen sagen?» Sie weiß, daß er schlecht steht, möchte aber, daß ich ihr sage, warum und welche Maßnahmen zu ergreifen sind. Welche Maßnahmen zu ergreifen sind! Genauso drückt sich Signora Callegari aus.
«Sie wissen, ich habe doch das Geschäft.»
Ich weiß, daß sie «das Geschäft» hat, sie hat ein edles Geschäft für Dessous im Zentrum, das ihr wer weiß wieviel Geld einbringt.
«Ich verstehe es nicht, helfen Sie mir, er ist ein so braver Junge. Ja, im Moment hat er nicht soviel Lust zu lernen, aber ich kann nichts sagen, er trinkt nicht, er raucht nicht; ja, im Moment hat er den Kopf ein bißchen voll mit Mädchen, Sie wissen ja, wie das ist, in diesem Alter, aber er geht nie aus. Er sagt, daß er nie ausgeht, das heißt, nur ein- oder zweimal, am Abend, die übrige Zeit sperrt er sich in sein Zimmer ein und lernt, ja, er lernt, das kann ich Ihnen versichern, denn wenn ich um acht nach Hause komme, ist er immer noch drinnen und lernt.»
Wenn die Signora Callegari abends um acht nach Hause kommt, frage ich mich, woher sie weiß, was ihr Sohn den

ganzen Tag macht. Aber abgesehen von diesem kleinen Detail, glaube ich, den Schluß ziehen zu können, liebe Signora, daß Ihr Sohn den ganzen Tag allein zu Hause ist.
«Natürlich, ich habe doch das Geschäft», sagt sie pikiert.
Natürlich, sie hat «*das* Geschäft». Eine Frau hat das Recht zu arbeiten, ich arbeite ja auch. Wir sind alle froh, daß die Frau endlich ihre Freiheit (zu arbeiten) erlangt hat. Wir haben aber vergessen, ein kleines Problem zu lösen: Wer dient diesen Kindern als Mamma, während die Mamma arbeitet? Unlösbares Problem, das jede für sich so löst (das heißt, nicht löst, aber zu lösen glaubt), wie es ihr richtig erscheint: die Großmutter, die Babysitterin oder «Babysitterin plus Großmutter» als Paketlösung, weil man der Babysitterin allein nicht vertraut (sie ist zu jung und außerdem Ausländerin) und auch der Großmutter allein nicht vertraut, weil sie zu alt ist.
Und mit sechzehn kann man sie schließlich allein zu Hause lassen, oder nicht?
«Doch, Signora Callegari, das kann man.»
Man kann.

Heute ist Isidoro besonders gesprächig. Und es ist mein freier Tag.
«Haben Sie schon gesehen, Frau Lehrerin? Heute bin ich beim Friseur gewesen.»
Richtig, er hat einen ganz kurzen Bürstenhaarschnitt, und sein Aschgrau glänzt in der Sonne. Ich gratuliere ihm. Wenn Isidoro sich selbst gefällt, ist das der Gipfel; gleich wird er mir erzählen, wie es war, als er jung war.
«Wissen Sie, Frau Lehrerin, als ich jung war, bin ich tanzen gegangen, weil ich gern getanzt habe, o ja, und auch meine Lina, ich habe mir die Haare selbst gemacht, ich habe sie mir in der Garage gewaschen, ich habe eine Spiegelscherbe an die Wand gehängt, über dem Waschbecken, und habe mir den Bart so geschoren, daß kein Härchen übrigblieb, damit ich, wissen Sie, meiner Lina beim Tan-

zen nicht weh tat. Ja, ich war ein schöner Mann. Als junger Mann war ich wirklich schön. Ich sage das im Ernst. Mit mir wollten die Frauen tanzen, alle aus dem Dorf, meine ich, ich habe das gewußt. Und ich habe auch gut getanzt, sie standen Schlange. Die Lina nicht, die Lina tat so, als würde sie mich nicht sehen, ach, die Lina!»
Ich weiß, daß ich ihn jetzt auf andere Gedanken bringen muß. Seine Lina ist seit fünfzehn Jahren tot, und er hat es immer noch nicht verwunden. Während er umgräbt, sehe ich immer wieder, daß er sich das Gesicht abwischt, nicht nur den Schweiß.
«Das Gras, Isidoro, entschuldigen Sie», sage ich, weil mir nichts anderes einfällt, «ist das Gras in meinem Hühnerauslauf gut so? Ist es nicht zu lang?»
«Und wenn es zu lang ist, schneiden Sie es, Frau Lehrerin. Wichtig ist, daß man eine schöne große Wiese hat. Das Huhn ist ziemlich anspruchsvoll. Wenn es einen Meter hat, nimmt es sich zwei. Die Hühner machen die Wiesen kaputt, wissen Sie das? Klar, für Sie ist das nicht so wichtig, weil Sie aus den Wiesen sowieso nicht viel machen, Sie haben ja nicht einmal Kühe, aber für mich ... Ich muß aufpassen, ich will doch meine Hühner nicht verwöhnen, das fehlte ja noch.»

15

Montag, acht bis dreizehn Uhr.
Es ist kalt, merkwürdig. Es herrscht Nebel, und es nieselt. Ich betrete das Klassenzimmer, ohne etwas zu sagen, ohne zu schauen, ohne die Namen aufzurufen; ich trage etwas im Klassenbuch nach, ich brauche dafür zehn Minuten; ich war ein paar Unterrichtsstunden im Rückstand, und jetzt scheint mir der richtige Zeitpunkt gekommen,

es auf den neuesten Stand zu bringen. Die Klasse ist ein lahmer Haufen; ich kontrolliere auch die Entschuldigungen des vergangenen Monats und lese die letzten Zirkulare durch. Damit Pedula zufrieden ist. Weitere zehn Minuten, zwanzig insgesamt. Die Klasse ist brav, sie wartet: Sie ist in einen galaktischen Schlaf versunken. Ist im seligen Nichts, oder, ich weiß nicht recht, vielleicht ist es am Meeresgrund so: Schweigen, da ein Fisch, dort ein Fisch, eine Alge, zwei oder drei Grotten, sonst nichts.

Ich fange an, stehe auf, nehme die Kreide, zeichne kleine Kreise, die sich berühren, manche sind ineinander verschlungen, ich bilde so etwas wie eine lange Kette oder einen langen Wurm aus kleinen Ringen, manche größer, manche kleiner, und aus diesem Körper aus Ringen lasse ich an der Seite drei Kreise herauswachsen, wie kleine Seitenstraßen oder die Nebengewässer eines Flusses.

Als ich fertig bin, sage ich (es ist zwanzig vor neun, und endlich unterbreche ich das Schweigen und den Schlaf): «Also, so schreibt man einen Aufsatz. Alles klar? Jeder Kreis ist ein Gedanke, jeder Gedanke muß mit einem anderen verbunden sein und so weiter, bis sie einen dicken Riesenwurm bilden. Aber Achtung!», und jetzt drücke ich die Kreide etwas fester auf: «Einige Ringe des Wurms müssen wichtiger sein: der erste, der letzte und der in der Mitte. Warum? Weil der Aufsatz einen Anfang, eine Mitte und ein Ende haben muß. Er kann aber auch Abschweifungen haben – ja, es ist sogar gut, wenn er welche hat: Und das sind die Seitenstraßen des Wurms, ihr könnt sie einschlagen, aber paßt auf, daß ihr nachher wieder umkehrt und in den mittleren Teil zurückfindet!»

«Des Wurms?» Offensichtlich ist es Giaula, der fragt, er erspart einem nichts.

«Natürlich, Giaula, wir reden von einem Wurm, oder?»

Und genau in diesem Augenblick, als ich gerade eine Dreiviertelumdrehung mache, um Giaula zu antworten, jetzt, plötzlich, einfach so, sehe ich sie: Sie ist da, an ihrem

Platz, wie immer, sie, dasselbe Gesicht, weites gestreiftes Hemd.
Ich versuche mich zurückzuhalten und nicht loszuschreien: «TANNI, DU BIST WIEDER DA!» Und ich versuche, mich zusammenzureißen, damit mir nicht vor Freude die Augen aus dem Kopf fallen, einfach so, vor allen anderen, während ich erkläre, wie man um Gottes willen einen Aufsatz schreibt.
Ich fahre fort zu erklären, ich erkläre, spreche, zeichne, schaue und rede. Als ob nichts wäre oder fast nichts.
«Versteht ihr? Euer Aufsatz muß eine Ein-heit sein, eine einzige, runde Sache, ein langer dicker Regenwurm, habt ihr ihn vor Augen?» Und ich füge Augen und Fühler hinzu. «Das ist der aufregendste Augenblick, seht ihr? Der Aufsatz nimmt Gestalt und Leben an, ich weiß, daß Regenwürmer keine Fühler haben, aber so sieht es netter aus, bitte schön, jetzt male ich ihm noch einen Mund, jetzt lächelt er, ein Strich und die Enden nach oben, jetzt ist er glücklich ...»
Jetzt bin ich wirklich glücklich.

16

Heute abend habe ich keine Lust, schlafen zu gehen. Ich nehme ein Kissen und ein Buch und gehe in den Hühnerstall, um dort zu lesen.
Man sieht nichts; die Hühner schlafen in irgendwelchen mir unbekannten Mulden. Ich schlage das Buch auf und befestige daran die Leselampe, gemütlich; sie gehörte meiner Mutter, die, wenn sie im Bett las, meinen Papa, der schon schlief, nicht stören wollte. Mein Vater ging «mit den Hühnern» schlafen, wie er sagte, das heißt, um neun Uhr abends. Er stand um fünf auf, blieb in der

Küche, im Dunkeln, machte sich eine ganze Kanne Kaffee, trank ein Glas nach dem anderen und schaute hinaus ins Dunkel. Ich habe nie verstanden, warum er jeden Morgen zwei Stunden still dasaß und was er machte. Um sieben ging er los, zur Post, ein Stündchen brauchte er zu Fuß: «Warum die Straßenbahn nehmen?» sagte er, «ich gehe und spare, oder?»
Auf einmal sehe ich, daß sich etwas bewegt, es ist Corvetta, sie kommt mir entgegen. Ich weiß, es stimmt nicht, ein Huhn kommt einem nicht entgegen, es ist kein Hund. Doch mir kommt es so vor. Ich nehme sie in den Arm, streichle sie.
So geht das eine Zeitlang, vielleicht zwei Stunden, im Dunkeln.

Den Hahn habe ich schließlich Johann genannt. Oder getrennt: Jo, neues Wort: Hann.

17

Es ist die Signora Visconti, ich weiß es, weil man sie mir vor drei Stunden angekündigt hat. Barba kam ins Klassenzimmer, machte mir ein Zeichen, einen Augenblick herauszukommen, und teilte mir dann mit aufgeregter Miene mit: «Heute kommt die Signora Visconti zu Ihnen in die Elternsprechstunde!»
Schon gut, Barba, was ist daran so merkwürdig? Ich habe Elternsprechstunde, und folglich werde ich sie empfangen, so, wie ich alle anderen Damen auch empfange.
«Ja, aber wissen Sie, es ist die Signora Visconti ...»
Richtig. Die Signora Visconti ist die Frau Gemahlin des Herrn Visconti. Das heißt des Herrn Dr. Ing. Federico Visconti dal Pra. Es hat den Anschein, als habe dieser Herr

zu dem Zeitpunkt, als er seinen Sohn vor zwei Jahren an dieser Schule anmeldete, Himmel und Hölle in Bewegung gesetzt, damit sein Sohn in die 9 A kam, wo er jetzt auch tatsächlich ist. Es heißt, er habe acht Termine mit dem Direktor und drei mit dessen Stellvertreter beantragt und genehmigt bekommen, er habe etwa zwanzig Telefonate getätigt (mit wem, weiß ich nicht), seine Frau Gemahlin habe den Sekretärinnen ein halbes Dutzend Torten geschenkt, keine selbstgemachten, sondern die der preisgekrönten Firma Pastrenghi, und daß schließlich beide Eheleute gemeinsam in aller Form mit dem Direktor, seinem Stellvertreter, den Sekretärinnen und der Familie eines anderen Schülers (der verloren hat und in der 9 G landete, wo er, wie ich persönlich hoffe, glücklich ist) gestritten und am Ende alles erreicht hätten, was sie wollten.

Warum eigentlich unbedingt die 9 A? Sicher nicht, weil ich dort bin, denn man hat sie mir erst zwei Tage vor Beginn des Schuljahres einfach so, rein zufällig, zugeteilt. Es sind die üblichen Gerüchte: In jeder Schule gibt es eine Klasse, von der «man sagt», sie sei die beste, ja die einzig «genießbare», und in der Regel ist das die Klasse mit dem A. Vielleicht ist es das Privileg, am Anfang des Alphabets zu stehen.

Signora Visconti tritt ein. Eisengraues Kostüm, einreihige Perlenkette, natürlich gertenschlank. Beim Gehen setzt sie einen Fuß genau vor den anderen, als habe sie auf dem Boden eine Linie gezogen, und wehe, wenn sie einmal danebentappt.

Sie setzt sich, leise Stimme: «*Buongiorno*», Riesenaugen, Wimpern, sie klimpert zweimal mit den Wimpern und hält sie dann endgültig gesenkt, als verursache es ihr einen leichten Horror, mir ins Gesicht zu sehen, und flüstert mir zu: «Ich bin Signora Visconti.»

Zum größten Unglück ist ihr Sohn sehr gut in der Schule. An diesem Sehr gut ist, wie ich sagen muß, vieles arg auf-

gesetzt: Musterknabe, englischer Haarschnitt, Kaschmirpullover, Hemd Marke ... der Name fällt mir nicht ein, jedenfalls die mit dem laufenden Pferd, modischer Kalender mit Lupo Alberto, Mappe aus echtem Leder (niemals ein Rucksack Marke Invicta, Gott behüte), eine historische Recherche nach der anderen, hin und wieder: «Entschuldigen Sie, Professoressa, aber ich habe gelesen, daß ...», «Entschuldigen Sie, ich habe einen Dokumentarfilm gesehen, dem zufolge ...», «Entschuldigen Sie, aber ich glaube, mich zu erinnern, daß ...» Bei den Mitschülern verhaßt, aber was soll's: «Das sind mindere Wesen.»
«Ihr Sohn steht sehr gut, Signora.»
Wenn sie könnte, würde sie die Wimpern noch weiter senken.
«Ich muß wirklich sagen, daß er sehr gut steht: hervorragende Noten, immer aufmerksam, er lernt viel, ist immer vorbereitet, hat bemerkenswerte Interessen ...»
Signora Visconti, wenn Sie jetzt etwas sagten, wäre das nicht übel: Im allgemeinen zeigt ein normaler Mensch, auf den eine solche Flut von Lobesworten niederprasselt, irgendeine – noch so kleine – positive, freundliche, dankbare Regung. Nein, nichts.
«Ja, ich weiß.»
Am Ende sagt sie: Ja, ich weiß.
Ich weiß, daß Sie, Signora Visconti, wissen, daß Ihr Sohn ein Genie ist. Ich weiß auch, daß Sie beide, Ihr Mann und Sie, denken, daß es gar nicht anders sein kann: Ihr mußtet ja ein Genie zum Sohn haben – untadelig, schön, elegant und wohlerzogen.
Aber ich habe nicht gesagt, daß Ihr Sohn ein Genie ist, Signora Visconti. Ich habe gesagt, daß er in der Schule sehr gut steht. Das ist etwas anderes, wissen Sie? Das ist etwas völ-lig anderes! Ein Genie, glauben Sie mir, ist wirklich etwas anderes.
«Sagen Sie, könnten Sie ihm irgend etwas Zusätzliches zum Lesen empfehlen, denn wissen Sie, ich sehe, daß er

sich letzthin in der Schule ein wenig langweilt. Er hat so viele Interessen ...»
Bitte sehr, wenn er so viele Interessen hat, soll er sie pflegen, Signora, und zwar allein! Ich weiß nicht, aber hat er schon versucht, antike Münzen zu sammeln? Oder Käfer? Oder ausgestopfte Äffchen?
Zum Glück entschlüpft meinem professionellen Mund nichts außer: «Natürlich, Signora, es wird mir ein Vergnügen sein, Ihrem Sohn ein paar Titel zu nennen, mit denen er seine bereits breitgefächerte Bildung erweitern kann.»
In solchen Fällen wünsche ich mir inständig ein ebenso eisengraues Kostümchen!

Nein, ich bin nicht nervös. Es fällt mir nur ein bißchen schwer einzuschlafen, sagen wir, daß es mir erst gegen zwei Uhr gelingt und ich um sechs Uhr in der Früh aufwache.
Gestern hat mich meine Freundin Silvina gefragt, ob ich wirklich an einem Wettbewerb teilnehme: «Könntest du deine Hühner nicht in aller Ruhe züchten und ihnen das Fliegen beibringen, aber nicht mit Blick auf einen Preis, was soll dieser ganze Wettbewerbswahn?»
Ich und Wettbewerbswahn?
Als meine Mutter mich zum Schwimmen schickte, war ich die Beste im Rückenschwimmen; ich wurde den vielversprechenden Schülern zugeordnet, fast täglich Training, eine Beckenlänge nach der anderen und die Zeiten: Das heißt, man maß meine Zeiten. Ich war tüchtig, ich schwamm schnell, ich schaffte fabelhafte Zeiten, der Trainer war stolz. Aber dann, bei den Wettbewerben, war ich immer die letzte. Ich hasse den Wettbewerb, mein Adrenalinspiegel sinkt, ich räume das Feld, bevor ich überhaupt anfange, ich will nicht teilnehmen, wenn das Ziel ein Sieg ist.
Aber mit den Hühnern ist es etwas anderes. Schau, Silvina, von meiner Mutter habe ich gelernt, eine Arbeit nie-

mals halb zu machen. Wenn sie eine Arbeit nur halb machte, holte die Kundin sie nicht ab: Sie konnte ja wohl auch kaum einen Pullover anziehen, der ihr nicht einmal bis zum Bauch reichte! Und so strickte meine Mutter alle Pullover fertig, mitsamt den Ärmeln. Es sei denn, es war eine Weste.
Sich an einem Wettbewerb zu beteiligen heißt den Pullover fertig zu stricken.
«Aber für dich ist es keine Arbeit, die Hühner zum Fliegen zu bringen, das weißt du, für dich ist es ... der Traum deines Lebens.»
Das hat Silvina zu mir gesagt.
Silvina kennt mich seit zwanzig Jahren. Sie weiß alles über mich, auch das, was ich niemandem erzähle. Sie ist meine Herzensfreundin. Aber in diesem Punkt irrt sie sich: Auch bei den Träumen muß man bis zum Ende gehen. Wie bei den Strickarbeiten – genau so.

Heute habe ich sie der Reihe nach in die Arme genommen, meine Hennen. Ich habe lange auf sie eingeredet. Sie haben mich aus ihren ausdruckslosen Augen von der Seite angeschaut. Papera sperrt nach wie vor den Schnabel auf, ich weiß nicht, aber vielleicht wollte sie mir etwas sagen. Papera habe ich erst vor kurzem so getauft: Sie ist eine dicke, ungraziöse Henne, eben eher wie eine Papera, eine Gans, sie ist mir erst jetzt aufgefallen, und sie rührt mich sehr. Sie hat einen wunderschönen rötlichen Schwanz mit langen Federn, der voller Energie steckt.
Wir haben auch ein bißchen geturnt, nicht alle, etwa zehn von ihnen, diejenigen, die Lust dazu hatten. Ich habe beschlossen, sie nicht dazu zu zwingen.
Dann habe ich versucht, sie in die Luft zu werfen, einfach so, wie man es mit den Tauben macht. Aber sie fallen nach zwei oder drei Flügelschlägen herunter. Sie wollen nicht fliegen, ich weiß nicht, warum, was fehlt ihnen? Vielleicht sind sie nicht glücklich, vielleicht bin ich eine schlechte Züchterin.

Ich schlafe nicht. Ich weiß nicht, ob das die Schlaflosigkeit ist. Ich glaube, um an Schlaflosigkeit zu leiden, müßte ich nervöser sein. Aber ich bin nicht nervös, ich bin nur traurig. Nachts denke ich, daß mein Leben ein einziger Mißerfolg ist, das ist alles. Ich bin dreiundvierzig Jahre alt, und es ist mir noch nicht gelungen, auch nur ein einziges Huhn zum Fliegen zu bringen. Ich habe nichts erreicht, ich bin eine Versagerin.
Vielleicht liegt es an meiner Schüchternheit. Nein, an der sozialen Herkunft. Nein, es war Zufall, es waren die Sterne. Morgen schaue ich in mein Horoskop.
Aber es ist keine Schlaflosigkeit. Es gelingt mir nur nicht zu schlafen.

18

«Entschuldige, aber leidest du unter Schlaflosigkeit?»
Nebenbei bemerkt: Wer weiß, warum man in Verbindung mit dem Substantiv «Schlaflosigkeit» immer das Verbum «leiden» verwendet, warum man nicht sagen kann: «Schlaflosigkeit haben» oder «Schlaflosigkeit fühlen»? Nein, «unter Schlaflosigkeit leiden»: Man geht also von vornherein davon aus, daß Schlaflosigkeit ein Leiden ist. Ein Schmerz.
Und außerdem: Ausgerechnet von Mario muß ich mir diese Dinge anhören. Von ihm, der Bescheid weiß. Der alle meine Probleme kennt, die Schwierigkeiten dieser ein wenig ... schwierigen, ja schwierigen Zeit.
(Die Schwierigkeiten einer schwierigen Zeit?)

«Du mußt dich allmählich für ein Huhn entscheiden, oder?» sagt Mario und tunkt den dritten mit Schokolade gefüllten Keks in seinen Kaffee. Es sind keine richtigen

Schokoladenkekse, sondern Kekse, gefüllt mit echten Schokoladenstückchen: Nur die mag Mario. Und Marcello ist genauso. Lucia dagegen ist scharf auf Hafer- oder Vollkornzwieback und auf Marmelade ohne Zucker.
«Heute kaufe ich den Käfig», antworte ich ihm.
Ich weiß, daß man nichts als Antwort bezeichnen kann, was überhaupt nicht oder nur teilweise zum Thema der Frage gehört. Und tatsächlich, während Mario den vierten und fünften Keks verspeist, lese ich die folgenden Worte von seinen Lippen ab: «Es erscheint mir nicht gerade genial, einen Käfig zu kaufen für ein Huhn, dessen Identität man noch nicht einmal kennt.»
Der Gedanke, einen Käfig zu kaufen, stimmt mich fröhlich. Es ist der erste Schritt in Richtung Wettbewerb.
Ich fahre ins Zentrum, ich mag nicht ins übliche *Cani gatti che passione* gehen; ich gehe ins beste Geschäft der Innenstadt, zu *Cats Dogs and Friends*.
(Friends von wem? Unsere Freunde, ihre Freunde oder sie selbst? Vergessen wir's.)
«Ich möchte bitte einen Käfig.»
«Ja, Signora. Für Vögel, Hamster, Salamander oder Katzen?» fragt mich der liebenswürdige Verkäufer.
(Salamander?)
«Nein, für Hühner. Das heißt: für ein Huhn.»
«Wir haben keine Käfige für Hühner!» sagt er entrüstet.
(Aber warum ist er entrüstet?)
«Und ... kommen sie noch rein?»
«Signora, wir haben sie nicht, weil es so etwas nicht gibt!»
Der Gedanke, daß es keine Käfige für Hühner gibt, ist unerträglich.
«Entschuldigen Sie, aber warum sollte es sie nicht geben?»
«Ich weiß nicht, weil mich noch nie jemand danach gefragt hat.»
Sinnlos, es ist typisch für die jungen Leute, sich beim kausalen Zusammenhang zu irren: Er hat im Geschäft keinen Käfig für Hühner, weil niemand je danach gefragt hat.

Der Junge läuft rot an wie eine wirklich sonnengereifte Tomate, dann beruhigt er sich wieder; gut so, denn ich will mich nicht über ihn ärgern, er wirkt so wohlerzogen und rechtschaffen.

«Signora, bitte, entschuldigen Sie, wenn ich nicht indiskret bin, aber wozu brauchen Sie einen Käfig für Hühner?»

Er ist indiskret und beherrscht die Grammatik nicht (doppelte Verneinung ist gleich Bejahung), aber so ist das nun einmal. Die Antwort scheint mir auf der Hand zu liegen: «Ich muß ein Huhn transportieren.»

Ich sehe sein zweifelndes Gesicht, zwischen Verblüffung und Argwohn schwankend, und mir kommen zwei Gedanken, vielmehr ein Gedanke und eine Erinnerung. Der Gedanke: Er wird doch wohl nicht glauben, daß ich eine Hühnerdiebin bin? Und die Erinnerung: Meine Mutter pflegte immer zu sagen, daß man den jungen Menschen helfen muß, nicht weil sie dumm, sondern weil sie jung sind.

Deshalb füge ich hinzu: «Ich muß es auf eine Reise mitnehmen.»

An seinem Gesicht ändert sich nicht viel.

«Wissen Sie, wir fahren in den Urlaub ...»

Die Vorstellung, ein Huhn in den Urlaub mitzunehmen, entspricht nicht ganz der Norm, das gebe ich zu, und ich weiß nicht, wie ich darauf gekommen bin: Aber ich konnte ihm doch nicht die Wahrheit sagen, nämlich, daß ich das Huhn zu einem Wettbewerb mitnehme.

Ich versuche, die Situation zu retten: «Einen Käfig haben Sie aber schon?»

Es ist wie mit Marcellos Maschinengewehr für die Fliegen: Wenn man die Zweckbestimmung eines Gegenstandes nennt, wird man ihn nie finden; wenn man nur den Gegenstand nennt, dann schon.

«Natürlich, Signora, für Vögel, für Hamster und für Katzen.»

«Und für Salamander», setze ich hinzu.
Ich wähle einen Käfig für Katzen aus, den größten, weil ich will, daß es meine Henne bequem hat. Obwohl ich noch nicht weiß, welche es sein wird.

19

Marcello ballert im Hof herum, Lucia stickt. Vetter Dynamo trifft ein, im grauen Zweireiher, untadelig, professionell, politisch korrekt, Ironie gleich Null.
«Was für eine traditionelle Szene! Die Männer machen Krieg, und die Frauen sticken: Ihr erzieht eure Kinder richtig!»
Ich möchte ihm sagen, daß es besser wäre, wenn er ab und zu ein Sweatshirt oder eine Sportjacke tragen würde, ich meine, irgend etwas Weiches. Nicht nur für ihn, weil es bequemer wäre. Auch für uns. Es würde ihm etwas die Ecken und Kanten abschleifen.
Ich gehe.
Ich gehe in den Hühnerstall, ich muß die Abendfütterung vorbereiten.
Im Getreideeimer liegt ein Brief. Komisch, Tanni ist wieder in der Schule, was soll dann hier ein Brief von ihr?
Es ist tatsächlich ein Brief von Tanni. Es ist wohl etwas passiert, denke ich.
Ich mache ihn auf.
Und lese den langen, dicken, eng beschriebenen Brief von Tanni.

Liebe Professoressa,
mein Vater ist Weinhändler und wegen seiner Geschäfte oft in Frankreich, auch wenn er kein Französisch kann. Meine Mutter ist arbeiten gegangen, aber dann hat sie aufgehört,

weil mein Vater ihr eines Tages gesagt hat: «Ich habe es satt, dich immer so zu sehen, abgehetzt und ungekämmt; ich mache eine Dame aus dir, es genügt, wenn ich zwei Reisen mehr pro Monat mache. Von da an hat mein Vater mehr als nur zwei zusätzliche Reisen pro Monat gemacht, aber wir sind immer noch genauso arm, und meine Mutter war abgehetzter und ungekämmter als zuvor, weil sie angefangen hatte, stundenweise putzen zu gehen, aber sie hat es meinem Vater nicht gesagt, damit er nicht böse wurde, nur ich wußte es, weil ich auf meinen kleinen Bruder aufpassen mußte, während sie nicht zu Hause war.
Aber das ist es nicht, was ich Ihnen sagen wollte. Sie haben uns beigebracht, daß ein Aufsatz einen Anfang, eine Mitte und ein Ende haben muß, und deshalb habe ich mit meinen Eltern angefangen. Trotzdem: Bitte, kein Wort, es weiß niemand, was meine Eltern machen, in der Klasse habe ich erzählt, daß sie bei Fiat angestellt sind, weil in unserer Klasse niemand arm ist und ich mich schäme.
Als ich klein war, saß ich nach der Schule den ganzen Tag auf dem Balkon, mit meinem Teddybär im Arm, und habe mich mit ihm unterhalten, ich habe ihm alles erzählt, und alles ging gut; aber jetzt kann ich nicht einmal mehr mit einem Teddybär reden, und deshalb schreibe ich Ihnen. Damit will ich nicht behaupten, daß Sie wie ein Teddybär sind, das nicht.
Ich bin froh, Sie als Lehrerin zu haben, weil Sie uns wirklich etwas beibringen und nicht nur so tun, sondern, wie soll ich mich ausdrücken, man merkt, daß Sie uns etwas sagen wollen und nicht nur den Lehrplan durchziehen: Ja, wenn ich Ihnen zuhöre, vergesse ich alles übrige, und manchmal kommen mir auch ein paar Tränen, sogar dann, wenn Sie Dinge sagen, die zum Lachen sind.
Aber auch darüber wollte ich nicht mit Ihnen reden.
Tatsache ist, daß ich ein paar kleinere Probleme habe und nicht so richtig weiß, mit wem ich darüber reden kann. Keine Angst, ich nehme keine Drogen, ich klaue nicht, ich habe nie-

manden umgebracht, und ich bekomme kein Kind, nein, was das anbelangt: Ich habe nicht einmal einen Freund.
Und es ist nicht nur die Tatsache, daß meine Mutter nicht mehr da ist und wir nichts mehr von ihr wissen. Rein gar nichts. Ich kenne sie, sie wird nicht mehr zurückkommen, und ich muß sagen, ein bißchen kann ich sie verstehen, sie ist nicht vor uns davongelaufen, sondern vor allem, ganz allgemein. Ich weiß nicht. Ich habe auch versucht auszureißen, aber ich bin nicht wie meine Mutter, ich glaube nicht, daß es genügt, irgendwohin zu fahren, um etwas zu finden. Und außerdem haben Sie uns auch erklärt, daß Horaz nach Tivoli wollte, wenn er in Rom war, und nach Rom, wenn er in Tivoli war. Jedenfalls ist es gut so: Ich kann auch ohne Mutter sein, mein Vater trinkt ein bißchen, aber er schlägt mich nicht, und mein kleiner Bruder wird größer; jetzt ist er schon im letzten Kindergartenjahr.
Aber das ist es auch nicht, was ich Ihnen sagen wollte. In der Klasse haben alle meine Mitschülerinnen einen Freund und tauschen miteinander die CDs von Take That aus. Aber die sind nicht mein Fall, und ein Freund – ich weiß wirklich nicht, wie sie es anstellen, sich einen zu angeln. Sie gehen an einem Nachmittag spazieren, und am Abend werden sie schon ins Kino eingeladen, ich weiß nicht, wie sie das machen, halten sie die Jungs auf der Straße an, oder wie geht das? Oder vielleicht sind sie hübscher als ich, und das ist alles. Sinnlos, das abzustreiten. Aber Veronica nicht, Veronica ist wirklich häßlich, aber trotzdem hat auch sie einen Freund. Vielleicht, weil sie Veronica heißt, ich dagegen heiße Carla, und es ist ein Unterschied, ob man sagt: «Ciao, ich heiße Veronica», oder: «Ciao, ich heiße Carla», nicht wahr? (Entschuldigen Sie, mir fällt erst jetzt ein, daß Sie ja auch Carla heißen, es ist auf jeden Fall ein schöner Name.)
Aber darum geht es nicht. In der Schule stehe ich ganz gut, das heißt, lauter Dreien, eine Zwei in Zeichnen und dann Ihre Eins in Italienisch. Ich weiß nicht, warum Sie mir in Italienisch Sehr gut gegeben haben, meine Mutter hat im-

mer gesagt: «Sie hat dich nicht richtig verstanden, diese Lehrerin.» Aber gefreut hat sie sich schon; einmal habe ich gehört, wie sie es ihrer Friseurin erzählt hat. Jedenfalls bin ich nicht die Klassenbeste, doch über Ihr Sehr gut freue ich mich! Für mich paßt es aber nicht ganz zum übrigen, und ich weiß nicht so recht, was ich damit anfangen soll, das heißt, vor allem weiß ich nicht, was ich mit der Schule anfangen soll, ich mache meine Aufgaben, das schon, ich lerne, aber manchmal frage ich mich, wozu es gut ist. Ich weiß nicht, was ich später machen soll, wenn ich weiterlerne, was bekomme ich dafür? Ich rede nicht von Arbeit, ich weiß, daß für niemand Arbeit da ist und daß es immer schlimmer wird. Ich sage: Was bekomme ich in mir drinnen, verstehen Sie mich? Das heißt, was werde ich als Mensch, und was mache ich dann mit dem, was ich geworden bin, was werde ich machen, welche Richtung schlage ich ein, wo gehe ich hin? Ich möchte nur die Sachen lesen, die Sie uns zu lesen geben, aber das genügt nicht für einen Beruf, wenn man erwachsen ist. Wenn ich in die Ferne schaue, sehe ich mich nicht, nicht einmal in einem Jahr oder in zwei und nicht einmal morgen: Was ist die Zukunft? Wo zum Teufel wird sie enden? Dieses ganze Durcheinander gefällt mir nicht, es ist ein großes schwarzes Loch, und ich weiß nicht, wie ich herauskommen soll.

Also, das ist vielleicht die Mitte des Aufsatzes, ich wollte sagen: des Briefes. Es war das, was ich Ihnen sagen wollte, und ich wußte nicht, mit wem ich reden sollte: Bitte, helfen Sie mir, daß ich aus diesem schwarzen Loch herauskomme. Wenn ich einen dünnen Streifen Licht sehe, werde ich ihm folgen, aber wirklich nur ein dünner Streifen, wissen Sie, wie am frühen Morgen im Sommer, wenn das Licht schon durch den Spalt der Rolläden dringt und man begreift, daß das die Sonne ist, und überlegt, wo man hinfährt, zum Beispiel mit dem Rad.

Ich will nicht so werden wie meine Mutter. Ich möchte so werden wie Sie. Das heißt, nicht genauso wie Sie, schon ein

bißchen anders, zum Beispiel würde es mir auch Spaß machen, Fußball zu spielen. Wissen Sie, daß man mich vielleicht in die Juniorenmannschaft von Cesena aufnimmt?
Mir würde es auch sehr gut gefallen, Ihr Champion-Huhn zu sein, aber das ist wirklich unmöglich! Habe ich Sie ein bißchen zum Lachen gebracht? Aber Sie haben verstanden, was ich sagen wollte, nicht wahr?
Okay. Das wäre alles. Das heißt: nichts. Und ich weiß, daß das Ende fehlt, aber ich finde es nicht, das ist wirklich schlimm. Vielen Dank für alles.

Ihre Tanni.

P.S.: Sie brauchen mir nicht zu antworten, fühlen Sie sich nicht verpflichtet; es war nur so ein Brief, um einmal mit jemandem zu reden. Und wenn Sie mich morgen in der Schule nicht sehen, seien Sie nicht böse: Ich habe mir schon die Notizen über Il Colombre *geben lassen und auch die über die Daphne, es ist wirklich eine sehr schöne Geschichte. Es ist nur, daß ich nicht genau weiß, was ich in der Schule machen soll. Das ist alles.*

Ich falte den Brief zusammen und stecke ihn wieder in den Umschlag.
Die Tür knarrt, das Türchen, das Isidoro mir gemacht hat: ein helles Dreieck auf der Erde, dann Marios Mokassins.
Mario. Seit drei Monaten hat er den Hühnerstall nicht mehr betreten. Ausgerechnet jetzt, das einzige Mal, wo ich hier allein sein möchte.
«Aber ist es dir hier nicht zu kalt zum Herumsitzen?»
Ich schaue ihn an.
«Die Bozzis haben angerufen, sie fragen, ob wir übermorgen zum Abendessen kommen», teilt er mir mit.
Ich schaue ihn an.
«Weißt du, warum Tanni immer nur weite, gestreifte Hemden trägt?»

Jetzt tritt Mario ganz herein, macht die Tür zu, setzt sich neben mich auf den Boden und antwortet mir, nein, das wisse er nicht.
«Ich weiß es auch nicht, aber ich glaube, weil sie arm ist.»
Pause.
«Wir müssen die Bozzis zurückrufen», sagt er und legt mir seinen Pullover um die Schultern. Dann fügt er hinzu: «Aber wenn die Hemden unifarben wären, wäre sie dann weniger arm?»
Mir ist nicht kalt.
Seiner Meinung nach ist es hier drinnen kalt, es muß die Feuchtigkeit des Hühneratems sein. Ich weiß nicht, ich glaube, daß er sich mit den Ausdünstungen der Futterkrippe vermischt. Das heißt, mit Isidoros Stall.
Wie dem auch sei – habe ich Mario um seinen Pullover gebeten? Nein. Dann will ich ihn auch nicht.

20

Am bleigrauen Morgen eines Scheinfrühlingstages. Wir bewegen uns wie so viele Lastwagen: schaukelnd und ohne Scheinwerfer.
Ich setze mich auf eine der Bänke im Korridor. Ich bin zu früh dran. Ich komme sehr gern zu früh, weil es mir dann so vorkommt, als hätte ich eine normale Tätigkeit, bei der man auch einmal einen Augenblick dasitzen und nichts tun kann, und nicht diese Sucht, diesen Streß, diesen Zwang, Unterricht zu HALTEN, Disziplin zu HALTEN, die Stunden zu HALTEN. Ich möchte vielmehr überhaupt nichts halten. Nicht einmal einen Hund an der Leine oder die Wolle, damit man sie zu einem Knäuel aufwickeln kann, oder die Leiter, damit sie nicht umfällt.

Zum Glück setzt sich France neben mich. Wir lächeln uns lange mit den Augen an. Uns genügt das.
Pachten wir uns also einen Leuchtturm? fragen mich ihre Augen. Natürlich pachten wir ihn uns, antworten ihr meine, einen mit weißen und roten Streifen, auf einer Insel mit viel Wind, wo man nie an Land gehen kann.

Unterricht, dann Elternsprechstunde.
Herein tritt Signora Collina. Ich kenne sie, sie kommt mindestens einmal im Monat.
«*Buongiorno*, Signora, wie geht es Ihnen?»
Ich stehe auf, und alle Schülermappen fallen mir herunter. Ich sammle sie auf und denke dabei: Sie hat ein trauriges Gesicht, was mache ich jetzt?
Sie ist blond, die Signora Collina, und trägt die Haare lang, in einem Alter, in dem man dazu raten würde, sie kurz zu tragen: eine Frage des Stils. Kariertes Kostüm, altmodisch. Große blaue Augen, ein bißchen vorquellend, diese wäßrigblauen, das heißt farblosen Augen.
Ich muß ihr natürlich etwas über die Noten sagen, deswegen ist sie ja hier. Sie schlägt ihre farblosen Augen nieder. Vom letzten Ungenügend wußte sie nichts.
«Ich weiß nicht mehr, was ich machen soll, helfen Sie mir.»
Ich möchte ihr so viel sagen. Ich möchte ihr sagen, daß ihr Sohn mindestens einen Meter neunzig groß ist, so gut gebaut, daß er an einen griechischen Ringer erinnert, so schön, daß die Mädchen ihn mit den Augen verschlingen, und auch intelligent, weil er bei den seltenen Gelegenheiten, wenn es mir gelingt, etwas aus ihm herauszulocken, intelligente Dinge sagt, und bei den seltenen Gelegenheiten, wenn er seine Aufgaben gemacht hat, keinen Fehler hat und ein Sehr gut bekommt. Ich möchte ihr sagen, daß sie aufhören sollte, ihn anzufeuern, sich neben ihn zu setzen und vier Stunden mit ihm am Schreibtisch zu verbringen; daß sie aufhören sollte, ihm die Aufgaben zu

machen, ihn abzufragen, ihn, sobald er heimkommt, zu fragen: «Was mußt du heute machen?» und «Zeig mir dein Hausaufgabenheft»; daß sie aufhören sollte, ihn nach dem Abendessen in Geschichte abzufragen, bis er alles auswendig kann; daß sie um Himmels willen auch etwas im Leben zu tun hätte, was weiß ich, einkaufen gehen, die Wäsche machen, sich mit ihren Freundinnen unterhalten, die Todesanzeigen in der Zeitung studieren, eben alles, was Mütter normalerweise auch dann tun, wenn sie nicht arbeiten. Oder sie sollte sich eine Arbeit suchen, ein Geschäft aufmachen ... Nein, nicht «*das* Geschäft».

«Signora, Sie sollten aufhören, hinter Ihrem Sohn her zu sein ...»

Das ist zuviel, sie platzt heraus: «Aber wenn ich nicht hinter ihm her bin, tut er nichts.»

Und das ist die Theorie der Signora Collina: Sie sagt, daß sie es versucht habe; wenn sie ihn nicht fragt, was er aufhat, macht er seine Aufgaben nicht; wenn sie ihn in Geschichte nicht abfragt, lernt er nicht für Geschichte, geht unvorbereitet in die Schule und bekommt ein Mangelhaft.

«Das genau ist der Punkt, Signora Collina: Sie müssen zulassen, daß Ihr Sohn eine Fünf bekommt.»

Sie reißt ihre farblosen Augen auf, so weit, daß ich Angst habe, sie könnten ihr aus dem Kopf fallen. Was ich da gesagt hätte? Was für eine Sorte Lehrerin ich sei? Ich bleibe dabei: «Lassen sie ihn abstürzen, dann rappelt er sich schon wieder auf. Er wird anfangen zu lernen, er, von sich aus, ohne daß sie es ihm sagen.»

«Nein, so geht das nicht. Wenn er ein Mangelhaft bekommt, kommt das nächste und so weiter, und er rappelt sich nicht mehr auf.»

«Dann lernen Sie also für ihn, Signora: Sie werden sagen, daß Sie in Geschichte sehr gut Bescheid wissen, aber Ihr Sohn? Werden Sie dann am Ende einen Menschen aus ihm gemacht haben?»

Ich weiß nicht, wie mir diese metaphysischen Wahrheiten entschlüpfen, keine Ahnung. Sind wir Menschen oder Feldwebel?
«Ich will ja nur, daß er versetzt wird.»
So antwortet sie mir, die Signora Collina, steht auf, gibt mir die Hand und nimmt ihre guten, lieben, ach so mütterlichen farblosen Augen wieder mit.
Wenn ich Corvetta zuschaue, wie sie ihren Fünf- oder Sechs-Meter-Flug dicht über dem Boden absolviert, sage ich mir, daß sich die Mühe zu leben lohnt und daß vielleicht auch ich eine Aufgabe im Leben habe. Natürlich ist Corvetta die einzige, die bislang irgendeine Flugabsicht bekundet hat; dennoch weiß ich nicht, ob ich sie in den Wettbewerb schicke, ich weiß nicht recht, ich glaube, viel mehr kann ich nicht erreichen.
Es ist eine so große Genugtuung, die Federn im Wind zu sehen, den nach vorne gereckten Schnabel und diesen plumpen Körper, langgestreckt, aerodynamisch.
Nichts ist stupender als der Mensch, sagt Sophokles.
Stupend, vom Gerundiv des Verbums *stupere*, «das zu Bestaunende».

21

Nach Tannis Brief habe ich zweierlei gemacht: Das erste war, Mario an einem Abend, an dem er Huizinga, *Im Schatten von morgen. Eine Diagnose kulturellen Leidens unserer Zeit* im Original, las, zwei Fragen zu stellen.
Erste Frage: «Wenn einer meiner Schüler keine Lust mehr hat, in die Schule zu gehen, dann heißt das, daß ich als Lehrerin nicht gerade eine Koryphäe bin, oder?»
Auf diese Frage hat Mario geantwortet: «Ich weiß nicht, auf wen du dich beziehst, Carla, aber hör auf, immer alles

auf dich selbst zu münzen, du bist nicht der Nabel der Welt.»
Zweite Frage: «Hör mal, Mario, wir haben doch nie daran gedacht, jemanden zu adoptieren, aber ich weiß nicht, vielleicht könnte man ...»
Bei dieser Art von Einleitung hat Mario aufgehört zu lesen und mich angeschaut. Ich habe dann weitergeredet: «Nein, ich wollte sagen, vielleicht nicht direkt adoptieren, aber weißt du, zum Beispiel irgendein Schulkind, schon groß, meine ich, das du vielleicht schon eine Zeitlang kennst, nur einfach so, stell dir vor, daß ihm oder ihr eine Stütze fehlt ...»
Auf diese Art von Frage hat Mario geantwortet: «Du bist müde, Carla. Du wirst schon merken: In den Ferien geht das vorbei.»
Und hat seinen Huizinga wieder in die Hand genommen und weitergelesen.
Das zweite, was ich nach Tannis Brief getan habe, war, Tanni nicht zu antworten und nicht mit ihr zu reden. Ich habe das nicht absichtlich getan, es war nur, weil mir keine Antwort einfiel. Nichts.

Heute – es sind vierzehn Tage vergangen – sitzt sie in der Klasse, als sei nichts geschehen. In der Pause lege ich ihr eine Zeichnung von mir auf die Bank: Es geht um den Flugapparat Nummer sechs, eine Art Kran, halb an Galileos Pendel, halb an den Flaschenzug in Montales Brunnen erinnernd; ein schwankendes Seil, an dem ein Eimer hängt, in dem sich das Huhn befinden sollte. Ich finde die Zeichnung sehr schön.
In der Stunde danach gebe ich Latein. Ich schreibe an die Tafel: *Romae et per provincias aequalem se omnibus exhibens ...*
«Seht ihr *aequalem*, wie übersetzen wir das?»
Ich drehe mich um und nehme die Kreide von der Tafel, um zu sehen, wer antwortet, und dabei sehe ich sie: Tanni

knüllt meine Zeichnung zusammen, und jetzt peilt sie den Papierkorb an. Wenn ich mich länger umdrehe, wirft sie, ich höre, daß sie es tut – Volltreffer!
Tanni, die meine Zeichnung wegwirft. Ist das möglich?
Aufs Geratewohl greife ich mir zwei heraus: Sie stellen sich dumm an, und ich verpasse jedem ein Mangelhaft.
Das heißt, so richtig dumm stellen sie sich eigentlich gar nicht an, aber ich gebe ihnen trotzdem eine Fünf. Das allerdings genügt mir noch nicht, und ich setze noch eins drauf:
«Natürlich! Für Latein lernt man nicht. Großartig, ihr seid rationale Trottel. Kann irgend jemand etwas mit Latein anfangen? Nützt es einem, wenn man einen Job sucht? Nein. Nützt es einem, wenn man einen Mann sucht? Nein. Nützt es einem, wenn man Geld verdienen will? Nein. Und warum sollte man es dann lernen? Und außerdem: Latein ist schwer, schrecklich schwer. Und was denkt ihr über das, was schwer ist? Scheiße, weg damit, ab in die Gruft und einen großen Bogen drum herum! Großartig! Energieaufwand: null. Anstrengung: null. Einsatz: null.»
(Pause.)
(Aber ich beruhige mich nicht.)
«Ich möchte wirklich mal wissen, was ihr zu Hause macht. Wie ihr den Nachmittag, die Zeit, das Leben verbringt. Darf man wissen WIE WOMIT WANN MIT WEM WO WARUM?»
(Ich schaue sie fragend an, wähle das Opfer aus.)
«Zum Beispiel du, Richetta. Steh auf und sprich du für die Klasse, erzähl uns, wie du deinen Nachmittag verbringst.»
Die reinste Provokation.
Richetta ist ein rothaariges, dickliches Mädchen, die spärlichen Härchen hat sie mit Gel senkrecht aufgestellt: eine Art gut geschminktes Igelchen, über und über gepierct und auf halber Höhe des Halses ein Kettchen. Nett, brav, hat die Mittelschule bei den Nonnen absolviert und fühlt

sich jetzt verpflichtet, die Rebellin zu spielen. Und sie rebelliert, indem sie wenig lernt. Das ist alles.
Richetta erhebt sich, ergibt sich in ihre Rolle als Sündenbock, sogar mit leisem Lächeln: «Ich komme um zwei nach Hause – dann gehe ich unter die Dusche – dann werfe ich mich ein bißchen aufs Bett – dann schaue ich in den Kühlschrank – esse etwas – dann rufe ich sieben oder acht Leute an – schau, wer da ist – was man unternehmen kann – dann gehe ich aus – dann um sieben komme ich nach Hause – dann esse ich etwas – dann mache ich meine Aufgaben.»
(Während sie sprach, setzte sie nur Gedankenstriche, keinen Punkt, ich schwöre es. Vielleicht ist für Richetta das «dann» eine Art Punkt.)
Als ich jung war, haben mir die Erwachsenen, die sich um meine Erziehung kümmerten, im wesentlichen zwei Dinge eingetrichtert:
1. nie über andere zu urteilen;
2. meine Wut zu zügeln.
Weder bei dem einen noch bei dem anderen waren sie erfolgreich. Ich habe nichts gelernt.
Jetzt schreie ich sogar und urteile, sagen wir, daß ich schreiend urteile: «Um neun Uhr abends! DANN MACHE ICH MEINE AUFGABEN! Setzen! So eine Schande!»
«Schande» sage ich oft. Ich mache es nicht absichtlich. Es ist ein Wort, das mir einfällt, wenn ich empört bin. Ich bin oft empört, und deshalb sage ich oft «Schande». Die anderen regen sich im allgemeinen darüber auf, vielleicht ist es eine Beleidigung. Tatsächlich sagte man früher einmal zu den Kindern: «So eine Schande! Schau, wie du dir das Kleid bekleckert hast!»
Das wäre heute undenkbar. Wenn heute ein Kind einen Fleck macht, ignoriert man das einfach, oder man sagt zu ihm: «Mach dich ruhig schmutzig, nachher zieh ich dir was Neues an.»
Auch der Schmutz ist heute ein kreativer Faktor, ein Zei-

chen von Freiheit. Willst du etwa die Phantasie der Kinder beschneiden?
Richetta setzt sich, die sorgfältig geschminkten Riesenaugen gesenkt: Ich glaube, daß sie sich tatsächlich ein bißchen schämt.
Ich habe den Eindruck, daß auch das Gel ein bißchen geschmolzen ist und ihr Irokesenkamm traurig in sich zusammensackt. Jetzt hat sie «den Kamm gesenkt».
Ist das so etwas wie «die Flügel stutzen»?
Und woher all diese Metaphern aus der Welt des Geflügels?
Meine Mutter sagte zu mir: «Stutz dir die Flügel», nicht: «Senk den Kamm.»
Allerdings hatte ich auch keinen Kamm.
Wenn ihr Latein lernen würdet, meine Damen und Herren, würde ich euch nicht fragen, wie ihr den Nachmittag verbringt. Irrealis der dritten Art.

Ich komme erschöpft nach Hause. Ich werfe mich auf das Bett. Ich hätte Lust, diese sieben oder acht Anrufe zu tätigen, um zu schauen, wer zu Hause ist. Aber nein, ich stehe auf und schreibe:

Ich gehöre nicht zu denen, die es verstehen, andere zu trösten, ihnen unter die Arme zu fassen und zu sagen: «Komm, komm, so geht es nicht.» Ich kann nicht einmal die Tränen anderer Leute trocknen, ich habe nicht einmal Papiertaschentücher bei mir, so wie ich auch nie einen Regenschirm bei mir habe, zumal es ja nur Wasser ist, daß heißt: Wenn es regnet, regnet es mir auf den Kopf, immer noch besser, als mit diesem sperrigen, zusammenschiebbaren Ding mit Griff herumzulaufen. Das Problem ist: Ich glaube, daß nichts auf dieser Welt tröstlich ist und es uns dann, wenn es uns trifft, eben trifft und basta. Mario sagt, daß es Hirten gibt und Meister und daß das zwei völlig verschiedene Dinge sind, und wenn man so ist, kann man nicht anders sein. Die Hir-

ten sind jene Lehrer, die die Klasse wie eine Herde halten und aufpassen, daß alle Schafe da sind und ihnen folgen, und wenn ihnen eins abhanden kommt, warten sie entweder Monate oder kehren gleich um, um es zurückzuholen, und dabei ziehen sie alle anderen mit; dann streicheln sie ihm über den Kopf, trocknen ihm die Wolle und bringen es wieder an seinen Platz. Den Hirten ist es völlig egal, wo man landet, denn sie müssen nirgendwohin: Wichtig ist nur, die Herde zusammenzuhalten. Der Meister dagegen ist jemand, der etwas lehrt, von dem er weiß, daß er es lehren muß, und ob ihm jemand genau folgt oder nicht, ist nicht wichtig, sondern dessen eigenes Problem. Er geht schnurstracks dorthin, wo er hingehen muß, und er weiß genau, wo er hingehen muß, und wenn er einen – auch noch so kleinen – Umweg machen müßte, könnte er nicht dorthin gelangen, wo er hinmuß, und das wäre schlimm; sein Weg ist lang und schwierig, deshalb darf er niemals von ihm abweichen, nicht einmal, um zu sehen, wer da ist und wer nicht; natürlich riskiert er, letztendlich allein ans Ziel zu gelangen, und das würde ihm wirklich sehr leid tun. Ich weiß, daß der Hirte sympathischer wirkt, aber würde es dir gefallen, ein Schaf zu sein, das dann im Leben nichts allein tun kann und stets die Herde braucht? Zumindest beim Meister kommen die wenigen, die ihm folgen – und wenn es auch nur ein einziges wäre –, an einem Ort an, wo sie dann wirklich Individuen sind, imstande, ihren Weg allein zu gehen, zumindest vermutet man das, und jedenfalls glaubt Mario das. Liebe Tanni, es tut mir leid, aber ich fühle mich mehr diesem letzteren Typ zugehörig, und ich wäre froh, wenn du mir folgen würdest, denn ich weiß, wo ich dich hinführen muß, und ich weiß, daß du dich dort sehr wohl fühlen würdest.
Ciao,

Deine Prof.

Am Ende wird mir klar, daß ein Antwortbrief an Tanni herausgekommen ist, merkwürdig, ich hatte geglaubt, ich

würde für mich selbst schreiben, zumal ich die Rückseite eines maschinengeschriebenen Blattes verwendet habe.
Ich lese es noch einmal durch, zerknülle es. Zack, ein schöner Wurf.
Mitten in den Papierkorb.

22

Ein Buch pro Monat oder ein Buch alle zwei Monate? Und vor allem: welche Bücher? Ein und dasselbe Buch für die ganze Klasse (aber das heißt Zwang), oder wählen sich die Schüler selbst aus, was sie lesen wollen (aber das heißt Chaos, weil dann pro Klasse zwanzig Bücher durch die Gegend schwirren)? Ist Lesen ein Vergnügen oder eine Pflicht? Ist es zu etwas nutze, oder ist es nur ein besserer Zeitvertreib als Fernsehen? Geben wir ihnen zeitgenössische Texte, damit sie sich so der Zeit bewußt werden, in der sie leben, oder geben wir diesen Kindern die Klassiker, um ihnen eine Bildung zu vermitteln?
Übermorgen Konferenz der Italienischlehrer.
Aber du wirst sie doch wohl nicht Tolstoi lesen lassen? Zu lang, dieser Tolstoi! An so etwas sind sie nicht gewöhnt.

Aber du wirst sie doch wohl nicht *Madame Bovary* lesen lassen? Nicht aktuell, diese *Madame Bovary*!
Aber du wirst sie doch wohl Leonardo Sciascia lesen lassen?

Ich stehe auf und öffne im Gehen alle Fensterläden, einen nach dem anderen: Sie sind alle im Parterre. Es ist Sonntag. Am Sonntag öffne ich mehr Fenster als sonst, weil wir alle zu Hause sind. Aus jedem Fenster, das ich öffne, sehe ich ein anderes Stück Wiese, das ist klar, aber mir wird es

erst heute bewußt: Hier sieht man zum Beispiel die Weide, hier sieht man sie nicht mehr, aber die Johannisbeeren kommen zum Vorschein, und hier der Haufen Ziegelsteine, die man noch aufstapeln muß. Alle Fenster zusammen ergeben die Wiese, Bildchen neben Bildchen, wie komisch sind doch die Fenster!
Und plötzlich geht mir ein Licht auf.
Wie ein Schlag im Gehirn, ich weiß nicht, wie das KLACK von zwei Billardkugeln, und die eine fällt ins Loch. KLACK und drin!
Tanni.
Es waren wohl die Fenster und das ganze Gerede über Windows. Ich glaube, wir denken zuwenig daran, daß *windows* Fenster heißt, und dennoch ist es so: Es bedeutet tatsächlich «Fenster», im Plural. Das heißt aber nicht, daß man jedesmal, wenn man die Fenster eines Hauses öffnet, unbedingt an *Windows* denken muß. Nein. Auch nicht, daß man *Windows* mit dem Privatleben seiner Schüler in Verbindung bringen muß. Aber mir ist es so gegangen.
Ich habe begriffen, warum Tanni traurig ist.
Mario hat es mir neulich erklärt mit den Marxschen Bibern.
Das heißt, Mario hat es mir nicht erklärt, sondern ich habe es heute morgen begriffen: Ich habe kombiniert, stimmt's? Ich habe richtig geklickt, sagen wir es so.
Tanni ist von derselben Traurigkeit ergriffen wie Mario.
Ich will sagen, sie sind beide auf dieselbe Weise krank.
Beiden hat man die Zukunft genommen.

Punkt.
Tanni geht es so schlecht wie Mario, wenn er seine Maus traurig über den Tisch gleiten läßt.
Carla, es war so einfach: Sie haben keine Zukunft mehr!
Weder Mario noch Tanni.
Man hat ihnen die Welt platt gedrückt, alles in eine Reihe

gerückt wie die Röhrchen in der Schießbude. Wie mein horizontaler Einkauf, wie meine Fenster: Jedes gibt mir ein Stück Wiese, aber die ganze Wiese sehe ich nie.
Die armen Jugendlichen. Sie können nicht pro-jizieren, pro-grammieren, vorweg-nehmen, voraus-denken. Und deshalb wissen sie nicht mehr, was sie als Erwachsene tun sollen. Vor ihnen öffnen sich Dutzende von Fenstern, und in jedem sehen sie ein Stück von etwas, aber dieses Etwas werden sie nie als Ganzes sehen. Sie stehen da und schauen alle diese Fenster an, sie halten sie alle offen, in einer Reihe, horizontal, und wissen nichts. Sie wissen nicht, ob sie sich lieber mit Astronomie oder plastischer Chirurgie, mit Informatik oder Zahntechnik beschäftigen sollen. Sie wissen es nicht. Weil sie keine Kommas mehr setzen, weil wir ihnen nicht mehr genug beibringen.
Marcello wacht auf und geht frühstücken. Ich begleite ihn in die Küche, im Pyjama. Er hat einen wunderschönen Pyjama, türkisfarben mit Sternchen. Als ich hineingehe, bietet sich mir der tragische Anblick unseres Tisches dar, den ich soeben gedeckt habe: vier tiefe Teller ringsum und in der Mitte ein ganzer Aufmarsch von Keksen, Vollkornkeksen, Zwiebackscheiben, Coco Pops, Corn-flakes, Müsli, Keksen mit Schokoladensplitterfüllung, Keksen ohne Schokoladensplitterfüllung. Mein Gott.
Wir richten unsere Kinder zugrunde. Nicht nur ihren Magen meine ich, sondern ihren Kopf: Um zu frühstücken, bräuchte man eine Maus.
Und ich denke an meine Mutter, die mir Brotsuppe und Milch gab.
Müßte man, um seinen Kopf zu retten, so tun, als sei man arm?

23

13 Uhr 30: Konferenz der Italienischlehrer. Thema: Häusliche Lektüre.
Häuslich! Da denkt man an häusliche Arbeiten wie Putzen. Und dann geht man selbstverständlich davon aus, daß man nur im Haus liest. Und im Bus? Und im Park?
Arbeitsblatt für die Lektüre. Obligatorisch, sagt die Kollegin Gabriella. Keiner erhebt Einwände, und ich verordne mir strengstes Stillschweigen: zuhören, bestenfalls sich ablenken.
Verfasser, Titel, Handlung, Zeit, Milieu, Personen sowie eine halbe Seite über den Standpunkt des Autors und einen Schlußteil über die Lieblingsperson, natürlich nach dem Schema der fünf W: Wer, Wann, Wo, Warum ... das fünfte vergesse ich immer.
Buchausgaben: nur solche aus Schulbuchverlagen, bitte sehr, das heißt, die mit dem Anhang am Ende, das heißt, mit dem Übungsteil, das heißt: «Du möchtest sie doch wohl nicht einen Text lesen lassen und damit basta? Du mußt sie doch auch kontrollieren, oder?»
Das ist so, wie wenn du in eine Konditorei gehst und dir endlich und mit großem unfehlbaren Genuß drei Beignets kaufst, um sie in die heiße Schokolade mit Schlagrahm zu tunken – ein Beignet mit Vanillecremefüllung, das andere mit Nußcreme und das dritte mit Zabaione gefüllt, – und du müßtest dann sofort eine genaue Röntgenuntersuchung vornehmen lassen, um folgendes festzustellen:
1. ob du sie wirklich gegessen hast;
2. welche Position sie jetzt in deinem Magen einnehmen;
3. wieviel Brei inzwischen aus ihnen geworden und von welcher Konsistenz dieser ist;
4. in welcher Reihenfolge sie diese soundsovielen Meter Darm zurücklegen, die sie von der Toilette trennen.
Entschuldigung, ich kann mich nicht zurückhalten.

«Entschuldige, aber wie kontrollierst du das?» fragt mich die Giuliani, die jüngste. Das Problem ist nicht, wie. Das Problem ist, warum überhaupt. Genügt es nicht zu lesen? Ein Buch endet wer weiß wo, irgendwo tief in uns drinnen; wir werden es nie wissen, aber wir wissen mit großer Gewißheit, daß es dennoch irgendwo enden wird, und wer weiß, wann, und wer weiß, wie wir es wiederfinden, vielleicht nach sechs Jahren oder nach sechsundzwanzig.
Nehmen wir die Epik, zum Beispiel Polyphem.
Lieber Schüler der Giuliani, wahrscheinlich bist du mit Kontrollhieben groß geworden. Seit der ersten Klasse Grundschule hat man dir wohl ihren famosen fotokopierten Test mit Auswahlantworten, betitelt «Italienischkontrolle», verabreicht:

	❏ häßlich, aber nicht böse
Polyphem ist	❏ böse
	❏ nicht böse, aber grob
	❏ ein Serienkiller

Lieber Schüler der Giuliani, wenn du mein Schüler wärst, würde ich dich fragen: Was hältst du von Polyphem?
Und du würdest dich bequem vor mich hinsetzen und mir ein halbes Stündchen über Polyphem erzählen, wie du ihn gelesen hast, was dir gefällt und woran er dich sonst noch erinnert. Und vielleicht würde dir, wenn du ihn gelesen hast, auch eine Parallele zu Pulcis *Il Morgante* einfallen, wer weiß. Du würdest dich also vor mich hinsetzen, um nachzudenken. Und du würdest deine Gedanken in Worte fassen (und das nennt man im übrigen sprechen, genau das). Du würdest laut denken, ist dir das klar? Dann hätte ich auch das Vergnügen, deine Stimme zu hören, zu sehen, wie du beim Sprechen die Augen und die Hände bewegst.
Das wäre schön, oder?

Dann würden sie mich fragen, was für eine Rückwirkung das alles hat, und ich wüßte nicht genau, was ich sagen sollte, und würde eine sehr schlechte Figur machen, wie eine zweitklassige Lehrerin. Deshalb, weil das Wort «Rückwirkung» mich an «Rückfall» erinnert: Wenn man die Grippe bekommt, wieder gesund wird und sie dann zurückkehrt, und dann ruft deine Mutter den Arzt an und sagt: «Mein Sohn hat einen Rückfall.» Und du würdest dich so niedergeschlagen fühlen – so zurückgefallen, eben so rückfällig.

Wenn du mir dagegen «nicht böse, aber grob» ankreuzt, handelst du richtig, ich kontrolliere dich und stelle dir dann mit Sicherheit eine Bescheinigung über ein Ausreichend aus.

Bravo.

Aber wir haben uns in den Worten verirrt, lieber Schüler der Giuliani, weißt du, in den Dingen, die dir aus dem Mund kommen, weil sie mit deinem Gehirn verbunden sind, und die nur kommen, wenn du sie vorher gedacht hast. Es gab einmal ein Lied von Mina mit dem Titel *Pensieri e parole*, Gedanken und Worte – es hat hier nichts verloren, und vielleicht war es auch von Battisti, ich weiß es nicht –, aber hör es dir an, wenn es zufällig einmal kommt. Und sei es auch nur wegen des Titels. Weißt du, früher einmal pflegte man *zu denken und zu sprechen*, eine Art Bauen war das. Du hast das Gefühl gehabt, etwas zu bauen. Natürlich, es kostete Zeit und Mühe. Aber dann hast du deinen Bau betrachtet und warst glücklich.

Wie beim Lego. Hast du jemals etwas mit Legosteinen gebaut?

Doch hier gilt das gleiche: Unser Lego war etwas anderes: Es gab keine Anleitungen. Du hast dir Material für den Bau von Häusern gekauft, aber dann konntest du bauen, was du wolltest, auch eine Pistole, wenn du Lust hattest. Oder ein Schiff, eine Rakete, einen Staubsauger. Heute dagegen gibt es eine Schachtel für ein Raumschiff oder ein

U-Boot, du folgst zwölf Seiten langen Anweisungen und
baust dir dieses Raumschiff oder dieses U-Boot. Wenn du
aber ein Raumschiff in Form eines Krokodils bauen wolltest – Fehlanzeige, verboten, du hast nicht einmal die
richtigen Teile dafür, das war's, und jetzt hör gefälligst
auf.
Jetzt wählt ihr aus: Frage, drei oder vier Optionen, Kästchen, Kreuzchen, und weiter geht's. Wie Mario, der, seit
er klickt, traurig ist. Klick und OKAY, klick ÖFFNEN, klick
SCHLIESSEN, klick BEARBEITEN, WARTEN, BEENDEN ...
Und euren Gedanken frißt die Maus auf, jeder Klick ein
Biß. Ein Schweizerkäsegedanke. Klick, klick, mampf,
mampf ... Schweizerkäse: aus.

18 Uhr 30: Ende der Konferenz. Wir haben die Lesebücher ausgewählt (mit einem mindestens sechzig Seiten
langen Übungsteil), jeder kann lesen, wozu er Lust hat, es
genügt, daß am Ende das Arbeitsblatt über die Lektüre
vorgelegt wird. Und für *I promessi sposi* haben wir einen
Jahrgangsstufentest mit Auswahlantworten ausgearbeitet,
das heißt, daß er für alle zehnten Klassen gilt. Ich habe ein
paar Fragen vorgeschlagen, unter anderem: Was hält
Manzoni von der Ehe?
Abgelehnt. Ersetzt durch: War Renzo mit Don Rodrigo
verwandt?
Denn, liebe Carla, sonst lesen sie die Bücher nicht, sonst
verstehen sie nicht, du darfst sie nicht allein lassen, du
mußt sie kontrollieren.
 Kontrollieren.
 Kontrollieren.
 Kontrollieren.
 Kontrollieren.
 Kontro
 Trolli
 Trollieren
 Drollig.

Ich wache um 5 Uhr 10 auf. Bis 6 Uhr 20 tue ich so, als würde es mir gelingen, wieder einzuschlafen. Dann kapituliere ich.
Kaffee. Ich trinke ihn aus dem Glas, wie mein Vater. Nur morgens trinke ich ihn aus dem Glas. Der Morgen sieht den besten Teil von uns: Dann sind wir, wie wir sind. Früh am Morgen, meine ich: Nach halb acht sind wir bereits vollkommen verdorben. «Es ist die Routine, die uns vereinnahmt» – erzählen wir uns gegenseitig –, «das Alltagsleben, weißt du ...» Wir haben eine außergewöhnliche Fähigkeit, uns Lügen zu erzählen, außergewöhnlich. Mein Vater nicht: Mein Vater trank den ganzen Tag Kaffee aus dem Glas, auch den nach dem Mittagsessen, in der Bar della Posta zwischen all seinen Kollegen, darunter auch sein Chef.
Wolken. Was ziehe ich für meine Reise an? Der Regenmantel geht nicht, er behindert meine Hände, und ich habe doch schon einen kleinen Koffer und den Käfig. Decke ich den Käfig eigentlich zu? Natürlich decke ich ihn zu, ich kann doch unmöglich in einen Zug steigen mit einem Huhn, das man sieht! Aber womit decke ich ihn zu? Vielleicht sollte ich eine Hühnerkäfigdecke kaufen, «aber so etwas gibt es nicht, Signora», würde mir der steife junge Mann von *Cats Dogs and Friends* sagen. Und jetzt? Ich hätte früher daran denken sollen, ich kann doch nicht ein Plaid darüberhängen.
Ich gehe in die Küche, krame ein altes Wachstuch hervor, schneide ein Stück davon ab. Ich nehme den Käfig, messe ihn mit dem Metermaß aus, schneide das Wachstuchstück auf die richtige Größe zu, mache Löcher zum Atmen hinein. Geschafft, paßt haargenau. Kein Mensch würde sagen, daß darunter ein Huhn ist. Abgesehen davon: Ein Huhn mitzunehmen ist ja nicht verboten.
Aber im Zug, wo bleibe ich damit? Oben auf dem Gepäckrost? Nein, da könnte der Käfig herunterfallen. Zwischen die Füße klemmen, nein, da könnte jemand dar-

über stolpern. Auf den Sitz neben mir, aber wird er frei sein? Und wenn er frei ist, dann kann ich doch nicht einen Platz mit einem Huhn besetzen, das von einem Wachstuch zugedeckt wird!
Ich mache mir eine Tasse mit Coco Pops und eiskalter Milch.
Warum weckt mich niemand auf? Sie wissen doch, daß ich los muß, oder?

24

Ich hatte gesagt: Ich will am Bahnhof niemanden haben. Aber alle sind hier. Und jetzt schauen sich mich an, von unten, brav, lieb, nebeneinander aufgereiht: Mario, Lucia und Marcello, nach Größe geordnet. Und ich seit einer guten Viertelstunde am Fenster, weil ich gern ein bißchen früher gekommen bin; Papera ist im Käfig, zugedeckt, auch sie brav, sie hält vollkommen still, auf meinem Sitz. Im Abteil sitzt nur eine alte Dame, sehr elegant. Es beunruhigt mich, daß sie elegant ist, ich möchte nicht, daß sie sich über Papera aufregt; eine alte Frau einfacher Herkunft wäre mir lieber gewesen, sie haben mehr Verständnis, glaube ich (zumindest für Hühner, eine gewisse Vertrautheit mit ihnen, würde ich meinen).
«Also, wie lange bleibst du?»
Mindestens zum drittenmal erkläre ich Mario, daß der Wettbewerb drei Tage dauert und daß ich am vierten wieder abfahre und zum Mittagessen zu Hause bin. Aber ich erkläre es ihm gern, zumal ich nichts anderes zu tun habe.
«Es war richtig, daß du dich für Papera entschieden hast.»
Ich glaube, er sagt mir das, weil auch er, der er seit zwanzig Minuten da unten steht, nicht mehr weiß, was er mir sagen soll. Ich erinnere mich noch an den Peitschenhieb

von gestern: «Ausgerechnet Papera mußtest du für den Wettbewerb aussuchen, die dickste und unansehnlichste?» In der Tat: Papera ist ein bißchen übergewichtig. Aber wer hat gesagt, daß man zum Fliegen schlank sein muß? Und außerdem weiß ich nicht, warum ich Papera ausgewählt habe, ich weiß nur, daß sie mich neulich, als ich in den Hühnerstall gegangen bin, um meine Entscheidung zu treffen, auf eine ganz bestimmte Art und Weise angeschaut hat, und da fiel meine Wahl auf sie. Und damit Schluß.

Nach Modena bricht die alte Dame aus der Oberschicht ihr Schweigen; bis Modena hat sie sich beherrscht, jetzt kann sie nicht mehr.
«Ist das Ihr Huhn?»
«Ja.»
«Hübsch. Und wie heißt es denn?»
«Papera.»
«Schöner Name.»
Nach Bologna nimmt sie einen neuen Anlauf: «Natürlich, ein Huhn muß einem Gesellschaft leisten ...»
«In der Regel ...»
«Ich habe nie daran gedacht, mir ein Huhn zu halten, wissen Sie, ich lebe allein, jetzt fahre ich zu meiner Schwiegertochter, um mich am Meer um die drei Kinder zu kümmern, wissen Sie, meine Schwiegertochter ist Managerin, aber sonst bin ich immer allein ... Natürlich, vielleicht eine Katze ... Leisten einem Hühner Gesellschaft?»
«Nein, vielmehr müssen wir *ihnen* Gesellschaft leisten.»
Ab Ancona reden wir dann vom Meer, und das geht ein bißchen besser.

Ich treffe nach Zeitplan am Wettbewerbsort ein. Eine Gruppe Züchter an der Rezeption, wo liebenswürdige junge Damen im perlgrauen Hosenanzug uns ihre außerordentliche Liebenswürdigkeit anbieten. Wir alle müssen

ein Formular ausfüllen, nein, zwei. Unterdessen nehmen uns andere junge Damen liebenswürdig den Käfig aus der Hand, an dem sie sofort ein Etikett mit unserem Namen und dem des Huhnes befestigen. Liebenswürdig. Wo bringen sie sie hin? Hätte ich es gewußt, hätte ich mich von Papera verabschiedet, so dagegen habe ich sie gar nicht auf die Trennung vorbereitet; und außerdem hätte ich ihr das Wachstuch weggezogen, ich schäme mich, die anderen haben herrliche Käfigdecken aus Stoff, einige sogar bestickte. Dann lassen wir uns der Reihe nach den Namen der Hotels geben, in denen wir untergebracht sind, und wir bekommen ein Köfferchen geschenkt, hellgrün mit einem schönen gelben Schnabel darauf, einer Feder und der Aufschrift «Champion-Huhn» und der ganzen Litanei: organisiert von, unter der Schirmherrschaft von, unter der Leitung von, Sekretärin, Referate, Prüfungen, Tests etc., das ganze Programm.
Mir haben sie das Hotel Bellavista verpaßt. Ich lese den Voucher: Nur für eine Nacht?
Das muß ein Fehler sein; ich gehe, um mich zu beschweren, und erfahre, daß es kein Fehler ist: «So ist es vorgesehen, alle Züchter geben ihr Huhn hier ab und fahren wieder nach Hause, deshalb sieht die Organisation höchstens eine Übernachtung im Hotel vor, lesen Sie den Prospekt, bitte.»
Bitte, so ein Mist. Ich lese den Prospekt.

«Ich habe es nicht gewußt, sonst hätte ich es dir doch gesagt, oder?»
Mario glaubt es nicht.
«Schon gut, ich erkläre es dir. Aber hör zu, ich habe wenig Kleingeld: Also, den Wettbewerb tragen sie praktisch selbst aus, uns Züchter schicken sie alle nach Hause. Wie? Ja, die anderen wußten es, das heißt, nicht alle, nur diejenigen, die schon andere Wettbewerbe mitgemacht haben. Es ist anscheinend immer so; ist es meine Schuld, wenn es

der erste Wettbewerb ist, an dem ich teilnehme? Und unterbrich mich nicht. Wie? Warum sie uns nach Hause schicken? Na ja, sie sagen, daß die Hühner sich aufregen, wenn wir dabei sind, und nichts mehr zustande bringen: Mir leuchtet das ein, dir nicht? Dann behalten sie sie eine Woche lang hier und lassen sie selbst ihren Wettbewerb austragen, wir dürfen sie eine Woche lang nicht sehen, wir können nur am Abend telefonieren, das heißt, nur jeden zweiten Abend. Und dann? Wie, und dann? Und dann, was weiß ich, alles machen sie selbst, jedes Huhn hat sein Etikett mit Namen, Geburtsdatum, Anschrift und der Besonderheit. Was? Die Besonderheit ist das, was es machen kann. Wie? Was ich meinem auf den Hals geschrieben habe? Daß es fliegen kann, was sonst?»

25

Ich beginne mit der provenzalischen Dichtung. Ich weiß nicht, warum ich das mache: vielleicht, weil ich keine Lust habe, Assarotti zum viertenmal den Unterschied zwischen dem Participium coniunctum und dem Ablativus absolutus zu erklären, vielleicht, um sie auf das nächste Jahr vorzubereiten, dreizehntes Jahrhundert bis Petrarca, ich weiß es nicht.
Ich erkläre den *amor de lonh*. Ich schicke voraus, daß wir über Dichtung reden, also über Literatur, also über fiktive Dinge. Ich schicke es zwei- oder dreimal voraus und verändere dabei Tonfall und Worte, damit ihnen die Idee in den Kopf geht.
Dann fange ich an.
Erster Schritt: Der Dichter liebt eine Frau, die fern ist.
Zweiter Schritt: Sie kann aus einem anderen Land stammen oder tot sein, das ist unwichtig ...

(Warum ist das unwichtig? protestieren sie.)

... unwichtig insofern, als daß es wichtig ist, daß die Frau abwesend ist: Sie kann tot sein oder fern oder auch überhaupt nicht existieren.

Dritter Schritt: Je ferner die Frau ist, desto mehr wird sie vom Dichter geliebt.

Vierter Schritt: Je mehr er sie liebt, desto mehr schreibt er über sie.

Fünfter Schritt: Für das Schreiben ist es also gut, eine ferne Frau zu lieben, eine tote oder eine, die es gar nicht gibt.

Jetzt mache ich eine Pause und schaue sie an. Sie sehen mich stumpfsinnig an, leicht belustigt. Assarotti schläft, Tanni zeichnet. Warum zeichnet Tanni?

(Ich müßte mit Tanni reden, ich müßte etwas tun, verflixt.)

Ich komme zum Ende: Ich sage, daß die lyrische Dichtung auf der Abwesenheit, dem Nicht-Dasein, dem Fernsein beruht ... Ich sage, daß die Liebe ein Vorwand ist, um zu schreiben, daß die Sehnsucht unerfüllt bleiben muß, daß sie sich an Orpheus erinnern sollen, wie er seine Eurydike verliert ...

Jetzt platzen sie los. Als erster beginnt Parazzoli, zweite Bank rechts: «Dann lieben die Dichter also nur die Toten.»

Es folgt die dritte Bank Mitte: «Aber als meine Großmutter gestorben ist, ist mir nichts zum Schreiben eingefallen.»

Tanni zeichnet.

(Ich muß etwas machen, ich verliere Tanni, aber mir fällt nichts ein, nichts, verflixt noch mal.)

Assarotti schläft. Giaula blickt mich scheinheilig an, Mattella grinst, Ugucci, Nigro, Salasco und Fontana sind einfach da: Sie existieren.

Letzte Reihe, zweite Bank links: «Ich kenne sie nicht, die Geschichte von Orpheus.»

Dann hebt Maglieni ganz hinten die Hand. Hilfe.
«Was gibt's, Maglieni?»
«Ich habe die provenzalische Dichtung verstanden. Es ist so, wie wenn wir nach Rimini fahren, eine hübsche Deutsche treffen und ihr dann, wenn wir aus den Ferien zurück sind, eine Postkarte schreiben, weil sie fern ist.»
Am Abend erzähle ich es Mario: «Das kommt davon, daß ihr ihnen Zeitungen zum Lesen gebt.»
Mario, zynisch-gutmütig oder von seinem Zynismus gutmütig gemacht, erläutert mir: Sie übersetzen alles in die Sprache der Aktualität, das ist klar, wenn ihr vor ihnen eine fremde oder ferne Realität aufbaut, wissen sie nicht, was sie tun sollen, sie müssen sie in irgend etwas übersetzen, was ihnen vertraut und nahe ist ...
Wären wir in den Bergen, würde ich jetzt ein Plaid nehmen, es mir umwerfen und so, warm eingehüllt, den Schnee auf den Bergen betrachten, der sogar im Dunkeln unglaublich weiß bleibt.

Mario, gestern abend, zwischen zwei Formeln und den Saft einer Limette von der amalfitanischen Küste schlürfend: «Wann schicken sie dir eigentlich Papera zurück?»
Sie schicken sie mir nicht zurück, ich muß sie mir in fünf Tagen selber holen.
Ich habe verstanden. Die provenzalische Dichtung erklärt man nicht Ende Mai; dann sind sie im Begriff, ans Meer zu fahren. Man muß es im November tun, spätestens im Februar.

26

Man wird uns Mitte Juni mitteilen, wer gewonnen hat.
In der Zwischenzeit kann ich nicht schlafen. In der Zwischenzeit muß ich hinfahren und mir Papera zurückholen.
Ich will wirklich überhaupt nichts lehren. Ich will keinen Unterricht geben. Warum sollte ich? Ich habe nichts weiterzugeben, und selbst wenn ich es hätte, warum sollte ich es weitergeben? Wem? Kommt irgend etwas bei irgend jemandem an? Laßt mich in einem Winkel sitzen. Ich weiß nicht, was ich werden will, ich habe es nie gewußt. Man kann es auch nicht wissen, oder? Unterrichten, nein, das wirklich nicht. Lernen auch nicht, ich habe keine Lust dazu, ich habe kein Gedächtnis, ich habe keine Alternative. Höchstens züchten. Jemandem die Flügel zu stärken, damit er fliegt, das ja, das gefällt mir.
Aber ihn dann zu überreden, wirklich zu fliegen, wie stellt man das an?
Starke Flügel zu haben ist eine Sache, sie auch benutzen zu wollen eine andere. Der Beschluß, sie zu benutzen. Keine Kleinigkeit.
Aber das ist es auch nicht. Es geht darum, eine Höhle zu haben: in meinem Fall einen Hühnerstall. Sich darin einzusperren und die Welt draußen zu lassen.
«Du hast keinen Ehrgeiz», würde Vetter Dynamo sagen.
Ich bin nicht dynamisch, das ist richtig.
Ob ich mir ein Glas Milch mit Zucker machen soll?
Das Problem ist nur: Wer weiß, wie man meine Papera behandelt? Daß ich nichts mehr von ihr weiß, daß ich sie nicht sehen kann, daß ich nicht mit ihr sprechen und ihr nicht schreiben kann ... das ist es, was mich stört. Was mich zur Verzweiflung treibt, mich fix und fertigmacht.

Samstag vormittag. Gehe ich einkaufen oder auf die Wiese, um zu lesen? Ich gehe auf die Wiese, um zu lesen.

Isidoro kommt vorbei, die Hacke auf der Schulter, blaues Unterhemd, glänzende Haare. Er bleibt stehen und sagt, kaum zu glauben, zu mir: «Frau Lehrerin, wenn Sie mitkommen, meinen Holzschuppen anschauen ...»
Isidoros Holzschuppen! Seit Jahren möchte ich ihn sehen, aber nein, er hat mich nie eingeladen, aber heute, plötzlich ... Ich werfe mir ein Sweatshirt über die Schultern und gehe los. Seit Jahren sehe ich ihn Dinge aller Art in diesen Holzschuppen hineintragen: Rohre, Netze, einen Gasherd, einen ausgestopften Geier, Baumstämme mit Ästen dran, Matratzen mit heraushängenden Sprungfedern, Ventilatoren. Seit Jahren: zerbrochene Fensterscheiben, Stroh, Kartons, Flaschen, Bullaugen von Waschmaschinen, Stühle ohne Beine, Türklinken, Körbchen, Dachziegel, Karteikarten von Mario, alte Koffer, Babypuppen, ein Kanapee, ein Damespiel, Schubkarren, Legosteine und kaputte Ferraris von Marcello, Kanister, Gläser, Angelruten. Seit Jahren geht er mit irgend etwas in der Hand oder über den Schultern oder auf dem Karren vor mir her und verstaut es im Holzschuppen: löchrige Unterhemden, Eisendraht, Ketten, Glocken, Töpfe, Plüschtiere, Stücke vom Bretterzaun, Lumpen, Besen, Bettvorleger, Bottiche, Schöpflöffel und Trichter, Lampenschirme, ausgeweidete Sessel, Fahrräder ohne Lenkstange, Lenkstangen, Seile, Rechen, Schaukeln. Seit Jahren. Und ich verstehe nicht, wo er alle diese Sachen verstaut, denn der Holzschuppen ist höchstens zwei mal zwei Meter groß, und es muß auch das Holz für den Winter drin sein, schließlich ist es ein Holzschuppen, und ich habe nie gesehen, daß er dort Sachen herausgeholt hätte, nie, daß er irgend etwas weggeworfen oder hergegeben, auf irgendeine Weise entfernt hätte. Nichts. Und das seit Jahren. Und heute: «Frau Lehrerin, wenn Sie mitkommen, meinen Holzschuppen anschauen ...»
Dunkel. Ein vollkommenes Dunkel und ein Geruch nach Kälte. Überall Spinnweben, ich sehe nichts, ich fühle sie

am ganzen Körper, ich möchte davonlaufen. Aber die Augen gewöhnen sich gleich daran, sage ich mir. Und die Augen gewöhnen sich daran.
Ein quadratischer Raum, in der Mitte leer: nicht klein. An den Wänden (aber die Wände sieht man nicht) reichen die Dinge (aber was für Dinge, das sieht man nicht) bis an die Decke, aufgestapelt, in vollkommener Ordnung: All die Dinge, die Isidoro im Laufe der Jahre hierhergebracht hat und die ich ihn in der Hand, über den Schultern, auf dem Karren transportieren sah. Die Räder, die Netze, die Eimer und die Kanister, die Stühle und Sessel, Plüschtiere, Rechen und Glocken, Betten, Waschmaschinen. Ich sehe nicht alles, ich sehe einige Sachen, die anderen wittere ich, ahne ich, kurzum: Ich weiß, daß sie da sind. Es ist wie ein Film der Erinnerung: Ich lasse sie vor meinem geistigen Auge Revue passieren, ich sehe sie vor meinen Augen paradieren, und deshalb finde ich sie auch hier drinnen. Es ist wie der Tod, der in einem einzigen Augenblick den ganzen Film deines Lebens vor dir abspult.
Danke, Isidoro, danke dafür, daß du mir den Holzschuppen gezeigt hast.
Danke für das Zusammentragen, das Sammeln, das Ordnen. Plötzlich durchzuckt mich ein Bild: «Isidoro, und das Wiegenkörbchen?»
Er macht ein Zeichen mit dem Kopf, und ohne zu zögern, wendet er sich zur rechten Ecke auf einer Höhe von etwa einem Meter vierzig, nimmt zwei oder drei Sachen weg, und ohne daß ihm irgend etwas entgegenfällt, zieht er die Wiege hervor, Lucias Wiege, die ich ihm vor elf Jahren gegeben hatte, damit er sie wegwarf. Er streckt sie mir hin und lächelt. Ich lächle.
Und verstehe, daß dies das Gegenteil der Welt ist, der zerstreuten Welt, in der wir leben.

27

An der Tür treffe ich auf Collina. Die anderen sind auf dem Korridor unterwegs, das Klassenzimmer ist leer. Ich nutze die Gelegenheit.
«Oho, Giuseppe Collina! Reden wir doch einmal ein paar Wörtchen miteinander! Stimmt es, daß deine Mutter für dich die Aufgaben macht, deine Sachen lernt, alles für dich macht?»
Giuseppe Collina, einen Meter neunzig, Bermudashorts mit Hosenträgern, das Hemd mit einem Drachen auf dem Rücken hängt heraus, rasierter Kopf und Zöpfchen im Nacken, Kappe der Bulls aus schwarzem Kunstleder mit einem maschinengestickten roten Stier darauf.
«Ja, leider, ja. Ich möchte alles allein machen, aber meine Mutter, nein, ich halte das nicht mehr aus.»
Und den Tränen nahe, schleudert er mir eine Flut von Wörtern entgegen, über sein Höllenleben, über das Mamilein, das ihn nicht losläßt, über sich selbst, der groß ist und etwas selber machen will, und sie, die ihn wie ein schwachsinniges Kind behandelt.
«Und deine Mamma weiß das?» frage ich.
«Nein, natürlich nicht, sie würde tot umfallen, wenn ich so etwas sagen würde.»
Oh, Mamma Collina, was soll man da machen? Du solltest mal dein Kind hören! Und ich? Was soll ich tun? Sage ich Giuseppe Collina, daß er auf seine Mamma hören soll, oder soll ich dich zum Kuckuck schicken? Zitiere ich dich zum Direktor und lasse Hackfleisch aus dir machen, oder lasse ich dich gewähren?
Quieta non movere. Aber hier ist nichts ruhig.
Ende der Stunde. Ich gehe die Treppe hinunter, Tanni kommt an meine Seite, auch sie geht mittags weg.
(Tanni kommt an meine Seite?)

«Weiß man schon etwas über den Wettbewerb?» fragt sie mich lächelnd.
(Tanni redet mit mir?)
«Noch nicht, ich muß das Huhn erst abholen, dann sagen sie mir es. Und du?»
(«Und du»! Was für eine Frage: «Und du?»)
«Und ich was?»
(Richtig, aber Tanni ist hier, ich habe sie nicht verloren, ich könnte sie umarmen.)
«Weißt du, ich habe ein neues Futter ausprobiert, es ist industriell hergestellt, aber mir kommt es so vor, als würde es den Hühnern besser schmecken», erzähle ich ihr.
«Passen Sie auf, daß sie nicht zu dick werden!»
(Pause: Und jetzt, was sage ich jetzt?)
«Und Isidoro, wie geht es ihm?»
(Gott sei Dank, daß sie wieder anfängt.)
«Gut! Weißt du, daß er Lucias Wiege wiedergefunden hat? Es ist unglaublich, aber Isidoro bewahrt alles auf.»
(Aber was sagst du da? Was geht Tanni die Wiege deiner Tochter an?)
«Auch ich bewahre alles auf: Ich habe immer noch den Stummel von dem blauen Radiergummi, den Sie mir Mitte November geschenkt haben, als ich etwas über die Subjektivsätze richtig beantwortet hatte.»
(Tanni, du bist wunderbar.)
«Ich erinnere mich nicht ...»
«Ich weiß, daß Sie sich nicht daran erinnern, aber ich mich schon.»
Wir sind bei meinem Auto.
«Wie wär's mit einer Spazierfahrt?»
«Sehen Sie, daß Sie sich nie an etwas erinnern? Ich wohne doch gleich da hinten.»
Ich verabschiede mich von ihr, steige ein, lasse den Motor an, fahre langsam los. Ich weiß nicht, was ich für Tanni tun würde, ich fühle mich einem solchen Ereignis nicht gewachsen ...

Sie geht in meine Richtung, ich fahre neben ihr her. Und da, plötzlich, kommt mir die Idee, blitzartig, ausgezeichnet, ich fahre nahe an sie heran, kurble das Fenster herunter und zur Seite, auf den rechten Sitz geworfen und mich kaum am Steuer festhaltend, rufe ich ihr zu: «Tanni, warum begleitest du mich nicht, wenn ich das Huhn abhole?»
Sie schenkt mir ein Okay und ein Lächeln, so breit wie eine Meeresbucht.

Heute gehe ich ein Buch für Tanni kaufen. Ich denke, daß wir uns bei der Rückkehr am Bahnhof voneinander verabschieden, und das wird unser Auf Wiedersehen für das nächste Schuljahr sein, der Gedanke, ihr ein Buch zu schenken – aber ein bedeutendes Buch –, kommt mir schön vor.
Ich gehe, wähle aus. Tatsächlich hatte ich es schon vorher in meinem Kopf ausgesucht, nicht hier, in der Buchhandlung. Ich weiß nicht, warum ich mich unter den Dutzenden von möglichen Büchern ausgerechnet für Goethes *Wilhelm Meister* entschieden habe: Ich habe es mit zwanzig gelesen und fühlte mich wie er, wie Wilhelm, aber Tanni ist noch zu jung, für sie ist es ein langes und vielleicht langweiliges Buch, und außerdem ist Wilhelm überhaupt nicht positiv, er verirrt sich da und dort, er weiß nicht, was er will, man weiß nicht recht, was aus ihm wird...
Hör auf, Carla, du hast den *Wilhelm Meister* mit Absicht für sie ausgesucht, das weißt du genau! Eben weil Wilhelm so ist.
Ich fahre schnell, nehme rasant die Kurven, im Nu bin ich zu Hause. Nein, das Haus ist nicht leer, aus seinem Zimmer springt Marcello heraus, der mir folgendes Gedichtchen aufsagt:

> *Ich bin klein*
> *Mein Herz ist rein*
> *Ich töte dieses Vögelein*
> *Und wem's nicht paßt, der läßt es sein.*

28

Sonntag morgen, Gleis acht.
Ich sehe Tanni aus der Ferne daherkommen, mit einer umgehängten Reisetasche und einem fabelhaften Riesenhemd, mit kleinen roten und weißen Karos, sollte das ihrem Vater gehören?
Sie hat drei Bücher mitgenommen: *Der Baron auf den Bäumen, Siddharta* und *Die Legende vom heiligen Trinker*.
«Aber hast du die nicht schon gelesen?» frage ich sie; es sind drei Titel, die ich der Klasse im letzten Winter gegeben hatte.
«Doch, aber ich lese sie jetzt wieder. Lesen Sie die Bücher nicht wieder?»
Das habe ich ihr nicht beigebracht, aber ich habe immer schon geglaubt, daß man im Leben ein einziges Buch lesen müßte, immer dasselbe, ununterbrochen.
Tanni steckt während der ganzen Reise die Nase in ihre Bücher, erst ganz kurz vor unserer Ankunft legt sie sie aus der Hand. Und ich hatte mich gefragt, was für intensive Gespräche wir miteinander führen würden! Etwas gegessen hat sie dagegen: zweimal Ferrero-Milchschnitten, eine Rolle Smarties, einen Riegel Mars und vier Kaugummis Marke Bridge of Brooklyn.
Am Ort des Wettbewerbs treffen wir zu früh ein: Die Hühner werden erst ab fünfzehn Uhr zurückgegeben.
Wir haben noch gute zwei Stunden Zeit, und ich lade sie zum Mittagessen ein.
«Mir gefallen die Birken, vielleicht, weil sie einen weißen Stamm haben», sagt sie, während sie sich hinsetzt.
Wie kommt sie jetzt auf Birken? denke ich.
«Ja, mir auch.»
Wir bestellen. Sie Schinken mit Melone, Penne all'arrabbiata, gemischten Salat und Kaninchenbraten, danach werde sie sehen, sagt sie.

«Sie machen sich Sorgen wegen Papera, stimmt's?» fragt sie und sieht mich traurig an.
«Nein, warum?»
«Dann denken Sie an Ihre Kinder, wie sie ohne Sie zurechtkommen.»
«Nein, sie kommen bestens zurecht.»
«Warum schauen Sie dann so besorgt aus?»
«Ich mache mir über gar nichts Sorgen, Tanni, ich bin wirklich nicht besorgt.»
«Dann wissen Sie nicht, was Sie mir sagen sollen, das wird's sein.»
In dieser Hinsicht zum Beispiel ist Tanni außergewöhnlich: Sie verfügt mitten im Nebel über Klarheiten, die keiner hat, auch ich nicht.
Sie stürzt sich auf den Schinken mit Melone und sieht mich hin und wieder prüfend an. Ich esse langsam meinen Teller mit Tomaten und Mozzarella, dazu ein kleines, helles Bier.
Sie fragt mich, ob mir ihr Hemd gefällt: daß sie es sich gestern bei La Standa gekauft hat. Rührende Enthüllung: Ich dachte mir schon, daß es nicht von ihrem Vater ist, daß sie es sich vielleicht eigens gekauft hat, weil sie heute mit mir fährt.
«Weißt du, daß ich schon als kleines Kind Bier getrunken habe?» frage ich sie. Und mein Bier ähnelt auf ungewöhnliche Art und Weise ihren Birken von vorhin. Da es gleichgültig ist, fahre ich fort: «Aber nur wenn ich ins Dorf meines Vaters kam, einmal im Jahr. Er traf sich mit seinen Freunden, und alle tranken Bier, und mein Vater, der normalerweise nie etwas trank, trank dort, nur dort, bauchige Flaschen Birra Peroni oder Splügen Bräu; damals gab es noch kein Bier vom Faß; ich kam gegen Nachmittag dazu, und er schenkte mir ein bißchen aus seinem Krug in ein Likörgläschen ein, für mich, und der Mann an der Theke war ein großer blonder, hinkender Mann, ja, er hatte sogar ein Holzbein und hieß Nicola. Ich sagte jeden

Tag: ‹Ich gehe zu Nicola›, was hätte ich sonst schon tun können? Ich war das einzige kleine Mädchen.»
«Sie sind ein Einzelkind?»
Worauf lasse ich mich ein? Ich antworte ja. Aber ich müßte sagen, warum ich ihr von dem Bier erzählt habe ...
«Sie waren ... Sie waren nicht sehr reich, als sie klein waren, stimmt's?» fragt sie mich, als habe sie Amerika entdeckt. Macht der Litotes! Eleganz und Diskretion, fast wie Marios Formeln. Ich nicke, aber in Wirklichkeit weiß ich nicht, ob ich arm war, vielleicht ja, aber das Wichtige ist jetzt, dir ähnlich zu sein, Tanni, und dann ist es genug, hören wir damit auf, bitte.
«Und in Mathematik bist du gut?»
Sie sieht mich streng an und antwortet nicht. Es stimmt: allzu durchsichtiges Ablenkungsmanöver.
«Wissen Sie, daß ich dieses Jahr nicht in die Ferien fahre? Und ich weiß nicht, was ich machen werde. Ohne das Meer zu sehen.»
Ich habe verstanden, sie ist lieb, will ein Gleichgewicht herstellen und erzählt mir jetzt etwas von sich, warten wir ab. Und richtig: «Im letzten Jahr, doch, da sind wir für acht Tage verreist. Und an Mariä Himmelfahrt wurde im Dorf gefeiert, ein Umzug mit der Madonna, mit Festbeleuchtung und einem Feuerwerk um Mitternacht. Und davor ... Ich war mit einer Freundin unterwegs, und wir haben zwei Jungs kennengelernt, aus Sondrio, mit dem Motorrad. Wir sind zum Strand gegangen, um uns auf die Liegestühle zu setzen, die von der Nacht feucht waren, in die erste Reihe, direkt vor das Meer, und dort war nichts und niemand mehr, die Leute, das Feuerwerk, der *torrone*, alles verschwunden. Stellen Sie sich vor, ich hatte mein Wollhemd an, das mit den breiten Trägern, Sie wissen ja, es ist schon ein bißchen vergilbt, vom vielen Waschen, ich wußte nicht ... Na ja, nichts. Nur so. Dann haben wir uns von ihnen verabschiedet.»
Auch sie hat innegehalten; auch sie ist zu weit gegangen. Zum Glück kommen ihre Penne all'arrabbiata, und zwi-

schen den breiten kurzen Nudeln kann sie sich verstecken. Am Ende, als sie vom Teller wieder auftaucht, hat sie einen Schnurrbart aus Tomatensauce: «Vielleicht habe ich zuviel Zeug bestellt, es tut mir leid ...»
«Mach dir keine Sorgen, mit dem Kaninchen helfe ich dir.»
Pause.
«Ich möchte sein wie Sie, aber ich möchte keine Lehrerin werden.»
Das sagt sie zu mir, plötzlich. Dann ist sie wirklich wie ich. Auch ich möchte keine Lehrerin sein.
«Aber Sie, warum züchten Sie Hühner?»
Ich wußte, daß sie mich das früher oder später einmal fragen würde.
«Mir hat es so viel Spaß gemacht zu studieren, weißt du ...» Absichtlich vage, absichtlich lasse ich den Faden fallen. «Bist du schon einmal in Paris gewesen?»
Sie antwortet nein, daß sie gern dorthin gehen würde, an die Universität.
Ich erzähle ihr von den Bistros, von Montmartre, wie es einmal war, von den *bateaux-mouches* und den *bouquinistes* am linken Seineufer.
«Und auf dem rechten Ufer?»
«Auch dort gibt es Bücher, auch dort. Aber weißt du, was man auf einem bestimmten Abschnitt der *rive droite* verkauft, etwa auf der Höhe von Les Halles? Hühner! Und Gänse, Vögel und Kaninchen und Truthähne und alles Kleinvieh, das du dir vorstellen kannst: Es war der Markt der Bauern, die in die Stadt kamen, um sich dort neu einzudecken, und heute ist noch ein bißchen davon übrig und wirkt merkwürdig mitten im Verkehr und zwei Schritte von den Luxusgeschäften entfernt.»
Wir sind beim Nachtisch. Und ich weiß nicht, ob etwas von dem, was wir uns erzählt haben, hängenbleiben wird, ob irgend etwas sie irgendwie prägen, ihr einen Weg zeigen wird, einen inneren, meine ich. Und was, bitte schön?

Daß mitten in Paris Hühner verkauft werden? Wir Lehrer, die wir keine Hirten sind, hoffen immer, das Leben so lehren zu können, so indirekt, auch mit diesen banalen Sätzen, die wir hinwerfen. Wir. Wir glauben, Meister zu sein. Selbst vor einem Teller Nudeln.
Ihr fällt ein Löffelchen von der Schokoladenmousse ausgerechnet auf das prächtige Hemd mit den kleinen Karos von La Standa. Und wir lachen los, wie über einen Streich, den die Mamma, die sich für einen Moment umgedreht hatte, nicht mitbekommen hat. Aber dann blickt sie prüfend auf ihren Fleck und fragt ernst: «Wie kriege ich den wieder weg?»
Und während ich ihr den Namen des Fleckenmittels nenne und ihr sage, wie sie es anwenden soll, wird mir bewußt, daß sie keine Mutter mehr hat.
Um 15 Uhr 05 sind wir dort, wo der Wettbewerb stattfindet. Jetzt geben sie sie zurück. Wir sind nicht die ersten, und es gibt schon eine ganz schön lange Schlange. Wie witzig. Es ist wie bei der Kleiderreinigung: Du gibst eine Nummer ab, und eine Art kleiner Zug wird in Bewegung gesetzt, in dem die gereinigten Kleider fahren, die den Kunden ausgehändigt werden; bei deiner Nummer bleibt das Züglein stehen, und deine gereinigten Sachen werden eingepackt, ich weiß nicht, wie sie das machen. Hier fahren die Käfige, der kleine Zug bleibt genau bei Paperas Wachstuch stehen. Sie geben sie mir zurück. Danke. Offensichtlich ist über den Wettbewerb noch nichts bekannt. Signora, Sie haben den Prospekt gelesen, nicht wahr? Ja, den Prospekt habe ich gelesen.
Wir gehen schweigend hinaus, mit zugedecktem Käfig. Keine Silbe, keine Geste, als hätten wir den letzten Band einer Enzyklopädie abgeholt, von der wir bereits siebenundvierzig Bände besitzen.
Selbstbeherrschung. Wunderbar. Aber unter den Arkaden halte ich es nicht mehr aus; ich bleibe stehen, stelle den Käfig auf den Boden, knie mich hin, und es ist mir egal, wel-

che Ströme von Menschen an uns vorüberziehen, wer uns beobachtet, wer stehenbleibt. Ich nehme das Wachstuch ab und sehe sie, endlich sehe ich sie: Papera ist da, dick, plump, gelehrig, sie dreht das Auge nach rechts, dann geradeaus, dann wieder nach rechts, von wo ich sie liebevoll betrachte.
«Sie hat wohl gewonnen, oder?» fragt Tanni, während sie in aufrichtiger, vollkommener Anteilnahme ebenfalls in die Knie geht.
Wer weiß, die Hühner haben ein so rätselhaftes Gehabe.
Aber ich halte es nicht mehr aus; mit Tränen in den Augen (diesen heimlichen, die niemand sieht, weil sie zum Glück mit geringem Druck kommen und es mir gelingt, sie zurückzudrängen) öffne ich den Käfig, nehme sie heraus und endlich in den Arm, meine Papera.
Mitten im Stadtzentrum, unter den Arkaden.
Wir sind am Ausgang. Hinter uns die Gleise, der soeben eingetroffene Zug; vor uns die Stadt, ihr Chaos, die Gärten, die offenen Kinderwagen, die Drogensüchtigen, die Schuhputzer, die schlenkernden Diplomatenköfferchen der jungen Nachwuchsmanager.
Nein, die Schuhputzer sehe ich doch nicht, vielleicht gibt es sie nicht mehr.
Wir sind beim Abschiedsgruß.
Ich lasse die linke Hand in meine Handtasche sinken, krame herum auf der Suche nach dem Goethe, um ihn ihr zu schenken, berühre das Papier mit den Blumen, das Goldschnürchen, suche nach einem eindrucksvollen Satz, oder doch nur: «Schöne Ferien, Tanni», aber mit eindringlichem Blick? All das in ungefähr dreieinhalb Sekunden. Unterdessen beobachtet sie mich, ich weiß nicht, sie geht nicht weg und verabschiedet sich auch nicht, sie wartet, vielleicht muß auch sie ein paar Entscheidungen treffen.
Und da, in diesem Bruchteil einer Sekunde, ich weiß nicht, ob wegen ihres Blicks oder wegen der Müdigkeit oder wegen der Stunde, die auf den Sonnenuntergang zusteuert oder auf den *desìo*, wie Dante sagt, also jene

Stunde, die die Sehnsucht aufsteigen läßt (aber Sehnsucht wonach?), ich weiß nicht, was es gewesen ist, was sich in der Raum-Zeit ergeben hat, die uns betrifft – aber plötzlich fasse ich einen Beschluß, lege den Rückwärtsgang ein, ziehe die linke Hand aus der Tasche: leer, ohne Buch, und hebe den rechten Arm hoch, den, dessen Hand Paperas Käfig hält, lächerlich unter seiner Wachstuchdecke. Und langsam, auf Bauchhöhe, strecke ich ihn ihr hin: «Da, nimm sie, ich schenke sie dir, paß gut auf sie auf.»
Nichts.
«Du kannst sie auch in der Wohnung halten, sie macht keinen Dreck. Das heißt, nicht viel ...»
Immer noch nichts.
«Das Rezept für die Futterzubereitung gebe ich dir morgen, es ist jedenfalls einfach, sogar ich kann es.»
Tanni wird jetzt langsam rot: Ich hatte nie gesehen, daß es so lange dauert, bis jemand rot wird, sich von Blaß bis Tiefrot verfärbt. Tanni weiß nicht, wo sie hinschauen soll, ob sie mich, den Zug, die Stadt oder den Käfig anschauen soll. Daher beschließt sie, sie dort zu lassen, ihre Augen, dort, wo sie sie vorher hatte, ein bißchen im Leeren, würde ich sagen. Und dann sagt sie: «Aber es ist Ihr ... Champion-Huhn!»
Ich lächle.
«Man weiß noch nicht, ob sie ein Champion ist. Aber ich hoffe, ja.»
Und so verabschiede ich mich von ihr, gebe ihr die Hand und gehe meines Weges, ohne mich umzudrehen, um sie noch einmal anzusehen, dort, regungslos, den Käfig in der Hand, den Mund leicht geöffnet. Ohne, wie ich es eigentlich möchte, hinzuzufügen, daß ich mir im Grunde genommen sicher bin, ja, daß sie ein Champion ist, vage offenlassend, ob ich damit Papera meine oder sie. Das wäre zuviel angesichts der bereits unerträglichen Rührung des Augenblicks.

Ich weiß nicht genau, was für ein Unterschied zwischen einem Buch von Goethe und einem Huhn besteht. Ich weiß

zwar, daß es ein gewaltiger Unterschied ist, aber ich könnte nicht genau sagen, was für einer, auch nicht, warum man, statt ein Buch von Goethe zu überreichen, schließlich ein Huhn verschenken kann. Was für eine Art von Austausch, von Substitution findet da im Kopf statt? Geheimnisse der Austauschbarkeit, der Interferenz, der Interpretation, der Interpolation, Inter-Rail, Inter ... zwischen, zwischen ...
Schon gut, ich habe so geklickt, und damit genug.
Das erste, was Mario mich zu Hause fragt, ist naheliegend: «Und Papera?»
Naheliegend.
«Ich habe sie Tanni geschenkt.»
«Aber hat sie gewonnen?»
«Du weißt, daß ich es nicht weiß.»
Natürlich wird er mich jetzt fragen, warum ich sie Tanni geschenkt habe, was Tanni mit meinen Hühnern zu tun hat und ob es meiner Meinung nach normal ist, seinen eigenen Schülern Hühner zu schenken.
Und tatsächlich fragt er mich das.
Nein, Mario, normal ist es nicht.

29

Mario nippt an einer Art Aperitif, halb Genepì, halb Pastis, und unterstreicht etwas in einem Buch. Marcello liegt auf der Wiese und liest, Lucia telefoniert. Ich, ich weiß nicht.
«Glaubst du, daß Marcello liest, weil er gern liest oder weil er nichts anderes im Leben hat?»
«Weil er gern liest», antwortet Mario mit absoluter Sicherheit.
Pause.
«Aber was hat er sonst noch im Leben?»

«Alles, was die anderen Kinder auch haben, nur daß es ihn nicht interessiert.»
Ich beobachte Mario beim Unterstreichen. Das heißt dabei, wie er studiert. Ich weiß nicht genau, was er macht, ob er sich auf eine Unterrichtsstunde vorbereitet oder ob es um irgendeine außergewöhnliche Theorie geht, die er unbedingt beweisen will und die die Welt revolutionieren soll. Mario stellt jedes Jahr mindestens drei Theorien auf, die die Welt revolutionieren sollen, und dies mit völliger Hingabe und in der tiefen Überzeugung, eine entscheidende und rettende Rolle zu spielen.
Er blättert, liest und liest noch einmal. Seinen Ernst habe ich nicht. Er schreibt in ein großes Heft, das aufgeschlagen vor ihm liegt. Mario hat immer ein großes aufgeschlagenes Heft vor sich, auch im Urlaub, auch wenn er steht. Ein großes kariertes Heft; wenn es nicht kariert ist, ist es eine Katastrophe.
«Entschuldige», frage ich ihn, «aber in diese deine Riesenhefte schreibst du das Buch praktisch noch einmal hinein?»
«Ja.»
«Das heißt, praktisch faßt du es so zusammen, wie es dir gefällt, wie bei Exzerpten?»
«Ja.»
Ich muß etwas völlig Selbstverständliches gesagt haben, denn er blickt nicht einmal von seinem Buch auf.
«Also deshalb ist unser Haus so vollgestopft.»
Er schweigt. Tatsächlich sind in unserem Haus ganze Schränke vollgestopft mit Marios Heften: kilometerlange Archive an der Wand und in drei Kisten – in Umzugskisten –, alles voll, und außerdem noch drei Truhen aus dem neunzehnten Jahrhundert.
«Unser Haus erinnert an Isidoros Holzschuppen», sage ich.
«Ja», antwortet Mario.
Und auch dieses Mal blickt er nicht auf.

Jetzt würde ich ihn gern fragen, warum die Hefte kariert sein müssen, warum.

Es regnet.
Ich schließe mich ins Zimmer ein, um die Schulaufsätze zu korrigieren; ich habe vier Stapel davon, ich muß wirklich anfangen. Wichtig ist, die ersten drei oder vier zu erledigen, dann fährt man schon aus Trägheit mit der Arbeit fort.
1. Erinnerungen an eine Kinderkrankheit.
2. Wenn ich der einzige Überlebende wäre.
3. Hektor und Achilles, zwei Helden im Vergleich. Und du, hast du dich jemals wie ein Held gefühlt?

Ein Thema, nach Wahl.
Garivolta hat das zweite genommen. Fast alle haben das zweite genommen, die Mädchen eher das erste. Niemand das dritte. Es läutet. Ich gehe hin.
Vor mir steht Tanni, aufrecht wie ein Lineal, mit einer Art Regenhut, moosgrün, und einem triefenden Plastikcape, unter dem – ja, jetzt zieht sie sie hervor – Papera im Käfig sitzt. Ohne Wachstuch.
«Komm herein.»
«Es tut mir leid, aber ich kann sie nicht behalten. Es geht nicht.»
«Schon gut, komm herein.»
Sie tritt ein.
«Setz dich einen Augenblick.»
«Ich kann sie wirklich nicht behalten, es tut mir leid, ich gebe sie Ihnen zurück.»
«Das sehe ich, aber setz dich doch einen Augenblick hin.»
Und ich mache Anstalten, ihr das Cape abzunehmen und es irgendwohin zu hängen, aber sie setzt sich so hin, wie sie ist, und tröpfelt mir den Damast des Sofas und den Samt der Kissen voll. Drei Kissen. Neu.
«Na, was ist denn passiert?» frage ich sie resignierend und setze mich auf die Armlehne des Sessels, als wäre ich diejenige, die naß ist.

«Es ist zuviel für mich, ich kann sie nicht behalten, sie gehört Ihnen, die Papera, Sie müssen sie behalten, sie ist Ihre beste Henne, ich kann nicht, es tut mir leid, ich hab's versucht, gestern abend habe ich sie gefüttert, ich habe ihr in einer Weinkiste von meinem Vater das Bettchen gemacht, mit sauberen Lappen, weich und warm, aber in der Nacht habe ich kein Auge zugetan, die Henne gehört Ihnen, Sie haben sie großgezogen, Sie haben ihr das Fliegen beigebracht, seit einem Jahr kümmern Sie sich um sie, sie ist Ihre beste Henne, was habe ich mit ihr zu tun, ich kann nicht.»
Lauter Kommas, kein einziger Nebensatz: Aber Tanni, was ist das für eine Bescherung?
Ich gehe in die Küche, um ihr einen Tee zu machen, hole ihr auch Kekse. Tanni sitzt immer noch zusammengekrümmt auf dem Sofa, mit ihrem Cape und dem häßlichen Regenhut. Okay, ich werde Papera zurücknehmen, wenn sie sie nicht will. Aber das war ja gar nicht der Punkt.
Mario kommt mit seinem Buch und dem Riesenheft unter dem Arm, um sich einen Kaffee zu machen. Ich nutze die Gelegenheit, trete nahe an ihn heran und flüstere ihm ins Ohr: «Mario, Tanni will Papera nicht.»
Ich weiß nicht, warum ich ihn in die Sache hineinziehe; er sieht aus, als wolle er mir sagen: «Werdet doch selbst mit euren Hühnern fertig.»
«Sie wird schon ihre Gründe haben», sagt er laut.
Ich schaue Tanni von der Tür aus an, ob sie es wohl gehört hat?
«Sprich leiser! Sie sagt, daß sie mir gehört, die Henne.»
Pause.
«Aber wenn ich sie ihr doch geschenkt habe ...»
Ich wollte ihm damit sagen: «Ich weiß nicht, aber mach du irgendwas.» Aber nichts, er rührt keinen Finger. Was wollte ich eigentlich? Daß er zu Tanni hinübergeht und ihr das Huhn aufzwingt, weil ich sonst böse wäre?
Tatsächlich sieht Mario mich jetzt an, als wolle er sagen: «Warum verlangst du immer so unmögliche Dinge von

mir?» Er hat recht, ich würde nur das Adverb immer weglassen.
Jetzt nimmt er zwei, drei, vier ... wie viele Löffel Kaffee nimmt er denn noch?
«Schenk sie ihr doch auf irgendeine andere Weise», sagt er und schraubt endlich die Kaffeemaschine zusammen.
Mario amüsiert sich, er lebt von Wortspielen beziehungsweise Zahlenspielen, es ist das gleiche für ihn. Mario lebt im Spiel.
Drüben stellt Tanni den Käfig auf den Boden. Papera und ich sehen uns durch die Tür an, zutiefst verlegen.
«Du könntest sie ihr geben, ohne sie ihr zu geben.»
«Natürlich, Mario.»
Lieber Mario, die wunderbare Rätselhaftigkeit der Weisheit. Er wartet darauf, daß ich ihn frage: «Und wie sähe das aus? Wie genau lautet dein Vorschlag, Mario?» Aber diese Genugtuung verschaffe ich ihm nicht.
Er gießt sich seinen Kaffee ein, legt sich drei Schokoladenkekse auf das Tellerchen, und jetzt wart ab, gleich geht er weg.
Aber nein, er geht nicht weg. Merkwürdig. Ich bleibe wie hypnotisiert stehen und schaue zu, wie er den Zucker umrührt, langsam, methodisch. Dann verstehe ich, schlagartig. Daß ich allein damit fertigwerden muß und daß davon schließlich die Welt nicht untergeht. Ich lächle und gehe wieder hinüber. Kaum zu glauben, aber Mario folgt mir und setzt sich zu uns.
«Tanni, kein Problem. Laß mir die Henne ruhig da, wir bringen sie wieder in den Hühnerstall. Du kannst sie immer besuchen, wenn du Lust hast, okay?»
Mario schlürft seinen Kaffee. Ich bin mir sicher, daß er lacht, unsichtbar, in seine Tasse hinein.
«Ich weiß nicht, zum Beispiel übermorgen um drei. Du bist sowieso schon halb in den Ferien, oder?»
Sie lächelt und steht auf. Sie gibt mir die Hand, die sie feucht unter diesem tropfenden Plastikumhang hervorholt. Jetzt allerdings tropft er weniger, viel weniger: Die

Zeit, auch wenn sie so langsam vergeht wie jetzt, vergeht nicht untätig, zum Beispiel trocknet sie.
Mario wäscht sein Täßchen ab.
Im Grunde habe ich ihr nur die Möglichkeit eingeräumt, zum Hühnerstall zu kommen, wann sie will. Es ist eine weitere Öffnung. Panik: Es wird doch kein weiteres *Fenster* sein?
Jetzt wäscht Mario auch die Teller von gestern abend ab. Er macht das nicht so sehr aus Nettigkeit, sondern vielmehr, weil er es gar nicht merkt und so weitermacht, aus Trägheit, und dabei vergißt, daß wir eine Spülmaschine haben: Es spielt keine Rolle, es ist so, als hätte er auf die Taste SPÜLEN gedrückt.
Also spült er.
Es hat aufgehört zu regnen.

30

Seit ungefähr einem Monat kommt Tanni regelmäßig zum Hühnerstall, jeden Tag um drei.
Sie kauert sich auf den Boden, neben Isidoro, und gemeinsam bereiten sie irgendwelche gelblichroten Brühen zu, schälen irgendwelche Früchte oder Beeren, ich weiß nicht. Dann schüttet Tanni alles in den Trog, tauscht das Wasser im Becken aus und kehrt zusammen.
Gegen sieben kommt sie vorbei, um sich von mir zu verabschieden, bleibt aber nie zum Abendessen.
Seit einiger Zeit erzählt sie mir jeden Abend von Luftschiffen, sie trägt eine vollkommen zerknitterte Zeichnung davon in ihrer Tasche: ein länglicher Rumpf, eine Art riesiger Rugbyball. Sie zeigt mir den Aufbau dieses Balls, den Propeller, die Pilotenkabine; sie erklärt mir, daß er hervorragend fliegt und wie er funktioniert.

Ein Freund ihres Vaters, ein gewisser Alex, fährt fast jeden Sonntag mit dem Luftschiff. Ein merkwürdiger Typ, er handelt mit Seifen, und sonntags fährt er mit dem Luftschiff, ich habe nicht verstanden, ob es sein Hobby ist oder ob er am Himmel mit Reklamebändern Werbung macht. Tanni würde sehr gern einmal mitfahren. Aber Alex hat eine Frau und zwei Kinder, der Kleine ist erst drei Monate alt. Doch sie leben getrennt.
Ich weiß nicht, warum sie mir eines Abends die Skizze von dem Luftschiff geschenkt hat, sie hat sie mir gegeben, ohne ein einziges Wort zu sagen.
Ich weiß nicht, warum sie mir überhaupt von diesem Alex erzählt.

Das Schuljahr geht zu Ende. Nur noch ein paar Tage, und dann fahren wir ans Meer.
Ich beginne, an die Koffer zu denken.
Ich breite die Sachen auf dem Bett aus, nur so, zur Probe, und zähle: zuviel Zeug. Außerdem finde ich nicht: Marcellos Taucherbrille, Marios Strandschlappen und meinen neuen Strohhut mit Schirm, Modell Baseballkappe, den ich Marcello schenken wollte, weil er sich am Meer immer in der Sonne aufhält und es gut wäre, wenn er sich etwas auf den Kopf setzte.
Ein Mann befindet sich auf der Straße, ich sehe ihn aus dem Fenster, er zerstampft die Krümel, die er rund um die Tauben auf den Boden gestreut hat. Niemand sonst, die Straße ist menschenleer, nur sein Stampfgeräusch. Viele sind schon im Urlaub, und außerdem ruhen sich die Leute um diese Zeit aus. Jeder macht das, von dem er glaubt, er müsse es tun. Ohne großes Getue. Es weht ein Wind, und bald wird es ein Gewitter geben. Das ist wichtig: die unendlichen Variationen, unvorhersehbar. Es genügt, abzuwarten und zu schauen.
Isidoro ist alt, er sagt, er will seine Kühe verkaufen. Das sagt er seit einigen Jahren. Wenn ein Bauer sagt, daß er

seine Kühe verkaufen will, bedeutet das, daß er den Tod nahen fühlt. Er fühlt ihn in der Ferne, aber er fühlt ihn. Jetzt fahren auch wir ans Meer, nur noch ein paar Tage. Wenn ich bloß meine gelben Lackschuhe fände!

31

Heute gehe ich eine Stunde früher in die Schule, um die Noten mit Bleistift einzutragen, vor den Zeugniskonferenzen. Ich muß den Notendurchschnitt errechnen und die Abwesenheiten zusammenzählen, ich brauche Ruhe und Konzentration, auch ein Lineal, damit ich mich nicht in den Kästchen irre.
Ich suche mir ein leeres Klassenzimmer.
Im Korridor treffe ich Tanni, atemlos und mit einem merkwürdigen, konfusen Lächeln. Sie drückt mir ein leicht verschwitztes Briefchen in die Hand.
Ich öffne es:

Liebe Professoressa,
morgen reise ich ab. Ich mache eine Reise mit dem Luftschiff, wissen Sie, mit dem Freund meines Vaters, Alex. Ich danke Ihnen herzlich für alles, wirklich sehr herzlich.
Ihre Tanni.

Ich drehe mich um, sie ist verschwunden, sie hatte keines ihrer Riesenhemden an. Sie trug einen Trainingsanzug, so einen glänzenden, himmelblau mit Streifen, Bändern, Aufschriften, ein einziges kunterbunt durcheinandergewürfeltes Muster.
Was heißt: «Ich mache eine Reise mit Alex»?
Aus dem Augenwinkel sehe ich noch ein Stückchen vom Anzug, ein himmelblaues Quadrat, das abbiegt, schnell, das ist sie.

Sie macht eine Reise mit wem?
Ich folge ihr, sie ist schon weit weg, ich schaffe es nicht. Aber doch, wenn ich mich beeile, sie ist stehengeblieben, bindet sich einen Schuh zu, so ein Glück. Wenn ich laufe, schaffe ich es. Wenn ich laufe. Sie geht hinaus. Die Treppen, Hilfe, gleich falle ich tot um. Da bin ich, ich fange sie. Gefangen.
«Tanni!»
Sie dreht sich um: «Ja?»
Sie bleibt mit einem Fuß auf der vorletzten Stufe stehen, ich bleibe oben, auf der ersten, schweben.
Der Hof ist voller Sonne, Motorräder, Altpapier; da und dort ein Schüler, ein paar Passanten.
Verdammt, was soll ich ihr sagen?
«Schöner Anzug», sage ich.
Sie lächelt ein breites Lächeln: «Haben Sie gesehen?», und sie zeigt mir was weiß ich für ein kleines Abzeichen auf dem linken Ärmel. «Vom Fußballclub Cesena.»
Von da oben erkenne ich nichts. Dann formt sie mit den Händen einen Trichter und ruft mir zu: «Haben Sie nicht verstanden? Sie haben mich in die Mannschaft aufgenommen!»
Ich gehe die sechs oder sieben Stufen hinunter, die uns trennen, bleibe nur eine Stufe über ihr stehen.
Sie sieht mich prüfend an, ihr Lächeln erlischt: «Stimmt etwas nicht?» fragt sie mich.
Ob etwas nicht stimmt? Nein, ich bringe kein Wort heraus. Ich öffne die Faust, strecke ihr das Briefchen hin, zerknittert, verschwitzter als vorher.
Sie senkt den Blick.
«Was soll ich denn machen?» fragt sie.
Ich sehe sie an.
Sie senkt den Blick noch weiter.
«Meine Mutter kommt nicht zurück, das wissen Sie auch.»
Ich sehe sie an.

«Es tut mir leid wegen Ihrer Stunden.» Sie fügt hinzu: «Sie wissen, daß es mir leid tut.»
Sie hebt den Blick wieder, sieht mich an: «Wir gehen nach Cesena. Alex hat mir gesagt, daß ich dann immer Fußball spielen kann.»
Im Ansatz erscheint ein fernes Lächeln.

Fußball mag ich nicht, habe ich nie gemocht. Nein, das ist es nicht. Es ist, weil Tanni nicht so ist wie ich. Schade, sie hatte gesagt, daß sie so sein wollte. Nein, das ist es nicht. Es geht darum, was wir dann hier machen, in diesem schulfarbenen Gebäude, das meiner Meinung nach just in diesem Augenblick einstürzen sollte, weil es keine Existenzberechtigung mehr hat, dieses Haus und sämtliche Schulen der Welt, wenn Tanni heute weggeht mit einem älteren Mann, verheiratet und getrennt lebend, der zu allem Überfluß auch noch Alex heißt? Und sie geht, um Fußballer zu werden, nein, Fußballerin – sagt man so? Oder Fußballspielerin? Und ich, was habe ich gemacht, ich mit meiner Literatur, den Büchern, der Metapher, mit dem Polyphem, den Kommas, dem Verismus ...? Ich hätte es mir gleich denken können, daß sie Fußballspielerin werden will! Nein, ich glaube doch nicht, daß man Fußballspielerin sagt, es ist schrecklich, aber wie komme ich bloß darauf?
Dann die Erleuchtung, schlagartig.
«Aha, deshalb hat du Papera nicht behalten!» sage ich, den Finger auf sie gerichtet: ertappt!
Es ist der erste Satz, der mir entschlüpft. Endlich. Verflixt, da läuft man dir nach wie eine Verrückte, und wenn man nicht Apollo ist und du nicht Daphne bist, wird man dir doch etwas sagen wollen. Aber nein, bis jetzt nichts, das einzige, was ich geschafft habe, dir zu sagen, ist: Schöner Anzug! Von wegen schöner Anzug! Aber jetzt, doch, jetzt geht mir alles von der Zunge: «Deshalb also! Du hättest es mir gleich sagen können: Schauen Sie, behalten Sie Ihre

Papera, mir ist sowieso ein ... Luftschiff lieber! Ich hätte es verstanden. Natürlich hätte ich es verstanden. Meinst du, daß ein Huhn es mit einem Luftschiff aufnehmen kann? Kein Problem, Tanni, es hätte genügt, es mir zu sagen.»
So, jetzt habe ich es gesagt.
Aufgepaßt, Carla, jetzt bleibt alles stehen: die Welt, die Schüler und die Passanten, alle, es kommt mir vor wie ein Film, einer von jener Sorte, in denen es von irgendeiner Stelle an *au ralenti* weitergeht.
Und jetzt, Tanni? Jetzt runzelt Tanni die Stirn, kräuselt die Lippen und, wie mir scheint, auch die Nase. Doch ja, so ist es, sie wußte ganz genau, daß sie weggehen würde, das Huhn hat sie deswegen zurückgegeben: Sie geht weg, sie kann es nicht behalten. Kein Hühnerstall. Gar nichts.
Bravo, ich habe sie festgenagelt.
Jetzt, zum Teufel, wirst du sehen, daß Tanni mich um Entschuldigung bittet.
«Entschuldigen Sie, bitte ...», haucht sie.
Sie hat es tatsächlich zu mir gesagt: Entschuldigen Sie, bitte ... Ein Klassiker.
Aber was macht sie jetzt noch? Sie beugt sich vor, verschwindet mit dem Kopf in ihrem Rucksack, zappelig, zerzaust. Sie zieht heraus: einen mit Erde beschmierten Fußball, ein mit Brötchenkrümeln verschmiertes Brötchen, Papiertaschentücher und, nein, Bleistifte, zweimal Ferrero-Milchschnitten und vier Rollen Smarties, schließlich ein Buch.
«Hier, das wollte ich Ihnen schenken ...»
Und sie überreicht mir ein Buch, ein bißchen schmutzig vom Fußball und ein bißchen vom Brötchen, zerknautscht, lauter Eselsohren, aber mit einem goldigen roten Schleifchen zugebunden, weihnachtlich.
Ich lese: Goethe: *Wilhelm Meister*.
Der *Wilhelm Meister* von Goethe!
Tanni, der *Wilhelm Meister* von Goethe!
«Wissen Sie noch, wie ich die Schule geschwänzt habe?»

fügt sie hinzu. «Das war, um zu lesen. Mich hatte wohl die Lesewut gepackt. Dieses Buch, wissen Sie, ist wunderschön, ich empfehle es Ihnen ...»
Ich empfehle es Ihnen: Tanni empfiehlt mir den *Wilhelm Meister* von Goethe, natürlich. Und plötzlich setzt sich dieses gräßliche graue Gebäude, das ich vor drei Minuten einstürzen ließ, in drei Sekunden wieder zusammen, ganz, bunt, großartig! Eine Art Harlekinturm, von der Sonne beschienen, von einer gelben Sonne, mit Strahlen, mitten in einem Himmel, so türkisblau, wie er niemals ist, wie er nur in Comics, in Reklamefilmen, vielleicht in der Karibik ist.
«Danke, Tanni, ich werde es lesen», stammele ich.
«Verstellen Sie sich nicht, Sie kennen es schon, nicht wahr?» ahnt sie, und nur noch ein Schritt trennt sie von der Enttäuschung. Hilfe, ich muß sie aufhalten.
«Nein, Tanni, ich kenne es nicht ... nein ... ich habe wirklich nie davon gehört ...»
Sie schaut mich skeptisch an, ich habe übers Ziel hinausgeschossen.
«Das heißt, doch ... aber ich habe es nie gelesen. Ich habe wirklich gedacht ... irgendwann einmal ...»
Gerettet.
Ich sehe, wie sie weggeht, in ihrem Trainingsanzug von der Farbe des Himmels, die Hosenbeine zu lang, sie werden sich in ihren Schuhen verheddern. Du wirst schon sehen, gleich bleibt sie stehen, um sie sich wieder zuzubinden. Sie geht sechs Meter, bückt sich: Sie bindet sich die Schuhe zu. Ich habe es gewußt. Jetzt wart ab, gleich wird sie dir zuwinken. Sie winkt.
Ich weiß alles: Der Sonntag wird kommen, Tanni wird das Luftschiff besteigen, und ich werde meinen Goethe zum zehntenmal lesen, und alles wird gutgehen. Alles gut.
Nur, wie sage ich es Isidoro, daß sie nicht mehr um Punkt drei kommen wird, die Tanni, und daß er das Futter mit den Beeren, der Brühe und ich weiß nicht womit sonst noch allein anrühren muß?

Es ist eins.
Ich fahre bei voll aufgedrehter Musik und schließe die Fenster. Was ist das bloß für ein Sommer? Ein Nebelchen, ein halbes, verhuschtes Sönnchen, der Sommer kann auch nicht mehr so anfangen, wie es sich gehört.
Ich nehme die Kurve mit Höchstgeschwindigkeit, bremse ab, Gott sei Dank schaffe ich es: Auf der Straße steht ein großer Lastwagen, die hinteren Türen offen, direkt vor Isidoros Haus. Es ist ein Lastwagen, der Tiere transportiert, ich erkenne ihn wieder. Was macht er hier?
Ich komme gerade rechtzeitig, um den letzten Huf der letzten Kuh zu sehen, die von der Straße aus in diesen Lastwagen klettert. Staub auf der Straße. Kein Mensch.
Isidoro hat ernst gemacht: Er hat seine Kühe verkauft.

Mario liegt im Liegestuhl, auf der Wiese: Er liest. Wie schafft er es, bei dieser Hitze zu lesen und wo doch Isidoro gerade seine Kühe verkauft hat?
Ich lasse mich auf den Liegestuhl neben ihm fallen, und sofort fragt er mich, ohne die Augen vom Buch zu heben:
«Was hast du?»
Was ich habe? Ich habe nichts gesagt, er hat mich nicht angeschaut, wie kommt er darauf, mich zu fragen, was ich habe?
«Woher weißt du, daß ich etwas habe?»
«Offensichtlich. Schon wie du dich fallen läßt.»
Und jetzt beginnt er mit einer ziemlich langen und gegliederten Beschreibung meiner verschiedenen Arten des «Sich-Fallen-lassens-auf-Stühle» oder vielmehr «auf Liegestühle», weil es mir da besser gelingt und er besser heraushört, wie es mir geht. Aus der Tatsache, daß wir die Liegestühle nur im Sommer benutzen, ziehe ich den Schluß, daß Mario mich nur im Sommer versteht.
«Isidoro hat seine Kühe verkauft.»
«Ich weiß.»
«Und das sagst du so dahin?»

«Und wie soll ich es sonst sagen?»
Ich glaube, eine Bewegung auf dem Liegestuhl gemacht zu haben, beinahe ein erneutes Fallenlassen. Jedenfalls fragt Mario mich: «Gibt's noch was?»
Sinnlos, Ausflüchte zu suchen. «Tanni geht weg», sage ich zu ihm.
«Sie verläßt die Schule.»
«Na klar, das Schuljahr ist zu Ende.»
Mit Absicht tut er, als sei nichts geschehen. Mit Absicht. Jetzt erzähle ich ihm von Alex. Und er geht in die Küche, um zwei Crodini herzurichten. Ich folge ihm und erzähle weiter von Alex.
Jetzt steckt Mario den Kopf in die Speisekammer, in den Kühlschrank, unter das Spülbecken.
«Suchst du etwas?» eile ich ihm zu Hilfe.
«Hast du vielleicht noch ein paar von diesen Pignolen?»
Pignolen! Es ist richtig, daß auch sie mit «Pi» anfangen, also sind Pignolen schon besser als seine «kleinen Nüsse», aber ist es denn wirklich die Möglichkeit, daß Mario es nicht schafft, sie so zu nennen, wie sie heißen, nämlich Pi-stazien? Pistazien will er sagen, Pistazien, Pistazien.
Pi-stazien, nicht Pi-gnolen.
Endlich redet er (vielleicht, weil er die Pistazien gefunden hat): «Aber was hast du denn geglaubt? Daß Tanni Italienisch studiert wie du? Dann die Schule, die Universität, ein Artikelchen hier, ein Kongreßchen da?»
Nun würde ich gern die Pi-stazien nehmen und sie dir an den Kopf werfen, wie in der Schieß-bude, eine nach der anderen. Ja, natürlich hätte ich gewollt, daß sie Italienisch studiert, warum? Ist das vielleicht ekelhaft? Besser als einem Balg, der nicht dir gehört, die Windeln zu wechseln? Und mit einem ... einem Seifenvertreter herumzuziehen, der mit einem Luftschiff über ganz Italien gondelt, was?
«Und was ist daran so schlimm, entschuldige mal? Vielleicht hat sie sich in ihn verliebt.»

Natürlich, Mario, Tanni ist in ihn verliebt. Das ist ja der Punkt. Vielleicht hätte ich es verhindern sollen, oder?
Wir kehren auf die Wiese zurück.
«Das konntest du doch nicht verhindern», liest er meine Gedanken und knabbert seine weichen Pignolen. «Du bist nur ihre Italienischlehrerin.»
Nur! Ja, nur: Und das ist nichts, deiner Meinung nach? Im übrigen hatte ich dich gebeten, sie zu adoptieren, aber du, du... Halte ich mich zurück? Ich halte mich nicht zurück:
«Ich hatte dir gesagt, sie zu adoptieren, aber du...»
«Was hattest du mir gesagt? Soll das ein Witz sein?»
«Nein, wir haben darüber geredet, und du warst nicht einverstanden, du!»
«Warum legst du dir die Wirklichkeit immer zurecht?»
«Ich lege mir überhaupt nichts zurecht. Du bist es, der verdrängt.»
«Und wann? Sag mir genau, wann wir darüber geredet haben sollen. Genau!»
Ich habe es gewußt: Wenn Mario im Unrecht ist, sagt er immer: «genau». Genau sein. Für ihn ist die Genauigkeit eine Zuflucht, seine warme und geschützte Höhle: Da kuschelt er sich zusammen, und ihm kann nichts mehr passieren.
«Natürlich, wenn ich du wäre, würde ich jetzt den Tag und die Stunde nennen, aber ich bin nicht du, ich glaube, darüber gesprochen zu haben, ich bin mir sicher, weil ich Tanni adoptieren wollte, mir erschien es das einzige, was man tun konnte, daran erinnere ich mich sehr gut.»
«Eine Schülerin adoptieren! Aber weißt du überhaupt, was du da sagst?»
«Jedenfalls habe ich mit dir darüber gesprochen.»
«Nein.»
«Doch.»
«Nein.»
«Doch.»
Es ist wirklich so: Wir haben immer unterschiedliche Erinnerungen; oder besser, abwechselnde, er erinnert sich

an etwas und ich mich nicht, ich erinnere mich an etwas und er sich nicht. Merkwürdig, das Zusammenleben. Manchmal kommt es mir vor wie zwei parallel verlaufende Gleise, die wohl auch unterschiedliche Erinnerungen haben: Sie sind eine einzige Sache, ein Paar. Nur daß sie bestimmt unterschiedliche Erinnerungen haben, das ist alles. Das eine Gleis sagt vielleicht: «Erinnerst du dich an diesen Zug?» und das andere: «Nein, an welchen Zug?» So ist es bei allem.
Ich gebe zu, daß es ein Wahnsinn ist, eine Schülerin zu adoptieren. Das macht man nicht, das geht nicht.
Doch etwas schmerzt mich immer noch: «Alex! Könnte er nicht Luigi heißen?»
Ich klappe meinen Liegestuhl zusammen und ziehe weiter, unter einen Baum, dort ist es dunkler. Heute ist mir das Licht lästig, auch dieses Nebellicht eines Scheinsommers, unbeschreiblich lästig.
«Und außerdem, entschuldige bitte», rufe ich von meinem Liegestuhl zu seinem hinüber, «aber sagt man Fußballerin oder Fußballspielerin?»

Heute abend essen wir auf der Wiese. Das machen wir oft im Juni.
Ich betrachte die Wiesen, riesige Flächen mit bereits hohem Gras. Das Gras kann im Juni eine entsetzliche Höhe erreichen und bei einem Windhauch wie ein Meer wogen. In der Regel wird das erste Heu Ende Mai gemäht: das Maiheu eben. Isidoro hat es nicht gemacht, er wußte, daß er die Kühe verkaufen würde. Und jetzt, dieses ganze Gras?
Die Glühwürmchen sind schon da.
Marcello läuft ihnen nach mit ein paar von seinen leeren Marmeladengläsern, in deren Deckel er mit einer Ahle vier Luftlöcher gebohrt hat: Er will Glühwürmchen züchten; er meint, sie würden sich bei uns zu Hause sehr wohl fühlen.

32

Den Kaffee trinke ich zu Hause, das ist besser. Ich fange erst um neun an. Ich habe sogar Zeit, mir die Post samt Zeitung anzusehen, wie in den amerikanischen Filmen. Aber meine Post ist von gestern, weil hier der Briefträger erst mittags kommt, wenn überhaupt (in Amerika, um wieviel Uhr kommt er da?).
Es ist ein Brief aus Holland dabei, Universität Den Haag. Ich gehe gleich in den Hühnerstall, weil ich mir, seit Tanni mir schreibt, angewöhnt habe, die wichtigen Briefe nur im Hühnerstall zu lesen. Und zum Teufel mit dem Kaffee. Ich setze mich auf einen Strohhaufen. Matassa läuft mir entgegen, nein, sie wird von Scara verfolgt; 007 schläft, Corvetta und Sapone futtern zusammen wie ein Paar, Papera hat sich zusammengekauert, als sei sie beim Eierlegen; die anderen scharren träge da und dort herum.
Es ist ein Brief von Professor Van Arnheim.
Er teilt mir mit, daß er meine Arbeit (aber welche?) sehr zu schätzen wisse, ja, er sei über die Ergebnisse (aber wovon?) beeindruckt und aufrichtig erstaunt, er teilt mir mit, daß er sich freuen würde, mich zu treffen, ja, er lädt mich zu dem Kongreß ein, der in der ersten Oktoberwoche an seiner Universität stattfinden wird (aber worüber?), er teilt mir mit, daß er sich freuen würde, wenn ich mit ihm zusammenarbeitete (aber woran?), ja, er schlägt mir für die nächsten sechs Monate ein Stipendium vor (aber wofür?); zwischenzeitlich würde er sich freuen, mich in der nächsten Woche bei sich zu Hause zu beherbergen, dann hätte er Gelegenheit, sich lange mit mir zu unterhalten (aber worüber?), etwas über meine Experimente zu erfahren, wie ich so viel erreicht hätte (aber wieviel und wobei?), was meine nächsten Projekte diesbezüglich (aber wesbezüglich?) seien, ja, ich könnte zum Beispiel am Montag, dem 21. Juni, kommen, mit der Maschine um

8 Uhr 30, und Freitag zurückfliegen, mir also Zeit lassen, damit wir auch einen Rundgang durch die Stadt machen könnten, es ist eine ganz alte Stadt, die ziemlich viele kulturelle Möglichkeiten biete, gerade auch in dieser Zeit des Jahres ...
Da ist sie also, die Dame namens Karriere! Sie ist da und erwartet mich. Ich sehe sie dasitzen, in einem schnuckeligen holländischen Salon mit Spitzengardinen vor den Fenstern, und draußen Windmühlen, Mohnblumen. Keine Mohnblumen! Tulpen. Wie komme ich bloß auf Mohnblumen?
Ich denke an die Koffer. Ich müßte die für das Meer auspacken und ein paar Kleinigkeiten für Holland einpacken: Wird es dort kälter sein?
Besser hinausgehen.
Isidoro macht Heu: Bald mäht er, und bald schärft er die Sense. Es ist noch die Sense seines Vaters, fast völlig abgenutzt, das Blatt kaum noch drei Zentimeter breit, aber es ist die beste: Er kauft sich nie eine neue Sense, denn «die Sense, Frau Lehrerin, mit der muß man das ganze Leben lang arbeiten, ja, dann ist sie gut».
Ich frage mich, wozu er das Gras mäht, jetzt, da er keine Kühe mehr hat. Er mäht es, damit es sauber bleibt, sagt er mir. Traurig: Weil ein Heu, das man nicht für die Kühe macht, auch kein Heu mehr ist, wird es zu einem Häuflein Gras da und dort, das vor sich hin trocknet und im Weg liegt und von dem man nicht weiß, wo man es hintun soll. Man wird es verbrennen müssen, ganz früh am Morgen, wenn es keiner sieht: Es ist verboten, Feuer zu machen, die Polizei verhängt Geldbußen. Weil es nicht vorgesehen ist, daß man heute noch Kühe hält, noch Heu macht, daß es die ländliche Umgebung noch gibt, den Holzschuppen, die Weidenkörbe, die *terrò*, die Pfähle aus Akazienholz, dem einzigen Holz, das hält, alles andere wird morsch, zwei, drei Jahre, und es verfault wie nichts

in der Erde, und man muß alles neu machen, den Schuppen, die Laube, die Einfriedung hinunter zum Fluß.
Es ist verboten, Feuer zu machen. Verboten.

Ich habe dir eine Eins plus in Italienisch gegeben, Tanni. Ich glaube nicht, daß du die Zeugnisse lesen wirst, vielleicht bist du schon abgereist. Ich weiß, daß du sagen würdest: «Aber warum haben Sie mir eine Eins plus in Italienisch gegeben, es paßt nicht zu allem anderen», ich weiß. Und außerdem: Was fängst du, aus der Höhe deines Luftschiffes, mit einer banalen Eins plus in Italienisch an? Mit einem schwarzen, nicht wahrnehmbaren Pünktchen, einem Tintenklecks, ausgespuckt von einem dummen Drucker, mehr nicht?
Mehr nicht. Aber ich habe nichts anderes machen können, Tanni, als dir eine Eins plus in Italienisch zu geben. Im übrigen wird niemand je Aufsätze so schreiben, wie du sie schreibst.
Nimm zum Beispiel den letzten: «Europa an der Schwelle zum Jahr 2000», du hast, wie immer, auf das Thema gepfiffen und folgendes geschrieben:

Nicht alles kann uns glücklich machen. Nicht alle Dinge, die wir im Leben tun. Eines würde genügen, weil dieses eine am Ende alle anderen aufhellt, und wir sind gerettet.

Ja, Tanni, aber sind wir imstande, diese eine Sache auszuwählen, die uns aufhellt?
Vielleicht sollte man jemandem, der auf das Thema pfeift, keine Eins plus geben, früher einmal nannte man das «Themaverfehlung», und man bekam eine Sechs.
Ich hätte dir eine Sechs in Italienisch geben müssen, Tanni, eine Sechs!

Epilog

Eine Hitze.
Die Frabosa kommt herein und trägt zwei halbe Quadratmeter Tablett: Plätzchen. Die Frabosa liebt Plätzchen. Heute hat sie ein großgeblümtes Kostüm an, violett und gelb, mit kurzen Ärmeln; aus ihnen quellen ihre nackten, fleischigen Arme hervor. Ich glaube, daß die Plätzchen bei ihr hier landen.
Ich habe leichte Ohrenschmerzen, stereo: Ich bin bei offenen Fenstern gefahren, eine Hand draußen, die heiße Luft in den Haaren, im Kreis.
Schwüler Juni, *lectio brevis*: Um elf höre ich auf, ich verkünde die Aufgaben für die großen Ferien, viele Grüße und Wünsche, und laßt es euch gutgehen.
Ich gebe die Mappen ab, die Aufsätze, die Büroklammern. Vor allem die Büroklammern, die sich am Boden der Schublade mit dem Schmutz zusammendrängen, und ich finde sie nicht.
Osterli hat die Gitarre mitgebracht.
Die Rita macht Fotokopien.
Die Ghieri, im ausgeschnittenen Kleidchen, spindeldürr auf ihren silberfarbenen Sandaletten, hält mich mit leiser Stimme an: «Es war wirklich ein Fehler von dir, nicht in die Kommission ‹Schichten und Etiketten› einzutreten. Schade, ein schwerer Fehler ... Denk darüber nach, für das nächste Jahr.»
Und mir fällt blitzartig jene Szene aus *Pretty Woman* ein, ich glaube, die schönste des gesamten Weltkinos und aller Zeiten, als sie, Julia Roberts, superelegant, an die Verkäuferin herantritt, die sie zuvor voller Verachtung aus der Boutique vertrieben hatte, und jetzt, beladen mit den Einkäufen, die sie anderswo getätigt hat, schön, elegant und bissig, zu ihr sagt: «Sie bekommen

doch Provision, oder? Ein blöder Fehler, blöd, idiotisch!»
Ich spüre, daß ich kein Plätzchen anrühren werde.
Canaria kommt näher, zieht aus seiner Ladung Mappen ein Blatt heraus und gibt es mir: Ich spüre, daß es ein Geschenk ist. Tatsächlich: Es ist ein Diagramm voller Formeln. Er sagt zu mir: «Ich habe diese Funktion besser integriert, ich wollte sie dir geben.»
Ich dagegen möchte dir schöne Ferien wünschen, Canaria, daß du zum Beispiel ein bißchen ans Meer fährst, um dich zu sonnen.

Ich gehe zum Fenster, um das sommerliche Lüftchen zu genießen, das leichte Zittern der Blätter.
Schüler, auf den parkenden Motorrädern hockend, Schüler, auf dem schmutzigen Pflaster lümmelnd, ausgebreitete Sweatshirts, Papierabfälle von ihrem Eis, Bücher auf dem Boden. Verschiedene Verwüstungen zum Schulende, während sie auf die Zeugnisse mit den Noten warten, versetzt oder sitzengeblieben.
Was sage ich da? «Versetzt oder sitzengeblieben» gibt es nicht mehr. Ich gewöhne mich bloß nicht daran. Immer und ausschließlich «versetzt», eine Drei mit Sternchen, so: 3*, das heißt ein Sternchen neben der Drei, das dich wohlwollend ansieht und wie augenzwinkernd zu dir sagt: Schau, ich bin keine richtige Drei, das heißt, ich bin eine Drei, aber in Wirklichkeit wäre ich eine Fünf oder eine Sechs, aber man hat eine Drei aus mir gemacht, ich werde wirklich wie eine Drei geschrieben, und deshalb mach dir keine Sorgen, es passiert dir gar nichts, geh ruhig nach Hause, und iß deine Pastasciutta, du wirst sehen, daß sie dir zu Hause eine gute Pastasciutta zubereitet haben, so eine mit einer besonderen Soße, mit Oliven, und du wirst sehen, sie kaufen dir auch das Moped, denn wirklich «Ungenügend» hast du ja nicht, das heißt, doch, weil ich in Wirklichkeit eine Sechs bin,

aber das bedeutet nur, daß du später ein Briefchen bekommst, in dem man dich bittet, ein bißchen zu lernen – natürlich nur, wenn du willst! –, daß es, wenn du nicht lernst, auch egal ist, im September sagen wir dir nur, daß du noch eine Schuld offen hast und daß du deine Schuld nicht beglichen hast, daß heißt, in deinem Zeugnis steht geschrieben: «Nicht beglichene Schuld», und basta. Was passiert? Nichts, was soll schon passieren? Es ist nur eine Redensart, wie andere. Aber jetzt geh nach Hause, sonst zerkochen die Nudeln.

Gut, nach diesem «Monolog der Drei mit Sternchen» kann ich mich auch wieder vom Fenster entfernen. Zwei Plätzchen und ein Schlückchen Coca-Cola, ich gebe es zu, würde ich jetzt gerne nehmen.

Aber es ist noch früh. Ich habe Professor Van Arnheims Brief mitgebracht. Ich lese ihn noch einmal und antworte ihm. Ich suche mir ein bequemes Eckchen und antworte ihm, in Ruhe, ich habe eine Menge Zeit, überlege gut, was ich sagen soll, und dann schreibe ich. Das Papier habe ich, den Umschlag, auch die Briefmarke, vielmehr zwei, denn mit dem Ausland weiß man ja nie, es wird wohl das Doppelte kosten, oder?

Lieber Professor ...

Nichts, ich weiß nicht, was ich schreiben soll.

Lieber Professor ...

Aber was sage ich ihm? Fahre ich nun nach Holland, oder fahre ich nicht?

Lieber Professor ...

Nichts. Hier hat man keine Ruhe. Barba taucht eilig aus dem Hintergrund des Ganges auf, ruft: «Professoressa, Professoressa», und es ist mir klar, daß er ausgerechnet mich sucht.

«Ein Anruf für sie, Professoressa», sagt er atemlos und macht mir ein Zeichen, «Hörer am Ohr». Schon gut, ich gehe ja hin. Ich melde mich.

«Hallo. Wie bitte?»

«Hallo. Hier ist die IVAHVA, die Internationale Vereinigung zur Aufzucht von Hühnern und verwandten Arten ...»
(Mir stockt der Atem.)
«Ich teile Ihnen mit, daß der ‹Champion-Huhn-Preis› Ihnen zugesprochen wurde, für Ihre Cornetta ...»
(Jubelexplosion im Inneren, so eine, die einen in Stücke reißt, aber was hat sie gesagt: Cornetta? Corvetta soll das heißen – wage ich hauchend zu korrigieren. Aber hatte ich nicht Papera gebracht? Habe ich vielleicht den falschen Namen draufgeschrieben? Habe ich mich vielleicht im Huhn geirrt?
«Unsere herzlichsten Glückwünsche! Die Preisverleihung findet am 21. Juni statt. Es wäre sehr freundlich, wenn Sie ab 8 Uhr 30 vor Ort wären, damit die Tiere entsprechend vorbereitet werden können. Glauben Sie, daß Sie anwesend sein werden?»
Ich bin im Begriff zu antworten: «Ja, natürlich, aber ich kenne das Verfahren nicht. Wissen Sie, für mich ist es zufällig das erste Mal ...» Ich bin im Begriff, so zu antworten (und unterdessen denke ich: Ich muß die Koffer umpacken), da sehe ich, daß Barba keuchend ins Sekretariat kommt, näher tritt und mir ein Blatt überreicht, die Hände zum Himmel gereckt, als wolle er sagen: «Es-tut-mir-sehr-leid-aber-ich-kann-nichts-dafür.»
Ich lese, schnell, es ist nur eine einzige Zeile: ERNENNUNG ZUR KOMMISSARIN FÜR ITALIENISCH UND GESCHICHTE REIFEPRÜFUNGEN. ERSCHEINEN: 21. JUNI, 8.30.
Ich antworte, aber ich weiß nicht, wem: «Ja, natürlich, aber ich kenne das Verfahren nicht. Wissen Sie, für mich ist es zufällig das erste Mal ...»
Und ich höre, wie mir unisono geantwortet wird: «Seien Sie unbesorgt, wir werden Ihnen alles erklären.»
Es sind, perfekt synchron, die Stimme von Barba und die Stimme der Sekretärin des IVAHVA-Preises.
Glückwünsche!

Ich lege den Hörer auf. Und denke: Aber ist sie wirklich geflogen? Sie haben es mir nicht ganz klar gesagt, der erste Preis, das ja, aber was bedeutet das? Was hat mein Huhn wirklich geleistet?

Es dauert einen Augenblick, mir diese Fragen zu stellen, und es dauert einen Augenblick, darüber nachzudenken, ob ich die Koffer – für das Meer, für Holland, für die IVAHVA, die Prüfungen – umpacken muß oder nicht, «einen Augenblick», sage ich, und da ist schon Barba, schmieriger denn je: «Es tut mir leid, Professoressa, aber dieses Mal haben sie Sie wirklich herausgepickt.»

So konfus mir auch die Wirklichkeit in diesem Augenblick erscheint – wie allerdings in fast allen Augenblicken des Lebens –, so habe ich doch sehr gut aufgepaßt: Der Sekretariatsleiter Barba hat wirklich und wahrhaftig das Verbum «herauspicken» verwendet.

Ich schwöre, er hat herauspicken gesagt.

Ich schwöre es.